Le petit chien riait

ISBN : 2-86930-131-6
ISSN : 0764-7786

Titre original : *The Little Dog Laughed*
© 1986, Joseph Hansen
© 1988, Editions Rivages
106, bd St-Germain - 75006 Paris

Joseph Hansen

Le petit chien riait

Traduit de l'américain
par Richard Matas

Collection dirigée par
François Guérif

rivages/noir

Du même auteur
dans la même collection

Par qui la mort arrive (n° 4)
Un pied dans la tombe (n° 49)
Obédience (n° 70)
Le Noyé d'Arena Blanca (n° 76)
Pente douce (n° 79)
Le Garçon enterré ce matin (n° 104)
Un pays de vieux (n° 155)

1.

L'ensemble de résidences — poutres de chêne massif supportant des toitures aux perspectives brisées et terrasses de madriers, avec soleil se reflétant sur des parois de verre — semblait facile d'accès depuis la route côtière jusqu'à ce que se découvrent les battants du portail. A proximité des battants il y avait la maison du gardien, cèdre massif et baie vitrée. Quand Dave manœuvra et gara la Jaguar marron derrière une BMW dernier modèle, le gardien, grand, maigre, cheveux blancs, au visage uniformément hâlé, se tenait sur le seuil à écouter une femme massive bottée de daim, jeans fantaisie, et chapeau de gaucho qui allait perdre patience avant lui. Elle clignait des yeux sans arrêt. Et pas seulement parce que l'air de l'océan lui giflait le visage.

— Je vous répète qu'elle m'a laissé des instructions précises, que je dois nourrir son fichu chat.

D'un geste sec elle releva la manche d'une veste de peau frangée et consulta une montre bracelet.

— A quatre heures tapantes de l'après-midi chaque fichue journée. Et arroser les plantes.

— A nous, elle n'a pas laissé ces instructions.

Le gardien essayait un sourire de sympathie et de regret.

— Je suis désolé. Son mari - Mr. Gernsbach - n'a rien précisé non plus.

— Mais ce fichu chat va mourir de faim, s'écria la femme.

Elle plongea la main dans un sac en bandoulière, en tira des clés, les agita sous la figure de l'homme.

— Elle m'a laissé les clés. Qu'est-ce qu'il vous faut de plus ?

— Vous en faites pas, fit le gardien. On nourrira le chat.

— Il faut la câliner aussi, fit la femme.

— Cette chatte ?

L'homme eut un petit rire sec.

— Non m'dame. Pas cette chatte. Vous essayez de la caresser, elle s'écarte et vous griffe la main.

— Ah je vois, vous la connaissez, c'est ça ?

La femme laissa tomber les clés dans son sac.

— Je ne sais pas pourquoi Lily la garde. Son pedigree, c'est une explication, mais elle n'est pas apprivoisée.

— Mais jolie, dit le garde. On la nourrira.

— Et vous arroserez les plantes ?

— Oui m'dame, merci de nous le rappeler.

La femme parut hésiter. Elle était sur le point d'ajouter quelque chose quand elle remarqua que Dave attendait. Elle pivota, fit demi-tour, et pour finir monta dans la BMW, referma brutalement la portière, démarra.

— Monsieur ? fit le garde. Vous désirez voir quelqu'un ?

— J'ai rendez-vous avec Christina Streeter.

Dave passa une carte professionnelle au gardien. Qui la lut, entra dans la loge, décrocha le téléphone. Il appuya sur des touches, attendit un long moment, parla et raccrocha.

— Elle vous attend.

— C'est quoi ce chat ? demanda Dave.

— Un gros persan orange. Un de ceux qui ont ce petit

nez écrasé et des yeux larges comme des soucoupes. Superbe. Sa maman et son papa étaient champions tous les deux, des rubans bleus à la pelle. Elle représente beaucoup d'argent.

Il se mit à rire en hochant de la tête.

— Mais elle est franchement désagréable.

Il mit la main sur un truc à l'intérieur de la loge.

— La chatte la plus désagréable que j'aie jamais vue.

Dave monta dans la Jaguar, claqua la portière. Le truc sur lequel le gardien avait mis la main était un commutateur. Un moteur électrique bourdonna et s'ouvrirent largement les hautes grilles aux entrelacs de métal qui fermaient le grillage entourant le lieu et qui était pourvu sur son haut d'un fil tranchant comme un rasoir.

Il s'engagea dans la courbe d'une allée au revêtement noir fraîchement balayé et se gara dans un garage bordé de massifs d'azalées. L'ombre des mouettes voletait audessus de lui alors qu'il s'avançait dans un jardin soigneusement entretenu, en direction d'une porte marquée par un 27 de cuivre. Il pressa le bouton sous une applique en bois dont les petits carreaux de papier avaient été déchiquetés par le vent et les embruns. Un carillon électronique retentit à l'intérieur. Une demi-minute plus tard, la porte fut ouverte par un adolescent maigre d'un mètre quatre-vingts, porteur d'un caleçon de bain mouillé et lâche, mélange délavé de rouge, de gris et de rose. Il séchait à l'aide d'une serviette rayée jaune et vert une chevelure rousse.

L'acné fleurissait furieusement sur son visage, son cou, ses épaules. Il loucha sur Dave placé à contre-jour.

— Brandstetter, fit Dave. Pour Mademoiselle Streeter ?

— Ah oui, fit le garçon avec indifférence.

Et il se retourna pour appeler :

— Chrissie ! C'est le gars des assurances.

Il s'en alla en clopinant sur des jambes arquées et maigrichonnes en signifiant à Dave sans se retourner qu'il pouvait entrer. Il disparut dans un escalier à vis en acier.

Dave entra et referma la porte. La pièce se trouvait en contrebas de deux marches. Les meubles étaient chinois, bois sculpté, laqué noir. Le tapis de même, d'époque, poil de chameau sobrement coloré de bleu et de rose. Le plus grand tapis chinois que Dave ait jamais foulé et tenu en parfait état. Les empreintes de pieds plats du garçon à acné s'y lisaient comme une insulte. La pièce était un vaste carré haut de deux étages, tenue dans l'ombre par les poutres des galeries et les châssis du vitrage. Un grand Bouddha de bronze assis jambes croisées, mains jointes, paumes ouvertes, les coudes sur les genoux et au sourire de sérénité. Pas chinois, birman peut-être. De magnifiques vitrines laquées d'or, tendues de soie sur bambou qui abandonnaient à des supports d'ébène leur fragilité. Un écran japonais. Un paravent japonais où figurait une procession sur une montagne sacrée. Au-dessus de la cheminée était fixé un étendard tibétain orné d'un dragon féroce aux crocs agressifs, autrefois brandi lors de cérémonies.

A la lointaine extrémité de la pièce, des portes-fenêtres ouvraient sur un patio où brillait une piscine avec son bleu irréel contre le bleu irréel du ciel. Une fille mince très brune en deux-pièces blanc apparut sur le seuil et y demeura à s'agiter pour enfiler une robe en tissu éponge blanc. Elle tendait légèrement le cou comme pour percer une ombre plus profonde que celle de la pièce. Elle sortit alors de la poche de sa robe une paire de lunettes noires, les mit et chercha à tâtons ce qui se trouvait dans l'embrasure de la porte et à quoi Dave n'avait pas prêté attention et qu'elle trouva : une canne blanche à embout rouge. Pieds nus comme le garçon, elle descendit dans la pièce, s'approcha de Dave en souriant, agitant la canne devant elle à hauteur d'épaule d'avant en arrière et, tout comme le garçon, laissait sur son passage des traces de pas humides sur l'inestimable tapis.

— Monsieur Brandstetter ?

Elle s'immobilisa à un mètre de lui et il constata qu'il s'était mépris sur son sourire. Il ne s'agissait pas d'un sourire. C'était une sorte de grimace dont elle semblait coutumière, qui faisait partie d'elle, comme un tic sans doute, qui la prenait lorsqu'elle entreprenait quelque chose. En fait dès qu'elle s'immobilisa, son expression fut triste.

— Vous dites devoir me poser des questions ? Je croyais avoir répondu à toutes les questions possibles, venant de la police.

— J'ai lu leur rapport, dit Dave. Je vais essayer de ne pas vous poser les mêmes questions.

De sa canne, elle désigna un des deux longs canapés qui se faisaient face, séparés par des tables basses, des lampes à chaque extrémité. L'un était couvert d'un dessus de laine d'un bleu aussi apaisant que celui du tapis. L'autre dessus avait la même nuance de rose que celle du tapis.

C'était le rose qu'elle proposait.

— Voulez-vous vous asseoir ?

— Je vous remercie.

Dave passa devant elle et s'assit. Elle parut attentive sur son passage comme si elle cherchait à détecter une vibration. Bien sûr le tapis rendait silencieux ses pas. Lorsqu'il s'assit, les coussins l'accueillirent sans le moindre ouf. Elle sembla savoir exactement où il se tenait avant même qu'il ne se mette à parler. Elle prit place à l'autre extrémité du canapé et tourna vers lui un visage résigné sous les larges lunettes noires.

— Croyez-vous que votre père se soit suicidé ? demanda Dave.

Elle eut un léger haussement d'épaules.

— Ils m'ont dit qu'il tenait l'arme dans sa main. Il y avait des traces de poudre sur cette main. Et aussi sur la tempe là où la balle l'aurait touché.

Elle posa un pied sur la belle table basse, se pencha, essuya un orteil avec un pan de sa sortie de bain.

— Je crois qu'il s'est suicidé, mais je ne sais pas pourquoi.

— Il n'était pas déprimé ? s'enquit Dave. Il n'était pas

la proie d'ennuis que vous auriez pu connaître ?

— Il était furieux contre ma mère.

Chrissie eut un petit rire triste.

— Il était toujours furieux contre elle. Elle lui a fait une scène, une de plus. A mon sujet. Je suis un sujet de dispute entre eux.

Elle sécha ses orteils puis ramena ses jambes sous elle, agençant les plis de sa robe avec toute la précision d'une femme qui n'aurait pas été aveugle.

— Je veux dire... j'étais... je me demande ce qui va m'arriver à présent. Mon père, voyez-vous, était sur ses gardes. Il avait fait déclarer Brenda irresponsable par un tribunal. Elle buvait, se bourrait de cachets. Elle continue. Le juge Farmer l'a faite hospitaliser mais, dès sa sortie, elle a recommencé exactement comme avant. Ce n'est pas de sa faute. C'est une maladie.

— Les choses s'arrangeront pour vous, fit Dave.

— Pas avant que je ne sois mariée. Pas avant.

Comme si c'était son heure, le grand et maigre adolescent descendit l'escalier, pieds nus, mais porteur, cette fois, d'un pantalon treillis de camouflage trop large avec une veste de chef de char coupée juste à la hauteur de la taille. Ses épaules étaient anguleuses, en porte-manteau. Il avait séché sa chevelure de rouquin. Il dégageait une forte senteur de déodorant. Lorsqu'il eut gagné le bas de l'escalier, il marmonna sans les regarder.

— Quelqu'un veut un soda ?

Et, sans attendre de réponse, il disparut derrière l'épaisse paroi de briques patinées de la cheminée.

— Il semble trop jeune pour faire un mari, fit Dave.

— C'est vrai, dit Chrissie. Un an de moins que moi. Seize ans.

Elle adressa à Dave un sourire crispé.

— Vous ne seriez pas célibataire par hasard ?

— C'est la plus jolie demande en mariage de la journée, fit Dave. Mais nous devons faire plus ample connaissance. Quel était le travail de votre père ? Connaissait-il des difficultés ?

— Tout allait pour le mieux. Il venait d'obtenir cent mille dollars de la télévision pour une série de reportages qu'il avait couverts il y a un an dans le supplément du dimanche du *New York Times*. Sur le Cambodge. Ils vont en faire une mini-série.

Elle se mit à rire.

— Il a acheté du champagne français, a ouvert une grosse boîte de caviar qui lui avait été offerte en Russie lorsqu'il écrivait cette histoire du chemin de fer sibérien.

Elle eut un rire nerveux.

— C'était la première fois que je buvais du champagne. La première fois que je goûtais le caviar. Je ne sais pas si j'aime le caviar, mais j'aime le champagne. Si je n'avais pas peur de finir comme Brenda, je prendrais du champagne tous les matins au petit déjeuner.

— C'est cher le champagne français, fit Dave.

On ne pouvait pas savoir avec exactitude si elle posait son regard sur lui. Peut-être. Ou bien regardait-elle ailleurs, quand elle tournait la tête ?

Elle détourna le visage et dit à l'adresse du superbe salon :

— Je peux me l'offrir.

Il n'entrait pas beaucoup de joie dans ce constat. C'était dit ainsi, simplement. Ses doigts se portèrent sur les extrémités de la ceinture de sa sortie de bain, et jouèrent avec.

— Gandy est décédée la semaine dernière, dit-elle.

Dave fronça les sourcils.

— Gandhi est mort il y a quarante ans.

— Pas celui-là. Gandy, ma grand-mère. Je ne pouvais pas dire grand-mère quand j'étais petite. Je disais Gandy. Et ces choses-là restent, vous savez ! Elle m'a tout laissé. C'est pour cette raison que Brenda exige que je demeure auprès d'elle. Si elle est ma tutrice légale, elle aurait la jouissance de l'argent.

— Peut-être qu'elle vous aime. Les mères sont réputées pour ça.

Le garçon fut de retour, trois boîtes de soda embuées

entre ses mains osseuses. Il les posa sur la table brune devant le canapé rose, au milieu d'un éparpillement de petites statuettes d'ivoire jaune, blanc, brun ; des singes, des souris, des insectes. Il s'assit sur le sol.

— Pas sa mère, dit-il à Dave. Sa mère est une sorcière.

— Et son père ? fit Dave.

— La moitié du temps je comprenais foutrement rien à ce qu'il racontait, mais on était obligé de l'aimer. Il était pas vieux jeu, vous savez. Il m'a vu un jour faire de la planche à roulettes un peu plus loin dans le garage et il m'a demandé s'il pouvait essayer, et il était aussi bon que moi. Absolument. Sans entraînement. Il était givré. Il restait debout sur la tête tous les matins. Il disait que ça empêchait les calculs rénaux.

Le garçon s'empara d'une boîte de soda et but à même le métal.

— Il pratiquait cette gymnastique chinoise. Le Tai-chi. On fait des gestes.

Il tendit un bras et renversa du soda qui se répandit sur le tapis.

— Des gestes lents. Précis. Presque comme une danse. Il disait que ça vous gardait en vie, en bonne santé jusqu'à cent-dix ans.

— Pas lui, fit Chrissie.

Des larmes coulèrent lentement sur son visage.

— Oh Seigneur, fit le garçon. Je suis désolé. J'ai pas fait attention.

— Ça va, dit-elle. J'aime t'entendre parler de lui. Continue.

— Il se servait toujours d'une machine à écrire, poursuivit le garçon. Electrique bien sûr, mais vraiment vieille. Je veux dire elle avait même pas de boule. Elle avait des touches du genre clic-clactic. Vraiment bruyante. Et celle qu'il emportait en voyage, elle partait en lambeaux. Il est allé partout. A travers le monde, là où il y avait de la casse. Quand ils ont fait exploser ces Marines au Liban, il y était. Il a vraiment vu ce maudit camion bourré d'explosifs quand ce fou...

— Il n'était pas si près que ça, fit Chrissie. N'exagère pas. Parle-nous du traitement de texte.

— Je suis un dingue des ordinateurs.

Le garçon avala une gorgée de soda.

— Je le suis depuis l'âge de cinq ans. Je suis fou de ce genre de machine. Je lui ai dit qu'il pourrait travailler plus vite et avoir un meilleur rendement s'il avait un traitement de texte. Et il m'a dit : «M'apprendras-tu à m'en servir, Dan'l ?» C'est vraiment mon nom, Dan'l. Et je lui ai dit que j'essaierais bien, mais qu'il était peut-être trop vieux pour apprendre.

Dan'l eut pour lui-même un rire en forme de glapissement.

— Seigneur ! Il avait tout pigé en une demi-heure. Il était futé.

— Pour un vieux type, fit Dave.

L'acné de Dan'l se fit plus rouge. Il ouvrit de grands yeux en regardant Dave et sa pomme d'Adam tressauta.

— Oh Seigneur, je continue à mettre les pieds dans le plat.

— Il n'avait que quarante-deux ans, fit Dave. Ça vient vite. Pour tout le monde. Même pour vous.

— Sauf pour Adam. Il n'a pas été jusqu'à quarante-trois, fit doucement Chrissie.

— Sur quoi travaillait-il ? demanda Dave. Ou bien faisait-il relâche après avoir reçu le gros chèque des gens de la télévision ?

Chrissie tâtonna en direction de la table. Dan'l assis sur son maigre fessier se pencha pour attraper la deuxième boîte de soda et il la plaça avec précaution dans la main de Chrissie. De l'autre main elle ausculta le couvercle embué afin d'en trouver l'ouverture. Elle but.

— Il travaillait, répondit-elle à Dave. Il ne savait pas s'arrêter. Il mettait autant d'acharnement à travailler que Brenda à boire. Je crois que l'un était la cause de l'autre. Mais j'ignore qui avait commencé. Lui, sans doute. Elle détestait qu'il soit toujours en voyage, et il ne cessait de lui promettre qu'il allait s'arrêter, mais il repartait quoi qu'il arrive.

— Sur quoi travaillait-il ?

— Un sujet sur l'Amérique Centrale. Ces derniers temps il parlait beaucoup espagnol. Au téléphone. C'est en Amérique Centrale qu'il se passe des choses en ce moment. Comme dirait Dan'l, c'est toujours là... dessus qu'il travaillait. Les endroits brûlants.

— Nicaragua ? fit Dave. Salvador ?

Chrissie hocha la tête, fronça les sourcils.

— Non, un autre coin. Los Inocentes ? C'est ça. Un drôle de nom pour un pays. Los Inocentes. Inocentes de quoi ?

— Le pays a été découvert par Balboa en 1513, fit Dave. Un jour de célébration religieuse. La fête des Saints Innocents. Il a revendiqué le territoire pour l'Espagne. C'est ainsi qu'il l'a baptisé quand il a planté l'étendard sur la plage. Voilà l'explication.

— Vous êtes sûr de ne pas vouloir vous marier ?

— Je suis trop vieux pour vous, fit Dave. Votre père ne vous a rien dit quant à l'enquête sur Los Inocentes ?

— Il y a une insurrection.

Dan'l suça le métal de la boîte de soda et s'essuya le menton.

— Des «communistes». Ils essayent de renverser le gouvernement. Ce gouvernement expédie des escadrons de la mort et fait tuer les villageois parce qu'ils aident les rebelles. Et si les villageois n'aident pas les rebelles, les rebelles les tuent. J'ai vu ça à la télé.

Chrissie continuait à faire du charme à Dave.

— Je vais être très riche.

— C'est parfait, mais, financièrement, je suis à l'aise. J'ai hérité d'un portefeuille d'actions d'une grosse compagnie d'assurances.

— Celle que vous représentez ici ?

Elle était surprise.

— La «Banner» ?

— Pas celle-là, fit-il. La «Medallion». Mon père l'a créée. De toute façon, je ne voudrais pas vous épouser pour votre argent. Pour qui me prenez-vous ?

— Pour quelqu'un de très gentil et de très intelligent.

— Et assez âgé pour être votre grand-père. Je ne voyage presque jamais. Je ne me tiens que rarement sur la tête, sauf dans de mauvais rêves. Et si j'essayais de pratiquer la planche à roulettes, je me romprais les os. Pour qui écrivait-il cet article sur «Los Inocentes» ?

Chrissie avait la bouche pleine de soda. Elle hocha la tête, avala vivement.

— Il ne l'avait pas vendu. Il ne voulait pas que ce sujet s'ébruite. Pas encore. Il y avait une chose qu'il devait encore vérifier. Après quoi, son enquête aurait été le récit le plus brûlant de la décennie. C'est tout ce qu'il me disait.

Sa voix s'altéra. A nouveau les larmes coulèrent sous les lunettes noires.

— C'est la dernière chose qu'il m'ait dite.

— Ne pleure pas, Chrissie.

Dan'l fit le tour de la table sur ses genoux, s'approcha d'elle, essuya maladroitement les larmes.

— Ça ne le fera pas revenir.

Elle écarta sa main.

— Ce n'est pas ça. Brenda va me récupérer, Dan'l. Il ne peut plus l'en empêcher à présent. Gandy non plus. Personne ne le peut.

Dave se leva.

— J'aimerais jeter un coup d'œil sur son cabinet de travail si c'est possible.

— Nous pourrions nous enfuir, fit Dan'l. Sa voiture est toujours là.

Elle se mit à rire — une intonation douloureuse. Elle tâtonna. Il lui caressa les cheveux.

— Oh Dan'l. Ils me mettraient en prison. Pour détournement de mineur.

Elle trouva sa canne et se leva vivement.

— Venez, Mr. Brandstetter.

Elle se dirigea vers l'escalier faisant aller et venir le bout rouge de la canne à quelques pouces au-dessus du tapis.

2.

Le cabinet de travail se trouvait au deuxième étage sur l'arrière de la demeure, de sorte que les portes-fenêtres donnaient sur le patio et sa piscine. L'ameublement était essentiellement style moyen-orient. De nombreuses incrustations de nacre et de cuivre. Le tapis était persan dans des rouges chauds. Il traversa la pièce entre tables basses et vitrines, l'une abritait une télévision, pour aller s'immobiliser devant les portes-fenêtres. A l'extérieur un petit balcon chargé de plantes en pots. Deux étaient tombés de la main courante et s'étaient brisés. Des plantes étaient suspendues par des cordages en macramé fixés au plafond. De l'autre côté du patio, derrière le battant d'une porte-fenêtre comme celle devant laquelle il se tenait, un chat orange, ébouriffé, était étalé sur un lit et contemplait la belle journée de ses grands yeux dorés.

— En face, c'est la propriété des Gernsbach, fit Dave.

— Des gens agréables, fit Chrissie. Ils sont partis en voyage.

— Pas la chatte, fit Dave.

— C'est une terroriste, fit Dan'l. Elle détournerait l'avion.

Cette demeure et celle des Gernsbach étaient les seules à donner sur le patio. Les murs des autres demeures étaient aveugles. L'un était couvert de plantes grimpantes aux fleurs d'un rouge flamboyant. Dave se retourna pour jeter un coup d'œil sur le cabinet de travail d'Adam Streeter. Armoires pour classeurs, étagères pour livres, un long bureau sur lequel reposait un traitement de texte avec un écran gris blanc. L'imprimante, carré blanc, collée à lui. Chrissie appuyée au bureau tripotait distraitement le coin d'un gros annuaire qui traînait là. Des bouts de papier dépassaient du livre, marquaient des pages. Dave lui demanda :

— Quand sont-ils partis ?

— Ils étaient déjà partis quand j'ai trouvé Adam mort, fit Chrissie d'une voix blanche. C'est la première personne à laquelle j'ai songé, la plus proche, la plus prévenante. Mais quand je me suis présentée, Lily m'a annoncé qu'il était parti en voyage et qu'elle allait le rejoindre.

— Mr. Gernsbach ? fit Dave.

— Harry, précisa-t-elle. Lily a téléphoné à la police pour moi. Je ne savais pas quoi faire.

Elle eut un rire triste.

— Je ne le sais toujours pas.

— Cessez de vous tourmenter.

Dave la toucha à l'épaule.

— Je connais le juge Farmer. Je lui parlerai.

— Vraiment ? fit-elle. Je peux parfaitement vivre seule ici.

Dave s'étonna de ne trouver aucun papier sur le bureau. La maison était très bien entretenue. Streeter était forcément aussi maniaque quant au rangement de ses papiers personnels. Dave ouvrit les tiroirs du bureau. Passeport. Enveloppes de billets d'avion. Tickets. Reçus, chèques annulés se trouvaient dans l'un des tiroirs. Plumes, agrafes, timbres poste, élastiques, ciseaux, agrafeuse dans l'autre. Mais pas une page manuscrite, pas une note griffonnée. Pas de cassettes, pas de disquettes. Il examina les classeurs : coupures de presse dans des chemises.

Manuscrits d'articles anciens. Copies de journaux et de magazines qui les avaient publiés. Mais rien sur «Los Inocentes». Il referma le classeur. Dan'l se tenait nonchalamment adossé au chambranle de la porte.

— Les journalistes se servent de blocs-notes, lui fit remarquer Dave, ou bien d'enregistrements sur cassettes. Je ne vois rien. Je ne trouve aucune cassette.

Etonné, Dan'l fit quelques pas dans la pièce et eut pour elle un coup d'œil plein de désarroi.

— Il avait deux enregistreurs. Des compacts. Très bons.

Le garçon s'accroupit, ouvrit une armoire turque. Les poignées de sa double porte grincèrent. Si ce n'était une pile de livres, elle était vide. Les livres avaient tous la même jaquette brillante.

— Je suppose que la police a embarqué les cassettes et le reste, dit Dan'l. C'était absolument bourré, tout tombait à chaque fois qu'il l'ouvrait.

Il prit un des exemplaires à jaquette brillante.

— C'est lui qui l'a écrit. Vous en voulez un exemplaire ? Il y en a plein.

— Merci.

Dave accepta distraitement le livre. Le rapport de police qu'il avait eu entre les mains le matin-même ne mentionnait ni papiers, ni documents, ni cassettes appartenant à Streeter. Dave fit :

— Où rangeait-il ses disquettes ? Les gardait-il dans cette armoire ?

Dan'l hocha la tête.

— C'est ça.

Il referma l'armoire, demeura accroupi un moment en la contemplant, puis il fit claquer ses doigts et se dressa, sourire aux lèvres.

— Je sais. Il les avait emballées. Il voulait les emporter.

Dan'l sortit de la pièce au petit trot, longea une galerie et gagna une pièce en façade. C'était une chambre à coucher. Sur le lit s'étalait un assortiment de bagages en cuir souple, ouverts, à demi pleins. Les doubles rideaux étaient tirés. Dan'l trouva l'interrupteur, un petit moteur ronronna et les rideaux s'ouvrirent sur un large ciel bleu, au-delà d'une marina bleue où des bateaux de plaisance patientaient, bâchés de bleu, des mouettes perchées au haut de leurs mâts. Tandis que Dan'l fouillait parmi les vêtements rangés dans les sacs de voyage, Dave demanda à Chrissie :

— Pourquoi ne travaillait-il pas ici ? La vue est plus belle.

— Cela lui rappelait trop que le monde est vaste. Et il n'en avait vu que la moitié. Cette vue le poussait à acheter un bateau pour faire le tour du monde. Assis ici, il ne pouvait pas écrire un seul mot.

Son visage était tourné vers la lumière et elle souriait d'un pauvre sourire de désenchantement.

— A la manière dont il décrivait la vue, je pouvais presque la voir.

Dave la contempla à sa place. Des résidences assez semblables à celle-ci se dressaient de l'autre côté de la marina où d'autres bateaux étaient amarrés. Puis des collines roses, vertes qui seraient bientôt roussies par la sécheresse de l'été. Sur les coteaux de la taille d'un jouet vus de si loin, brillaient des bâtiments blancs d'un collège à architecture espagnole. Et encore au-delà, des *jets* décollaient silencieusement de l'aéroport, décrivant de larges courbes paresseuses au-dessus de l'océan.

— Je l'ai entendu rentrer vers 3 heures, dit Chrissie.

Elle se dirigea vers le lit, s'assit sur un coin.

— Il m'avait prévenue qu'il pourrait ne pas rentrer, passer la nuit dans un motel. La route était longue.

— Jusqu'où ? fit Dave.

Elle hocha tristement la tête.

— Il n'a pas voulu me le dire. Il affirmait que ce serait mieux que je l'ignore. Pour ma propre sauvegarde. Nous étions sortis avec la voiture. C'est là qu'il m'a dit que ce pourrait bien être l'enquête la plus brûlante de la décennie.

— Il n'y a pas d'enregistreurs de cassettes ici, fit Dan'l.

Rien dans l'armoire.

— Comme il était rentré très tard, dit Chrissie, je n'ai pas voulu le réveiller en lui apportant son café. J'ai pris mon petit déjeuner seule. Puis j'ai été frapper à sa porte, ici même, et j'ai prêté l'oreille. J'ai l'ouïe très fine et je n'ai pas entendu son souffle. Je suis donc rentrée sur la pointe des pieds et j'ai tâté le lit, tout ce qui s'y trouvait. Il n'y avait que ces bagages. Je savais qu'ils ne s'y trouvaient pas lorsque nous étions sortis.

— Peut-être a-t-il acheté cet avion, fit Dan'l.

Il regardait Dave.

— Il parlait d'acheter un avion pour se rendre là où il le voulait en toute liberté sans dépendre des vols réguliers. Plus mobile. Accés plus facile dans des coins où l'on ne veut pas voir les journalistes.

Il désigna les sacs de voyage, témoins émouvants.

— Peut-être qu'il allait partir pour Los Inocentes.

— Pauvre Adam ! fit doucement Chrissie.

Elle leva son visage vers Dave.

— Toujours est-il que je me suis demandé pourquoi il ne dormait pas. Et je me suis dit qu'il avait peut-être trouvé la pièce manquante dans son enquête, et que ça devait tellement l'exciter qu'il était incapable de trouver le sommeil. Ça lui arrivait parfois. Il travaillait toute la nuit. Je suis donc allée dans son bureau. La porte était fermée. Je ne le dérangeais jamais dans son bureau, mais j'étais inquiète. Je n'entendais pas un bruit. J'ai frappé, je l'ai appelé, mais il n'a pas répondu. Alors je suis entrée. Je ne l'ai pas senti avec ma canne et j'ai trébuché sur lui. Il gisait par terre. Quand je l'ai touché, il était froid. Il était inutile de lui parler, de le secouer.

Sa voix se fit faible, s'altéra :

— Il était mort.

— Vous n'avez perçu la présence d'aucune autre personne dans la maison ?

— Même pas le coup de feu.

— A cause du silencieux, fit Dave. Il ne vous a pas dit qui il devait rencontrer ce jour-là ? Vous ne vous souvenez d'aucun nom lié à son enquête ? Pas un seul ?

— Deux. J'ai surpris une conversation entre lui et Rue Glendenning, un garçon qui sort tout juste de l'université de Californie, avec un brevet de journaliste. Les étudiants venaient parfois voir Adam pour avoir ses conseils sur le métier. Un des noms qu'ils ont cité était Cortez-Ortiz. L'autre était tout à fait étrange.

Elle plissa son front lisse et mordilla sa lèvre inférieure, prit une profonde inspiration et épela lentement :

— Tegucigalpa. C'est pas ça ?

Dan'l se mit à rire.

— On dirait le cri d'une dinde.

— Là, les doubles rideaux sont ouverts sur les portes-fenêtres, fit Dave. L'étaient-ils également lorsque vous avez découvert le corps de votre père ? Vous en souvenez-vous ?

— Je m'en souviens. Je me suis aussitôt dirigée vers la porte-fenêtre pour appeler Harry. Les rideaux étaient ouverts, les portes-fenêtres également. Mais pas de l'autre côté du patio. Ils les tiennent presque toujours fermées. A cause de la chatte, Trinket. Ils ne la laissent pas sortir. J'ai compris qu'elles étaient fermées au bout d'un moment. Les Gernsbach ne pouvaient pas m'entendre.

— Et ce voyage ? fit Dave. Madame Gernsbach vous a-t-elle dit où ils se rendaient ?

— Elle ne m'a rien dit, sinon que c'était une décision de dernière minute. Il était parti le premier. J'ai donc pensé qu'il s'agissait d'un voyage d'affaires.

— De quel genre d'affaires s'occupe-t-il ?

— Une société de crédit, dit-elle. Il est directeur de la «Pacific Sphere», quelque chose comme ça.

— Il dispose d'un bel ordinateur chez lui, connecté avec son bureau, fit Dan'l.

Chrissie poursuivit :

— Vous savez, Lily était allée avec sa mère passer quelques jours à Altadena. Et quand elle est rentrée, elle a trouvé un mot d'Harry. Ce qui l'a mise dans tous ses états. Elle a horreur d'être bousculée.

— Ils allaient peut-être à Washington, fit Dave. Le Congrès travaille en ce moment sur les opérations de crédit. J'aurais aimé leur parler.

— Moi aussi, fit remarquer Chrissie. J'aurais aimé qu'ils ne soient pas absents.

— Tegucigalpa est la capitale du Honduras, fit Dave. Mais je ne sais pas où est Cortez-Ortiz. Ou bien est-ce un individu ?

— Non, dit Chrissie d'un air perdu, puis elle se leva. Je sais qui peut détenir ses dossiers, ses affaires. Mike Underhill.

Dan'l fit la moue, grogna.

— Ce tordu, je ne lui confierais aucune de mes affaires personnelles.

Et Dave pas davantage. Il lui avait fallu quelques secondes pour mettre un visage sur ce nom : Underhill était journaliste, un m'as-tu-vu, qui quelques années auparavant avait écrit une biographie concise quant à la documentation, mais prolixe en matière d'invention sur un ermite milliardaire du Texas. Il avait mené grand train à Ischia, à St-Tropez avec la forte avance payée par l'éditeur. Puis il s'était retrouvé en prison pour fraude. Le livre fut mis au pilon et Underhill condamné à rembourser un demi-million à l'éditeur. L'avait-il fait ? S'y efforçait il ? Qui pouvait encore lui confier un travail ? Ou lui remettre un chèque ?

— Adam avait confiance en lui, dit Chrissie. Il pré tendait qu'il devait avoir sa chance. Mike avait connu une mauvaise passe, rien d'autre. Ce genre de livre est toujours à moitié fabriqué. Qui s'en soucie ? Mais Mike n'est ni Truman Capote, ni Norman Mailer. Sa notoriété est trop faible. Et au lieu de choisir un quelconque assassin débile, il avait choisi l'homme le plus riche du monde, et bien sûr il s'était fait étendre pour le compte. Adam disait que ce n'était pas juste.

— Underhill travaillait pour lui ?

— Pas à plein temps. Seulement par-ci, par-là. Mais il était présent la veille du départ d'Adam. Adam a dû lui confier le matériel, ses notes, ses dossiers.

— Pour travailler dessus, s'étonna Dave, tandis que votre père s'envolait pour Los Inocentes ?

— Tu ferais bien de tout récupérer, Chrissie, fit Dan'l d'un air maussade. Sinon il rédigera l'article en prétendant qu'il en est l'auteur. Il taira le nom d'Adam. Il ne partagera pas le succès.

— Je vais m'habiller, dit-elle, et nous irons le voir.

Elle gagna la porte de la chambre, remonta la galerie qui donnait sur l'apaisant salon chinois en contrebas.

— Les clés de la voiture sont dans la cuisine, dit-elle.

— Formidable ! Dan'l la suivait. J'adore conduire cette voiture. Elle est terrifiante.

Il lui avait emboîté le pas.

— Veux-tu que je te guide jusqu'en bas ?

— C'est inutile, fit Dave qui les suivait, allez de l'avant, j'ai encore quelques questions à poser à Chrissie.

— Je peux y arriver seule, dit-elle.

— Je vais chercher la voiture, fit Dan'l.

Il s'élança dans l'escalier à vis comme un gosse en pleine récréation, martelant les marches de ses talons nus.

— Encore quelques questions ? demanda Chrissie, ses doigts minces tâtonnants, en quête de la fine rampe noire. Lorsqu'elle l'eut trouvée, elle descendit l'escalier presque aussi vite que Dan'l. Dave la suivait.

— Je dors ici, une pièce en façade, sous la chambre d'Adam.

— Et au-dessus de la porte d'entrée, fit Dave. Il vous était donc facile de l'entendre rentrer à l'aube. Les escaliers sont bruyants. Vous l'avez entendu ?

— Oui.

Elle descendit encore une marche, puis s'arrêta, demeura immobile.

— Lui, et seul. C'est ce que vous vouliez savoir, n'est-ce pas ?

Elle tourna la tête, la leva vers lui.

— Vous ne croyez pas qu'il se soit suicidé. Vous pensez que quelqu'un l'a tué.

— Son univers était dangereux, fit Dave. C'était ça qu'il aimait. N'est-ce pas ce que vous avez dit ?

— Il avait des amis dans le monde entier.

Elle reprit sa descente. La canne suspendue à son poignet par un cordon. Parfois la canne faisait résonner le fer forgé.

— Ils peuvent se haïr entre eux. Israéliens et OLP, IRA et Anglais, antinucléaires et militaristes — mais tous aimaient Adam Streeter.

Elle rejoignit la galerie, la longea en direction de la façade.

— C'était un journaliste, Mr. Brandstetter. Il ne prenait pas parti. S'il l'avait fait, comment aurait-il pu faire son métier ? Il n'avait pas d'ennemi.

Une voix s'éleva d'en bas.

— Il en avait un, Chrissie.

Un cri s'étouffa dans la gorge de Chrissie, et elle s'immobilisa si brusquement que Dave la heurta. Il regarda en bas. Une femme en rouge, regard levé, sourire moqueur, se tenait au milieu du ravissant salon. Les années avaient marqué sa silhouette, mais elle avait dû être belle autrefois, et avant cela jolie, du même type de beauté brune que Chrissie. On ne pouvait s'y tromper : elles étaient mère et fille. Ce que le temps fait de nous !

Dan'l dit :

— Je suis désolé. J'ai bien essayé de la retenir.

— Fais tes valises, Chrissie.

La voix de la femme était cassante, amère, brutale. Elle se dirigea vers l'escalier.

— Tu vas vivre avec moi à présent.

— Je suis très bien ici, maman.

— Absurde. Tu n'as personne pour t'aider.

Les chaussures de la femme claquèrent sur les marches.

— J'ai essayé de le faire comprendre à ce juge sénile. Que ton père serait absent un jour sur deux. Que tu ne peux te débrouiller toute seule.

— Je suis là, fit Dan'l.

Le claquement des chaussures de la femme cessa.

— Ne soyez pas ridicule, dit-elle. Vous n'êtes qu'un enfant, tout comme elle. Et les enfants ont besoin de leurs parents.

Elle reprit sa montée.

— Surtout les enfants aveugles.

— Je ne suis pas une enfant, s'écria Chrissie. J'aurais dix-huit ans l'année prochaine. Va-t-en, Brenda. Tu n'as pas le droit d'être ici.

— Pas le droit ?

Brenda poursuivit sa montée.

— Je suis ta mère. Qui peut avoir plus de droits ?

Elle avait gagné la galerie, avait réussi à demeurer calme, mais elle était essoufflée.

— Toute seule ici, n'importe quoi pourrait t'arriver.

Elle s'immobilisa, pantelante, appuyée à la rampe, et cria :

— Allons-y.

D'un geste de la tête, elle désigna la chambre.

— Commence à faire tes bagages. J'arrive dans une minute pour t'aider.

— Je ne partirai pas avec toi, dit Chrissie. Le tribunal te prive de tes droits. Si tu l'as oublié, moi pas. C'était le plus beau jour de ma vie.

— Vous entendez ça ? s'exclama la femme avec un sourire grimaçant à l'adresse de Dave. Voilà l'amour filial de nos jours ! Qui êtes-vous ?

— J'enquête sur la mort d'Adam, fit Dave. La routine.

Elle fronça les sourcils.

— Vous voulez dire que les assurances ne paieront pas. C'est ce que vous voulez dire, n'est-ce pas ?

Elle s'avança vers lui, et Dave respira une odeur de gin.

— En cas de suicide, il n'y a pas de versement.

— C'est ta seule préoccupation, dit Chrissie. L'argent ! C'est la seule raison qui t'amène ici. Tu ne désires même pas que je vive à tes côtés ! C'est la prime d'assurance d'Adam que tu désires, l'argent de Gandy.

— Gandy était ma mère, fit Brenda Streeter. Cet argent aurait dû me revenir, tu le sais. J'étais la femme d'Adam, espèce de petite garce, seize années d'enfer durant. Il me doit cet argent de l'assurance. Je l'ai mérité.

Son rire fut empreint de rancune.

— Tout ce que j'ai dû faire ! Et toi qu'as-tu jamais fait pour lui sinon prendre, prendre, prendre ?

— Il ne s'est jamais plaint, dit Chrissie.

— Pourquoi l'aurait-il fait, hein ? Il pouvait partir quand il le voulait. Et rester absent pendant des mois. Karachi, Da Nan, Sidon. J'étais attachée par toi. Chaque maudite journée. Vingt-cinq heures par jour.

— Tu es ivre.

Chrissie se retourna, se dirigea vers sa chambre illuminée de soleil dont la porte était ouverte. Elle se guidait d'une main sur la rampe.

— J'appelle le vigile. Veux-tu partir à présent ou bien attendre que Mr. De Lis t'expulse ?

Dan'l monta l'escalier en courant. Brenda se fit narquoise.

— Mr. De Lis m'a laissée entrer. Il n'avait pas le choix.

Elle plongea la main dans un sac en bandoulière rouge et en tira une feuille de papier, la fit légèrement claquer entre ses doigts.

— J'ai un ordre du tribunal, signé, cacheté, qui fait de moi ta tutrice légale à présent que ton père est mort.

Chrissie s'était arrêtée, et retournée.

— C'est impossible, le juge Farmer n'a pas pu faire une chose pareille. Il sait qui tu es.

Le rire de Brenda se tenait au bord de l'ivresse.

— Le juge Farmer est mort, Chrissie.

Elle fourra le papier dans son sac, dépassa Dave et s'approcha de sa fille.

— Je suis étonnée que tu n'en saches rien. Depuis le temps que vous étiez amis.

Elle agrippa Chrissie par le bras.

— Lâchez-la !

Dan'l fila comme un trait devant Dave, se saisit de Brenda par derrière, lui fit perdre l'équilibre. Avec un cri elle tomba séchement sur le dur plancher ciré de la galerie. En grognant, elle tenta de se relever.

— Espèce de gosse vicelard, sors !

Dave vint l'aider. Elle écarta son assistance, gronda :

— Ne me touchez pas avec vos sales mains. Je ne vous encaisse pas.

Elle prit appui sur la rampe, se redressa, vacilla, remit fébrilement de l'ordre dans sa coiffure. Une tâche était apparue là où elle s'était retrouvée assise et une trace assombrissait le dos de son chemisier.

— Fichez le camp, tous les deux.

Puis à nouveau elle agrippa Chrissie par le bras.

— C'est entre ma fille et moi.

— Vous ne pouvez pas faire quelque chose ? fit Dan'l à Dave, l'intonation déchirante.

Dave regardait la femme entraîner la fille.

— Plus tard, peut-être. Venez. Il va falloir que je les conduise. Elle est trop soûle.

Ils se rendirent dans la cuisine où ils patientèrent. Dan'l, l'air sinistre, but un soda. La cuisine était en bois de teck, en cuivre avec des à-plats laqués rouge de Chine. Dave fuma une cigarette. Les voix des femmes leur parvenaient, dures, lointaines. Le désespoir était sur le visage de Dan'l. Il portait sa douleur. De petits oiseaux se chamaillaient dans les arbustes du patio. Il les observait.

— Un silencieux. On ne peut pas mettre un silencieux sur un revolver.

— Ce n'était pas un revolver. C'était un Desert Eagle. Semi-automatique. Action. Gaz. 3,57 Magnum.

— Tout ce qu'il avait, dit Dan'l, c'était un colt 32. Je le sais. Il m'apprenait à tirer avec.

Dan'l eut un petit sourire de nervosité.

— Ça ne plaisait pas beaucoup à m'man.

— Je n'ai pas vu son carnet d'adresses là-haut, fit Dave. Sais-tu où habites Mike Underhill ?

— A Venice, répondit Dan'l. Amoroso Street.

3.

C'était une rue étroite bordée de bungalows miteux et de gros acacias noirs. Comme elle était située à proximité de la plage, les accotements de la rue était encombrés de voitures, pare-chocs contre pare-chocs, ce qui ne laissait qu'un mince passage pour la conduite. Les signalisations de la police municipale interdisaient de se garer avant neuf heures et après cinq heures. Dave consulta sa montre. Il était précisément cinq heures dix, mais seul un jeune chevelu aux lunettes de soleil fêlées tentait de quitter sa place, au prix de grandes difficultés, sa Honda Civic poussiéreuse ne disposant que de quelques centimètres de manœuvre entre la voiture avant et celle de derrière.

En quête de l'adresse que lui avait donnée Dan'l, Dave repéra les numéros au métal rouge sur un rectangle de contre-plaqué fixé par des fils à une palissade haute d'un mètre vingt. Un camion bleu lavande étincelant, avec des plaques d'immatriculation neuves était garé en travers de la rue. Dave conduisit lentement la Jaguar à l'angle du pâté de maisons, dépassa une petite épicerie de quartier couverte de graffitis, un magasin de spiritueux aux fenêtres pourvues de barreaux d'acier, les vitres collantes de crasse, une pizzeria, une laverie automatique, un magasin de cycles, un passage voûté comme une cave où clignotaient et scintillaient des jeux électroniques. On était loin de St-Tropez. Comment Underhill jugeait-il le changement ?

Le camion trônait toujours en travers de la route, mais trois véhicules à présent avaient abandonné Amoroso Street, et d'autres s'y efforçaient. Il se glissa dans une place où les branches feuillues et non taillées d'un gros laurier frôlaient la carrosserie. Il risquait une contravention en stationnant là, mais il n'avait aucune autre solution. Il avait dépassé l'adresse de quelques portes. Le trottoir était craquelé, bosselé par les racines des vieux arbres. Sous les frondaisons et les lauriers roses, l'allée de stationnement était pelée, chargée de boîtes de bière, de bouteilles de vin dans des sacs de papier froissés, et d'emballages de Big Mac, de paquets de Marlboro écrasés, d'os du Kentucky Fried Chicken, de serviettes de papier grasses. Un vieil homme, loqueteux, avec une barbe blanche crasseuse s'avançait lentement en direction de Dave, poussant un caddy rouillé encombré de vêtements, de journaux, de sacs de supermarchés pleins à craquer. Dave s'écarta de son chemin. L'homme quémanda une pièce. Dave lui donna un dollar. La barrière en grillage avait une porte, mais elle ne pouvait être ouverte, elle était cadenassée. Un écriteau métallique était fixé à la porte grillagée — PAS DE REPRESENTANTS, DE COLPORTEURS, DE QUETEURS. Pas «Attention au chien». Pourtant un gros chien laineux bondissait à la fenêtre de la demeure et il aboyait. Il y avait bien longtemps que Dave n'avait pas sauté de barrière. Il se sentirait ridicule en cas d'échec. Les fils de fer du grillage pouvaient déchirer ses vêtements. Il se faisait vieux et les vieux os se rompent plus aisément que les jeunes. Il se saisit néanmoins de la barre rugueuse qui tenait le grillage, plia les genoux à deux reprises, prit une profonde inspiration et sauta par-dessus la barrière.

Il atterrit sans grâce. Mais il était arrivé à ses fins. Il se releva un peu chancelant sur un gazon des Bermudes et brossa son pantalon. Ses mains le brûlaient, il était retombé sur elles. Il ne pesait pas plus lourd que lorsqu'il avait dix-sept ans. La seule période où il avait pris du poids avait été son temps en Allemagne après la guerre, jeune lieutenant des services de renseignements de l'armée qui interrogeait sur leur passé politique des civils effrayés. Nul d'entre eux n'avait été nazi. Bien sûr que non. Et alors qu'ils grattaient les décombres ensevelis sous la neige, en quête de nourriture, l'armée américaine regorgeait de bouffe, et Dave avait approché ses quatre-vingt-dix kilos. Duke Summer, son sous-fifre maigrichon, l'avait surnommé «Porky». Avant et depuis Dave avait toujours pesé dans les soixante. Alors, pourquoi avait-il atterri si lourdement ? Pourquoi avait-il manqué accrocher cette petite palissade ? Hochant la tête, se moquant de lui-même, il se dirigea vers le bungalow. Le chien quitta la fenêtre et se mit à gratter frénétiquement derrière la porte. Dave posa un pied sur une marche en bois branlante dont la peinture verte s'écaillait, et une voix l'interpella. Il s'immobilisa, jeta un coup d'œil.

Sur la route, une jeune Asiatique le regardait. Elle avait la peau brune, impeccable, vêtue d'un court short blanc, d'une chemise d'homme nouée sous sa gracieuse poitrine. En chapeau en paille de riz et sandales de paille, elle tenait un grand sac de paille tressée.

— C'est vraiment Hunsinger que vous désirez voir ? dit-elle. Ceux qui ont besoin de lui enfilent leurs vêtements à l'envers et ne peuvent pas nouer les lacets de leurs chaussures.

Elle sourit.

— Je cherche Mike Underhill, fit Dave.

— Ah ! - Elle parut soulagée - Vous avez rendez-vous.

Dave abandonna l'étroite marche verte, et le chien cessa d'aboyer, retourna à la fenêtre où il se tint, une patte sur la barre d'appui, en gémissant et en regardant Dave qui traversait la pelouse pour rejoindre la jeune femme.

— Non, je n'ai pas rendez-vous, fit-il. Me suis-je trompé d'adresse en plus ?

— Pas vraiment. Simplement, quelquefois, les gens oublient d'ajouter le demi à la fin de leur numéro. C'est la maison de derrière. Mais ça ne vous avancera pas à grand-chose s'il n'est pas là.

Elle regarda d'un air navré le ciment fendu de l'allée.

— Il est parti, dit-elle.

— Vous savez où ?

— Je n'en sais rien. Je voulais le voir au sujet de...

Elle se ravisa et expliqua :

— Je ne le connais pas assez pour savoir où il se trouve quand il n'est pas chez lui.

— Laissez-moi deviner, fit Dave. Vous vouliez lui parler d'Adam Streeter.

Le regard de la fille ne le démentit pas.

— Moi aussi. Et Adam Streeter, vous le connaissiez assez pour savoir où il se trouvait lorsqu'il n'était pas chez lui. C'est bien ça ?

— Nous étions bons amis, dit-elle.

— Vous étiez-vous querellés ? Ce n'est pas pour cette raison qu'il s'est suicidé ?

— Pour quelle raison pouvait-on se quereller avec Adam ? Non. Il m'a fait sortir du Cambodge pour m'installer ici et m'a remise à flot. Jamais je ne me serais disputée avec Adam. Je ne sais pas pourquoi il s'est suicidé. Je ne peux pas croire qu'il l'ait fait. Il était bon. Et il aimait la vie.

Elle trouva un mouchoir dans son sac de paille et s'essuya les yeux.

— Excusez-moi.

— Si vous vouliez parler de lui, fit Dave, pourquoi avoir choisi Underhill ? Pourquoi pas Chrissie ?

— Il ne voulait pas que j'aille là-bas. Il ne voulait pas que Chrissie sache quoi que ce soit à notre sujet. Que personne ne le sache. Il avait peur que sa femme le poursuive en justice et lui reprenne Chrissie. Ce n'était pas une bonne mère. Elle avait beaucoup de problèmes, alcool, drogues.

— Je sais. Mais elle a repris Chrissie à présent.

Le doux visage de la jeune femme se crispa.

— Oh, il aurait détesté cela. Une raison de plus qui prouve qu'il ne s'est pas suicidé. Il n'aurait jamais abandonné Chrissie comme ça. Si jeune et sans défense.

Elle pressa le mouchoir sur son nez, en fit une boule dans sa main, puis le rangea dans le sac de paille.

— Qui êtes-vous ?

— Dave Brandstetter.

Il tira un bristol de son portefeuille et le lui tendit. Elle le lut, et leva les yeux sur lui.

— Détective privé.

Ses lèvres dissimulèrent mal un sourire.

— Cette sorte de gens existe vraiment ? Pas seulement à la télévision ?

— Celui-là n'enquête que pour le compte de compagnies d'assurances et les primes à verser en cas de décès, fit Dave. Quand la mort est subite et violente. Possédait-il un pistolet automatique 357 Magnum ?

— Il avait une arme. Une arme de poing. Mais je crois qu'il m'avait dit que c'était...

Elle fronça les sourcils, cligna des yeux.

— Ça a à voir avec «Cheval». Un très vieux mot américain.

— Colt, fit Dave. Pourquoi en avait-il un ?

— Il allait dans des endroits dangereux.

— On ne l'aurait pas autorisé à prendre l'avion armé, fit Dave. Vous avait-on autorisée à partir avec lui ?

Elle hocha la tête.

— Il y a eu des problèmes de passeport. Je ne suis pas encore citoyenne américaine.

Elle observa la rue, les voitures qui y circulaient.

— Je pensais que Mike rentrerait chez lui.

— Streeter allait se rendre en Amérique Centrale. Votre passeport vous permettait-il d'y aller ?

— Il allait partir ?

Bouche légèrement entrouverte de surprise, elle penchait la tête.

— Il ne m'avait rien dit. Et quand devait-il partir ?

— Ses bagages étaient presque faits. Vous dites que vous n'étiez pas au courant de l'enquête qu'il menait, sur la situation à Los Inocentes ? La guérilla ?

Elle hocha la tête silencieuse.

— Pourquoi alors venir voir Underhill ?

— Il était l'associé d'Adam. Je suis seule maintenant, sans Adam, brusquement. Il m'a acheté une boutique. Fleuriste.

A son tour elle chercha une carte et la tendit à Dave. Plus avenante que la sienne, imprimée en couleur.

— A Santa Monica, dit-elle. Mais ça ne rapporte pas tant que ça tous les jours. Et il m'aidait. Je ne sais pas ce qui va se passer à présent. Je dois rembourser une nouvelle camionnette de livraison. Je me disais qu'Adam avait peut-être parlé de moi à Mike. Peut-être Adam a-t-il fait un testament. Il ne m'en a jamais parlé, mais s'il y a un notaire, sans doute Mike le connaît-il.

— Je lui poserai la question.

Dave glissa la carte dans son portefeuille.

— Comme ça vous ne perdrez pas votre temps à l'attendre puisque je dois le voir de toutes façons. Vous pouvez retourner à votre boutique de fleurs.

— Merci, dit-elle. Vous y penserez ?

— Je vous le promets.

Dave sourit. Elle lui rendit son sourire, l'air un peu intimidé, alors qu'elle avait été jusqu'alors tout sauf timide. Quelque chose s'était produit entre eux. Du moins, faisait-elle comme si. Il dit :

— Comment se fait-il que vous en sachiez autant sur Hunsinger ?

— J'ai vécu un certain temps dans la maison de derrière. Adam n'aimait pas le voisinage. Moi, j'essayais de ne pas dépenser inconsidérément son argent, mais il a tenu à ce que je déménage. C'est comme ça que je connais Hunsinger. C'est quelqu'un de gentil, mais il gaspille son existence.

Elle sourit à nouveau.

— Bon, maintenant, au revoir Mr. Brandstetter. Et merci.

Elle s'éloigna à reculons, le sac de paille à bout de bras devant elle, très petite fille sage. A la hauteur du portail, elle se retourna. Un cadenas le fermait aussi, elle l'ouvrit, sortit, referma portail et cadenas. Sachant qu'il l'observait, elle lui dit :

— J'ai oublié de rendre la clé quand j'ai déménagé.

Elle laissa tomber les clés dans son sac et se dirigea vers le fourgon lavande flambant neuf, garé en travers de la route. Et la main sur la portière :

— Au revoir.

— Attendez.

Dave s'approcha du portail.

— Si vous avez gardé la clé du portail, vous avez également gardé la clé de la maison de derrière. Y êtes-vous entrée aujourd'hui ?

Elle le dévisagea, surprise.

— Vous êtes comme les privés à la télévision, après tout c'est normal, non ? Oui, j'ai les clés. Oui, j'y suis entrée. Je me demandais pourquoi il n'avait pas répondu au téléphone de toute la journée. Je me disais qu'il devait être malade.

— Ou mort, fit Dave. Comme Adam.

Elle ne répondit pas à cela. Elle ne broncha pas, ne manifesta aucune réaction. Elle dit :

— Je lui ai laissé un mot.

L'ombre d'un sourire fit frémir les commissures de ses lèvres.

— Vous le trouverez en entrant. C'est ce que vous allez faire, n'est-ce pas ? Comme à la télévision.

— Je me demande pourquoi il manque tant de choses dans le bureau de Streeter, fit Dave. Dernières notes, disquettes, cassettes. Je veux les retrouver. Chrissie pense que Underhill peut les détenir. Qu'en dites-vous ?

— Je pense que quelqu'un a tué Adam, dit-elle. Ce

n'est pas votre avis ?

Elle revint au portail, en fouillant dans son sac de paille. Elle en tira son trousseau de clés, en détacha une.

— Ça vous facilitera la tâche...

Elle posa gravement la clé dans la paume offerte.

— ... pour savoir qui l'a tué.

La maison semblait des plus paisibles. Dave entra et ferma la porte. Le chien dans la maison de devant aboya derrière les fenêtres au retour de Dave. Il se tenait contre les vitres sales d'une porte de service. Les aboiements ne parvenaient que faiblement à présent, jusqu'à la deuxième maison. Moquette blanche sur toute la surface, sous des meubles capitonnés, de ceux qu'on trouve d'occasion. Canapé écossais et deux fauteuils assortis d'un brun vert, une table basse, des livres empilés dessus. Sur les tablettes du divan, deux lampes aux pieds de poterie rouge brique avec des abat-jour tambours. Une télévision à écran large sur un support bas devant une fausse cheminée. Haut-parleurs stéréo et tuner compact sur des étagères cloisons qui séparaient le salon de la salle à manger et qu'Underhill utilisait comme bureau.

Une IBM «Selectric» couleur sable était sur la table, des cartes fantaisie engagées dans la machine. «S'il vous plaît appelez-moi», était porté au verso. Aux côtés de la machine, des feuilles dactylographiées, des notes manuscrites, des classeurs, des photos, coupures de presse, magazines, livres ouverts, fermés, crayons, stylos, une rame de papier machine, un flacon de corrector. Dave équipé de ses lunettes de vue examina les notes, les coupures. Toutes concernaient une jeune actrice dans une série télévisée quotidienne et qui s'apprêtait à jouer dans un film.

Aucune mention concernant Los Inocentes. Des cartonniers le long d'un mur contenaient papiers, notes, coupures de presse. Il s'accroupit, les passa en revue. Toutes les coupures se rapportaient au monde du spectacle — sauf une — TRES FORTE RECOMPENSE POUR LA LUTTE CONTRE LE TERRORISME. «Le président Backs offre jusqu'à 500 000 dollars pour vaincre le terrorisme dans le monde». Il plia celle-ci, la glissa dans sa poche. Une fiche attira son attention. «Rafael» et un numéro de téléphone. Il se servit de l'appareil d'Underhill pour appeler Ray Lollard. Un ami de longue date, administrateur à la compagnie de téléphone. Ray habitait Adams Boulevard dans un hôtel particulier restauré. Il y collectionnait de coûteuses antiquités, y abritait un potier va-nu-pieds hirsute nommé Kovacks dans une écurie rénovée en atelier. Dave expliqua à Ray qu'il lui fallait localiser l'adresse d'après le numéro de téléphone et le nom, Raphael.

— Et pourquoi ne viendrais-tu pas jeudi prochain ? ajouta-t-il.

Kovacks n'était pas de ceux qu'on emmène au restaurant. Non pas qu'il bût, mais il s'adonnait à la marijuana, et quand bien même il ne s'y adonnait pas, il était tout à fait susceptible de se déshabiller au milieu d'un repas sous prétexte qu'il avait trop chaud. Cela ne dérangeait pas Lollard ni Dave mais pouvait surprendre des étrangers. Max y compris.

— Nous prendrons un verre, nous dînerons ensuite. Tu pourras faire la connaissance de Cecil. Tu n'as jamais rencontré Cecil, je ne me trompe pas ?

— Je sais que j'en tomberais amoureux, mais je suis au régime en ce moment.

— Tu n'as jamais souffert d'excès de poids, fit Dave.

— Kovacks a un nouvel apprenti qui pèse soixante kilos. J'ai décidé de peser soixante kilos, chéri, même si je dois y laisser ma peau.

— Ray, tu mesures un mètre quatre-vingts. Combien mesure ton touilleur de glaise ?

— Il arrive à l'aisselle de Kovacks, dit Lollard. C'est intolérable. Je peux mincir. Raccourcir, impossible.

Il eut un petit cri chevrotant de fausset désespéré.

— Sinon, pas de problème. Je te trouverai cette adresse. C'est dans le sud, là où se trouvent les grands ranchs. Ne me dis pas que, de nos jours, les délinquants s'offrent des polices d'assurances.

— Non. Ça ne les empêche pas de mourir de toutes façons, fit Dave. Et puis, Ray, procure-moi la dernière facture de téléphone d'Adam Streeter, d'accord ?

Il donna à Ray l'adresse de Streeter.

— J'ai besoin de savoir s'il a appelé ce numéro. Penses-y pour jeudi, veux-tu ?

— Comment faire, répondit Lollard, puisque ça me condamne à me nourrir.

Dave eut un petit rire, raccrocha, et poussa une porte battante qui donnait sur la cuisine d'Underhill. Dans l'évier trainaient une assiette, un petit saladier, un jeu de couteaux, fourchettes, cuillères, une grande tasse à café, un verre. Sur la cuisinière, une cafetière, vide, sur un comptoir, un emballage vide de bacon, une livre de beurre emballée, deux œufs. Il mit le tout dans le réfrigérateur et quitta la cuisine.

L'unique fenêtre de la chambre donnait sur une clôture bordée de fleurs bigarrées rouges et jaunes. Le lit était défait, un livre ouvert dessus et des lunettes sur le livre. Un pyjama par terre, avec des mules en velours côtelé. Sous une lampe de cuivre, derrière un radio-réveil, quatre livres empilés, aux couvertures passées et aux tranches fatiguées. Des biographies de célébrités. Par Michael Underhill. Dave les feuilleta. Usant de sa mémoire, il lui sembla que ceux-ci également étaient succincts quant à la documentation.

Tricots, chemises, sous-vêtements, chaussettes, soigneusement rangés dans les tiroirs. Pantalons et vestes propres, entretenus, suspendus dans une armoire. Des chaussures de week-end, Hush Puppies et sandales sur le sol étaient en bonne état. C'était un homme au plus bas, mais pas couché pour le compte. Mais un homme immobile tout de même. Des bagages poussiéreux se trouvaient sur une étagère en hauteur.

Dans la petite salle de bains, une serviette de bain chiffonnée traînait sur le siège de la cuvette des toilettes. Elle était humide. L'armoire à pharmacie ne contenait que des articles convenus : rasoir, mousse à raser, pâte de dentifrice, etc. Pas d'ordonnance, pas de drogues interdites. Tout était normal et ennuyeux.

Un coup de sonnette retentit dans la cuisine. Dave abandonna la salle de bains et se rendit dans la petite entrée. La porte était pourvue d'un grand panneau vitré, mais s'il faisait jour dehors, il faisait sombre à l'intérieur. Il retira ses lunettes, les rangea. L'homme sur le seuil lui était inconnu. D'une quarantaine d'années, les cheveux roux, très bouclés, moustache blonde-rousse. Sous une veste de peau légère, son maillot était orné d'un biplan cerclé de : MCGREGOR, AVIONS A LOUER. Son ventre était un peu proéminent. La boucle de sa ceinture grosse et solide, la ceinture large et tachée de sueur. Un type auquel Dave n'avait pas à expliquer sa présence.

Il s'avança et ouvrit la porte.

— Où diable étiez-vous passé ? explosa l'homme.

Il expédia une bourrade dans les côtes de Dave, le bouscula en entrant, et claqua la porte.

— Vous étiez censé me retrouver à Escondido à dix heures trente ce matin. J'ai téléphoné, retéléphoné. Qu'est-ce qui s'est passé ?

— Mon nom est Brandstetter, fit Dave.

— Quoi !

L'homme qui était devenu cramoisi se fit pâle. Sa voix baissa d'un ton.

— Qui êtes-vous ?

Dave ne répondit pas. Il laissait à son interlocuteur le loisir de l'examiner.

— Non, fit l'homme. La tenue ne correspond pas. Qu'est-ce que c'est ? De la fameuse popeline de chez Brooke Brothers, exact ? Trois cents dollars, exact ? Vous n'êtes pas flic. Qui êtes-vous ? Où est Mike Underhill ?

— Pourquoi devait-il vous rencontrer à Escondido ?

— C'est mon affaire, répondit-il. Et la sienne.

— Comment faites-vous pour être en affaire avec une personne que vous ne connaissez même pas ?

— C'était un intermédiaire. Un marché payé comptant. Je n'avais pas besoin de le connaître. Je savais l'essentiel.

— Adam Streeter, exact ?

L'homme plissa les paupières.

— Qu'est-ce que vous venez faire là-dedans ?

— Streeter est mort. Abattu. Il n'aura plus besoin de l'avion que vous comptiez lui vendre. C'était ça l'affaire, n'est-ce pas ? Underhill devait vous apporter l'argent ce matin. Pourquoi donc ?

— Le vendeur avait besoin de son argent rapidement. C'est pourquoi il a laissé partir son avion pour si peu cher. Merde. Qu'est-ce que je vais faire maintenant ?

Il jeta un nouveau coup d'œil furtif sur Dave.

— Abattu ? Alors vous êtes une espèce de flic, c'est pas ça ? Quelqu'un l'a tué.

— Possible, fit Dave. Je suis enquêteur d'assurances. Et vous êtes Mr. McGregor - il désigna le maillot -, ce qui veut dire que vous pilotez des avions, mais ne veut pas dire que vous en vendez.

— En ce moment, tout connard qui a trop d'argent, trop de voitures, de bateaux, de résidences, achète un avion. Et dès qu'ils savent piloter, ils volent deux, trois fois et laissent choir. Comme des gosses — Ils savent pas ce qu'ils veulent. Parfois j'en arrive à en persuader un de renoncer à ce fichu gâchis. Je déteste voir une merveilleuse machine volante clouée au sol. Ça me rend malade.

— Celle-là était très bon marché, disiez-vous. Quel type d'appareil ? Sa fille affirme que Streeter voulait se rendre dans des contrées lointaines aux noms étrangers.

— Une occasion venue de l'étranger. Un Cesna à moteur jumelé. A part ça, il comptait seulement se rendre à Tegucigalpa et pas survoler des régions pourries.

— C'est un appareil apprécié des passeurs de drogues, fit Dave.

Le visage de McGregor vira au rouge une fois de plus.

— Je ne sais pas pourquoi le propriétaire veut s'en

défaire. Je ne pose pas des tas de questions, moi !

— C'est une façon de planquer vos fesses, fit Dave. Fourguer des avions au noir pourrait vous attirer des ennuis. Combien ? Cent mille ?

McGregor se tourna vers la porte.

— Ouais. C'est râpé à présent, non ?

— Paiement comptant évidemment ? fit Dave. Les trafiquants de drogues préfèrent les liquidités. C'est ce qu'on m'a appris au journal télévisé.

McGregor ouvrit la porte, lui fit face.

— Vous savez, je n'étais sur le coup qu'à la façon d'Underhill. Intermédiaire, compris ? Un courtier. Je n'ai rien à voir là-dedans.

— Ça fait beaucoup d'argent, fit Dave. Et un homme est mort.

— J'avais vachement à faire sur la côte. Et pourquoi j'aurais voulu le tuer ? Je l'aimais bien ce gars. Nous nous sommes rencontrés au Viêt-nam. Je pilotais des hélicos de ravitaillement. Après, quand il était à la bourre, il me prenait pour le trimbaler. Je lui ai aussi appris à piloter. Alors il est passé par moi pour cette affaire. Lui, pour moi, c'était de l'argent en banque. Pourquoi je l'aurais tué ? Vous partez sur le mauvais pied pour ces cent mille dollars. Où sont-ils ? Au même endroit que Mike Underhill, exact ?

— Ça en a tout l'air, fit Dave.

Mais il ne réussit pas à le localiser. Usant du téléphone d'Underhill, il composa tous les numéros inscrits dans le petit agenda en cuir du gars. Aucun de ceux qui lui répondirent n'avait vu Underhill depuis des jours.

4.

Dave se fraya un chemin dans une vaste salle, fortement éclairée, où des enquêteurs riaient et juraient, où les machines à écrire cliquetaient, où les téléphones sonnaient. Assis sur des chaises métalliques, devant des bureaux métalliques, séparés par des armoires-classeurs, ils jonglaient avec les téléphones et les feuilles de brouillon, tout en tentant de s'alimenter. Dave respirait les effluves de pizzas, de sandwiches de thon-salade. Son chemin le fit passer entre des bureaux alcôves aux cloisons mi-verre-mi-dur, puis il fut devant une porte où était marqué CAPT. KENNETH R. BARKER. Derrière la porte une femme officiait, non pas en uniforme mais vêtue d'une stricte robe à col chemise ; elle classait des enveloppes de papier bulle, jusqu'à ce que la porte claque sur le passage de Dave. Elle le regarda par-dessus ses montures de lunettes, ce qui la fit ressembler à une enfant jouant à la grand-mère.

— Dave Brandstetter, fit Dave. Il est là ?

Elle consulta sa montre, fronça les sourcils.

— Il est sur le point de partir.

— Il me recevra.

Lui et Ken Barker se connaissaient depuis plus de trente ans. Ils s'étaient souvent opposés, mais peu à peu, tout en y rechignant, un respect mutuel s'était établi entre eux. Ils s'étaient connus alors que Barker était simple inspecteur. Le temps, et le travail aidant, avaient fait de lui un lieutenant. A présent, dans la soixantaine, il était capitaine. De noir profond sa chevelure était devenue parfaitement blanche. La porte s'ouvrit et il apparut d'un seul bloc, les coutures de sa chemise tendues par les épaules ; col ouvert comme à son habitude, nœud de cravate desserré. Son nez, cassé il y a bien longtemps, s'était écrasé, de lourds sourcils bruns accusaient sa ressemblance avec un boxeur. Sous cette barre, les yeux étaient gris. Il sourit.

— Tu arrives juste à temps. Je pars pour Londres. Une conférence demain matin. Entre.

D'une lourde main, il l'invita à entrer. Dave passa devant lui et pénétra dans son bureau.

— Si on me demande au téléphone, répondez que je suis déjà parti, fit Barker.

Il ferma la porte.

— Votre gars, Leppard, dans son rapport sur la mort d'Adam Streeter, a omis d'indiquer qu'il avait saisi les dossiers, les notes, les disquettes, les cassettes de la victime, fit Dave.

— Le journaliste ? Descendu à la Marina ?

Barker s'assit.

— Je n'ai trouvé que des bricoles. Sa fille m'a appris qu'il travaillait sur un sujet brûlant à Los Inocentes. Aucune trace de ce travail. Pas la moindre note.

Barker désigna une chaise ; Dave s'y installa. Le jour faiblissait derrière les larges barres qui blindaient les fenêtres. On appelait l'endroit «la maison de verre». Avant la pose des barres de protection, toutes ces fenêtres faisaient office de plaques chauffantes. Seigneur ! Comme ce temps était loin !

— C'était un journaliste reconnu, en pleine activité. J'aurais dû trouver chez lui des notes. J'aurais aimé les voir.

— Une minute, fit Barker. Je vais vérifier.

Il tritura son interphone et y murmura quelques instructions avant de couper.

— Tu es là-dessus pour quelle compagnie d'assurances ? La «Medallion», non ?

— Penses-tu, ils ne songent jamais à moi, fit Dave. Non, c'est pour la «Banner». Otis Lovejoy. Mais j'attends toujours qu'on me fournisse une secrétaire.

— Que devient ce jeunot, Harris ? fit Barker.

— T'as compté ses cicatrices par balles, fit Dave. Il est retourné au journal télévisé. Si tu regardes bien la télé, tu pourras le voir.

Barker acquiesça.

— Je l'ai vu.

Il se leva, non pas en usant de sa force, mais pesamment. Il ouvrit une armoire de bois massif qui contenait bouteilles et verres.

— Martini ?

Il ne se retourna pas pour connaître la réponse de Dave. Il se pencha pour pêcher des cubes de glace dans le bas de l'armoire.

— L'autre nuit, justement...

Barker laissa tomber les cubes de glace dans les verres.

— Cette fusillade à San Feliz. Ce jeune latino sans papiers. Ton gars était pile au-dessus de la mêlée. Il sait quelles bonnes questions poser.

Barker donna un verre à Dave, posa le sien sur le bureau et alla fermer les portes cirées de l'armoire. Il s'installa derrière son bureau, leva son verre et adressa à Dave un petit sourire entendu.

— Je me demande d'où il tenait ces bonnes questions...

Dave lui rendit son sourire.

— Je me le demande, fit-il.

Le téléphone sonna. Barker décrocha, écouta, fronça les sourcils, écouta encore, grogna, raccrocha.

— Leppard n'a trouvé aucun papier personnel chez Streeter. Tout comme toi.

— Cherche-t-il à mettre la main dessus ? fit Dave. Je

pense que ces papiers expliquent la mort de Streeter. Trouver les papiers, c'est trouver l'assassin. Ce Leppard ne me semble pas particulièrement éveillé.

— Il l'était ce matin, dit Barker. Il a arrêté l'assassin. Un journaliste nommé Mike Underhill.

— Underhill détenait les papiers ? fit Dave.

— Non, il avait mieux que ça. Cent mille dollars en liquide. L'argent que Streeter avait reçu d'un producteur de télévision. Leppard en a eu confirmation par la banque de Streeter.

— L'argent devait servir à payer un Cessna 404 à un certain McGregor.

Au-dessus de son verre, Barker leva un sourcil admiratif.

— Tu as fouiné dans tous les coins. C'est un coup tordu. Underhill est spécialiste de coups tordus, McGregor est encore plus tordu. Il n'est pas marchand d'avions. Il pilote pour des chaînes de télévision et fait le transfert de fonds occultes au-dessus du Rio Grande, et rapporte de la drogue et des bébés à peau brune. Il est bien connu de nos services.

Dave écarquilla les yeux.

— Des bébés à peau brune !

— Des nourrissons mexicains, dit Barker, pour des couples sans enfant. Cinq mille dollars l'âme mortelle. Pour l'heure, la combine ne compte pas trop en Californie, c'est plutôt un racket texan.

— Seigneur !

Dave goûta son Martini. Un cocktail tout fait, mis en bouteille, et pas fameux.

— Je n'imaginais pas Streeter dans la contrebande. Il aimait le danger mais d'une autre nature.

— Dans quoi il nageait n'est pas la question, mais dans quoi plongeait Underhill. Tu sais ce qu'a trouvé Leppard à côté de sa machine à écrire ? Un billet d'avion. Un aller simple. Pour l'Afrique du Nord. Alger ! Oui, Alger.

— Ça ne prouve pas le meurtre, fit Dave. Il y a un vigile à l'entrée de la résidence de Streeter. A-t-il vu

Underhill à trois heures du matin ? Leppard a-t-il posé cette question au vigile ?

Barker hocha la tête.

— Il a posé la question et le garde a répondu que seuls des résidents étaient rentrés. Et personne à une heure avancée de la nuit. Mais l'air de l'océan abrutit. Le garde a pu somnoler. Underhill a pu s'infiltrer, et réussir à trafiquer les systèmes d'ouverture des portes.

Dave leva une main, la laissa retomber.

— Quiconque a tué Streeter ne s'y est pas pris de cette façon. Il est passé par le balcon du bureau de Streeter. Au troisième étage. Ne me demande pas comment il est arrivé jusque-là ! Par le toit je suppose. Il a renversé deux pots de fleurs sur son passage. Je les ai vus.

Barker restait assis.

— Leppard les a-t-il vus ? dit-il.

— Je lui demanderai quand je le verrai. Parce que je veux le voir.

Barker consulta sa montre.

— Demain.

Dave regoûta au Martini, toujours aussi quelconque.

— Et un autre service, si je peux me permettre, fit-il. Le propriétaire d'une BMW dernier modèle.

Il indiqua le numéro d'immatriculation du véhicule de la femme qui avait eu le matin même une discussion avec De Lis et où il était question du chat. Barker prit note du numéro sur une fiche, décrocha le téléphone, parla doucement, lut le numéro et raccrocha. Il avala une nouvelle gorgée de whiskey et sourit.

— Tu as raison, dit-il, avoir une secrétaire est une chose merveilleuse.

Hilda Vosper, grisonnante mais sémillante veuve qui demeurait non loin de chez lui, apparut dans le faisceau des phares de la Jaguar. Elle portait des jeans, des espadrilles, un blouson de garçon et promenait un petit chien pelé. Dave ralentit afin de la saluer en bon voisin. Le chien aboyait, sautait en l'air comme un yoyo de fourrure. Hilda Vosper éclata de rire et agita amicalement la main. Dave entra dans la cour des écuries rénovées où il résidait. La façade du bâtiment se trouvait dans l'obscurité. Evidemment les vans de Cecil n'y étaient pas. Personne à la maison. Dave vérouilla sa Jaguar et contourna le bâtiment aux murs faits de galets pour entrer dans une cour abritée par un gros et vieux chêne vert. Dave était habitué au rude pavage de briques ébréchées, mais ce soir cela lui fut désagréable. Avoir sauté cette barrière avait été une erreur. Il souffrait de courbatures.

Il ouvrit la lourde porte d'entrée et marcha sur un tapis moelleux, trouva l'interrupteur et fit que la lumière des lampes rendît intime la grande salle à colombages, aux différents niveaux et aux différents coins confortables où l'on pouvait faire salon. Il referma la porte, soulagé mais sans joie. Il détestait rentrer dans une maison vide. Il n'avait jamais vécu seul. Il avait vécu avec son père et une succession de ravissantes belles-mères jusqu'à ce qu'il serve dans l'armée. Après la guerre il avait vécu près de vingt ans avec Rod Fleming, jusqu'à ce que celui-ci meure d'un cancer. Puis il y avait eu Doug Sawyer, un gentil garçon mais qui avait besoin de ce que Dave n'était pas. Et aujourd'hui il y avait Cecil Harris, un jeune journaliste rencontré sur une affaire quatre ou cinq ans auparavant sur la côte.

Au volant de sa voiture depuis Parker Center, fatigué, Dave avait espéré que Cecil pourrait prendre le temps de dîner en sa compagnie. Il était de nuit cette semaine au studio. Son absence était cruelle pour Dave et nous n'étions que mercredi. Il gagna le bar dans le fond de la pièce et se prépara un double Martini, mit en marche la chaîne stéréo, et d'un disque compact jaillirent violons et violoncelles. Quartet n°5 opus 20 de Haydn. Il alla s'asseoir, retira ses chaussures et en poussant un soupir, il se laissa aller sur le canapé afin de déguster son Martini, fumer une cigarette. Et le téléphone sonna, bien sûr. Il tendit le bras.

— J'ai essayé de vous joindre toute la journée.

C'était Otis Lovejoy de la «Banner Insurance». Un doux Noir, attaché de direction aux yeux tristes.

— Vous devriez avoir un répondeur.

— J'en ai un, mais je le déteste, pas vous ?

— C'est au sujet de la mort de Streeter, fit Lovejoy. Ils ont arrêté le secrétaire, un type qui travaillait pour Streeter.

— Mike Underhill, fit Dave. Je sais, mais...

— Il avait sur lui les cent mille dollars de Streeter et il s'apprêtait à s'envoler pour Alger avec.

— Pour quelle raison n'avait-il pas fait ses valises ? Les bagages sont couverts de poussière dans l'armoire de sa chambre.

— Vous êtes déjà allé chez lui ? fit Lovejoy en étouffant un petit rire. Je suis toujours stupéfait de voir à quelle vitesse vous travaillez.

— Je croyais qu'il détenait les papiers de Streeter. On ne les retrouve pas, Otis. Celui qui a tué Streeter a pris ses papiers. Underhill ne les avait pas, donc ce n'est pas Underhill.

— Quel genre de papiers ? demanda Otis.

Dave le lui expliqua, il conclut :

— L'histoire était si chaude que Streeter ne voulait pas que sa fille en fût informée. Si dangereuse que ça l'a tué. Voilà le genre de papiers.

— Oubliez tout ça, conseilla Lovejoy. Tout ce que nous avions besoin de savoir, c'est qu'il ne s'est pas tué tout seul. Quelqu'un l'a tué. Et ce quelqu'un n'est pas le bénéficiaire. J'ai déjà donné mon accord pour que le réglement de la police soit versé.

— N'envoyez pas le chèque, fit Dave. Trouvez une excuse. Si vous l'envoyez maintenant, la mère le dépensera en alcools.

— Et votre chèque ? Vous êtes d'accord pour le recevoir ?

— Tout don sera reçu avec reconnaissance, fit Dave.

Il raccrocha et Cecil entra en souriant. Dave lui rendit son sourire.

— J'attendais ce moment.

Il fit le geste de se lever.

— Un verre ? fit-il.

— Je m'en occupe.

Cecil passa derrière le bar, inclina sa mince et longue personne vers le petit réfrigérateur. Il revint auprès de Dave avec une bouteille d'Heineken embuée et un verre.

— Ouf !

Il se jeta sur le divan, agita la bouteille afin que la bière mousse dans le verre.

— Ils vont finir par avoir ma peau dans cette boîte.

— Dieu me pardonne, fit Dave.

Il se redressa et lui destina un léger baiser.

— Tu dois y retourner ce soir ? Tu as l'air exténué.

— Je suis de permanence jusqu'à dix heures et demie, et jusqu'à dix heures et demie je vais vraisemblablement dormir.

Dave posa son Martini ; il se leva, se rechaussa.

— Je vais d'abord te préparer quelque chose à dîner.

Cecil l'attrapa par la ceinture.

— Tout doux. Inutile de cuisiner. Le dîner est dans la cuisine d'été. Le four chauffe. En venant je me suis arrêté chez Max.

Il voulait dire Max Romano, le restaurant de prédilection de Dave. Cecil posa verre et bouteille sur une table basse, entre chouettes et chats en poterie mexicaine aux couleurs de fête. Il gagna le bar avec le verre de Dave.

— J'imagine que toi aussi tu dois être fatigué. La moitié de la nuit passée à taper ce rapport pour Goldring et puis ce matin cette nouvelle affaire qui démarre.

Il s'affairait dans la pénombre avec le gin, le vermouth et les cubes de glace qui tintaient gaiement dans un seau en cristal de Suède.

— Comment ça se présente ?

— Pas très bien, fit Dave, se lançant dans une explication.

Au milieu de celle-ci, Cecil lui tendit un verre glacé, se laissa tomber sur le canapé pour s'y étaler, allongeant ses longues jambes, sirotant sa bière, écoutant Dave sur le fond mélodieux de Haydn.

— Quoi qu'il en soit, il ne s'agit pas d'un suicide, conclut Dave. C'est un point d'acquis.

Cecil se leva en quête d'une autre bière.

— Streeter était au studio de télé le soir où il a été tué.

Dave sursauta.

— Tu plaisantes.

— Tu te souviens, je suis rentré tard ? Je travaillais sur cette fusillade à San Feliz.

— A trois heures du matin, fit Dave.

Il n'avait pas réussi à trouver le sommeil ; la nervosité. Réveillé toutes les dix minutes pour regarder le réveil avec ses chiffres d'un rouge phosphorescent, se demandant si Cecil avait eu raison de retourner au journalisme. A travailler aux côtés de Dave, il avait été blessé, presque mortellement. A travailler aux côtés de Dave, il s'était retrouvé une arme à la main, contraint de tuer un homme. Mais le journalisme était-il sans risque ? Où diable se trouvait-il à cette heure ? Dans l'obscurité Dave avait cherché le téléphone, puis avait suspendu son geste. Il allait se rendre fou, et Cecil avec lui — ce qui était plus grave. Il avait choisi de se lever, avait descendu les marches de bois massif qui conduisaient à sa chambre sur l'arrière de la demeure, avait versé du Glenlivet sur des cubes de glace, et pris un livre. Il s'était étendu sur le divan de velours côtelé sous la lampe, guettant le bruit de la fourgonnette de Cecil, se reprochant ses anxiétés de mère-poule.

— Tu es arrivé au studio à une heure et là, tu as monté le film sur le jeune Latino non identifié, le visage dans l'eau d'un canal d'irrigation, tué d'une balle dans la tête.

— Personne ne le connaissait, fit Cecil. Personne ne l'avait jamais vu. Et tout le monde marmonnait en se signant de nombreuses fois, en roulant des yeux apeurés. Il y en avait qui entassaient chevreaux et poulets dans les camions et fichaient le camp avant que je puisse les interroger. Ambiance pesante ! On pouvait palper la peur dans l'air, plus forte que les piments mexicains.

Dave goûta son breuvage.

— Tu m'as préparé un Martini minable.

Cecil trottait son âne.

— Ils ne trouveront jamais celui qui a fait ça. Il ne restait qu'un tas de viande froide. Pas même un nom à mettre sur la croix. A peine plus âgé que moi. D'où venait-il ? Il avait dû vivre dans une de ces cahutes minuscules qu'on appelle maison avec des vieilles gens, des filles enceintes, des enfants et des hommes jeunes qui ont l'air d'avoir la cinquantaine. Mais personne ne le connaissait, pas un manœuvre, pas un contremaître, pas un ouvrier agricole.

— Ils le connaissaient, fit Dave. Tout bêtement ils ne voulaient pas avoir d'ennuis avec les services de l'Immigration et de la Naturalisation. Dis-moi, au sujet de Streeter, que venait-il faire dans ton studio de télévision ?

— Avoir un entretien avec le responsable de l'information. De toute urgence.

— Avec Donaldson — c'est bien son nom ?

Cecil hocha la tête.

— Mais il n'était pas de service, tu me suis ? Jimmie Ceasar et Dot Yamada lui ont dit de s'en remettre à eux, mais il ne voulait pas leur parler. J'étais occupé. Je venais de traverser le hall pour me rendre aux toilettes. C'est comme ça que je l'ai aperçu. Les portes sont à demi-vitrées. Il était agité, parlait fort. La porte était fermée, mais la voix passait tout de même. Il disait exactement ce que sa fille t'a raconté.

— Qu'il tenait l'information la plus brûlante de la décennie ? fit Dave. Ça m'étonne de lui. Ont-ils mis la main sur Donaldson ?

— Ils n'ont pas cherché à le joindre, ça leur faisait peur.

Cecil avala une petite gorgée de bière.

— C'est une bête. Une femme, cinq enfants, et qui découche pas mal. Il dit à sa femme qu'il est au studio alors qu'en réalité il est au lit avec une nouvelle beauté.

C'est pour ça qu'ils ne voulaient pas téléphoner chez lui. Et ils ne pouvaient pas non plus l'expliquer à Streeter. Rien qu'à voir leur tête je n'ai pu m'empêcher de rire.

— Ils savaient certainement qui était Streeter, fit Dave. Un lauréat du prix Pulitzer. Ils auraient dû le prendre au sérieux.

— S'ils ne l'ont pas compris avant, ils l'ont vite compris ensuite. Streeter en avait la voix enrouée à force de gueuler dessus. Il était... comment dire, gonflé à mort.

— Pas effrayé ? fit Dave.

— Effrayé ?

Tout en retournant le mot dans sa tête, Cecil faisait tourner le fond de bière dans sa bouteille verte, la faisant à nouveau mousser. Les cordes de Haydn tracèrent dans le silence des dessins de dentelière.

— Peut-être, fit Cecil en examinant Dave. Qu'est-ce qui te fait croire ça ?

— C'était un journaliste de presse écrite, pas télévisée.

La veste de Dave était posée sur le canapé. Il en fouilla les poches afin de trouver ses cigarettes.

— Son but était de gagner beaucoup d'argent, d'asseoir sa réputation avec une histoire à publier dans le *New York Times*, le *Washington Post*, un canard comme ça. Et puis brusquement le voilà disposé à lâcher l'histoire à la télévision.

Il actionna un briquet plat en acier, alluma une cigarette.

— Il se précipite chez lui, commence à faire ses bagages. Quelqu'un était à ses trousses — il avait peur. Voilà ce qui me fait croire ça.

— Pas paniqué au point de servir son histoire à des deuxièmes couteaux, fit Cecil. C'était le directeur des informations en personne. Alors pour finir, Dot Yamada a décroché le téléphone et appelé Donaldson. Il n'aurait jamais pardonné ça à Jimmie, mais peut-être qu'il pardonnerait à une jolie fille comme Dot.

— Et pour une fois Donaldson était bien dans son lit ?

— Aussi étrange que ça puisse paraître ! fit Cecil.

— Et il a accepté de se déplacer ?

Dave but une gorgée de son Martini glacé.

— Il habite Malibu. Il a proposé de rencontrer Streeter dans la Marina de celui-ci. Pour gagner du temps.

— Tu es sûr ? fit Dave.

— Je l'ai lu sur les lèvres de Dot quand elle a raccroché et rapporté simplement à Streeter : «Il vous rencontrera chez vous». Et elle a souri.

— Simplement il n'est pas venu, n'est-ce pas ? fit Dave. Chrissie l'aurait entendu. Et elle n'a rien entendu. Streeter est le seul qu'elle ait entendu rentrer cette nuit-là. Personne d'autre.

— Seigneur ! fit Cecil. Tu veux dire que le coup de fil de Dot était bidon. Elle a fait semblant de parler à Donaldson. Elle faisait marcher Streeter.

— Si Donaldson était venu, fit Dave, il aurait pu faire un reportage en direct sur le meurtre, non ? Au-delà de tout ce que vous pouvez imaginer, au-delà de toutes vos espérances. Mais ça n'a pas été le cas.

— Merde !

Cecil hocha la tête d'un air renfrogné.

— Dot Yamada l'a expédié chez lui se faire descendre. A vouloir jouer au plus fin !

— Elle ne pouvait pas savoir. Ce n'est pas comme ça qu'il faut voir les choses.

Dave se leva.

— Nous ferions mieux d'aller dîner. Le repas va se dessécher dans le four.

Il observa Cecil qui rassemblait verres et bouteilles de bière pour les rapporter dans le bar obscur.

Dave se dirigea vers la porte.

— Qu'est-ce que nous a préparé Max ?

— Des escalopes de veau au fromage suisse fondu et tout et tout, fit Cecil en suivant Dave dans la fraîcheur de la nuit.

Les criquets chantaient dans les ténèbres. Cecil tira la porte sur son passage et ils traversèrent la cour au pavage de briques défoncées, et où les feuilles de chêne vernissées craquaient sous leurs pas.

— Tu connais les bruits qui courent ? fit Dave.

Cecil haussa les épaules.

— Un poquito ! fit-il.

— Alors dis-les-moi, je t'en prie.

Dave s'immobilisa un instant pour tirer une longue et ultime bouffée de sa cigarette avant de la jeter, étincelles rouges filant sur les briques.

— Parle-moi du dénommé Cortez-Ortiz.

— Le général Cortez-Ortiz.

Cecil passa devant Dave, ouvrit la porte de la cuisine d'été. La lumière y était accueillante, les bonnes odeurs de la cuisine de Max emplissaient la pièce.

— Je t'en parlerai pendant le dîner, fit Cecil.

5.

Lorsque, quatre ou cinq ans plus tôt, le père de Dave mourut d'une crise cardiaque au volant de sa nouvelle Bentley sur une autoroute, de nuit, il avait fait de sa neuvième épouse une veuve très jeune, belle et élégante, prénommée Amanda. Elle avait erré comme une âme en peine dans les immenses pièces de la spectaculaire demeure de Carl Brandstetter à Beverly Hills, se demandant ce qu'elle allait faire de sa vie, jusqu'à ce que Dave lui demande de transformer les lieux pour son usage personnel. Récemment elle avait fait aménager un deuxième grenier dans le bâtiment arrière alors qu'une affaire sur laquelle Dave travaillait avait rendu nécessaire l'hébergement d'une tribu d'enfants qui ne savaient où se terrer. Prévoir des dortoirs semblait la solution. A présent il les avait. Ce bâtiment sentait encore le bois de charpente fraîchement travaillé.

La cuisine d'été, Amanda l'avait aménagée lors des premiers travaux. Elle se trouvait sur la partie gauche de la cour de briques, mesurant environ 4 mètres sur 5, en galets ainsi que les deux principaux corps de bâtiments qu'elle avait redessinés avec un goût de la sobriété. Elle avait fait remettre à nu le pin des colombages et des placards. Le réfrigérateur-congélateur se trouvait logé dans une large glacière à l'ancienne en chêne et aux portes nombreuses et massives. Le four était un de ces imposants modèles de ferme avec des panneaux de porcelaine blanche articulés par des charnières de nickel étincelant. Pourvu de tous les derniers feux, grilles, rôtissoires, four par convection. L'évier venait de chez un récupérateur. A côté se trouvait une pompe à eau en fonte. Les entrepreneurs d'Amanda avaient mis à jour sous la maçonnerie la tuyauterie reliée à un puits. A présent la pompe fonctionnait — il y avait de l'eau courante également. Cecil et Dave prirent place pour dîner sur des chaises en pin naturel devant une lourde table ancienne lessivée à blanc.

— Il était ministre de l'intérieur de Los Inocentes, fit Cecil. Sous l'ancienne junte militaire et également sous le nouveau «Presidente», après qu'ils eurent remporté une prétendue élection libre qui leur valait des prêts des Etats-Unis. Mais Washington a suspendu ces prêts quand des journalistes sont revenus de là-bas et ont su démontrer que la guérilla avait des raisons d'être. «El Carnicero» massacrait toujours dans l'arrière pays les campesinos, par villages entiers.

— «El Carnicero», le boucher.

Dave but du vin glacé.

— C'est Cortez-Ortiz.

— Tu peux le croire.

Cecil prit une bouchée de nourriture, la mâcha, l'avala, but du vin.

— Des membres du Congrès se sont rendus là-bas pour se faire leur propre opinion. Il y avait des cadavres dans les rues, dans les caniveaux, dans les champs à la campagne, dans les jardins publics en ville, et ils ont fait savoir au Département d'Etat qu'ils ne voteraient plus aucun crédit destiné à la nouvelle démocratie de Los Inocentes tant que El Presidente ne se séparerait pas du boucher. Cortez-Ortiz disposait de sa propre milice payée sur les fonds de l'état. Des troupes d'élite. Tu me suis ? Seulement on les appelait comme ça. On les surnommait «Chuchos».

— D'où vient ce mot espagnol ?

Cecil haussa les épaules.

— Je ne sais pas au juste. Ça veut dire petits chiens.

— Et que sont devenus le boucher et ses petits chiens ?

— Exilés.

Cecil prit une nouvelle bouchée de l'escalope, spécialité de Max, qu'il fit suivre d'une nouvelle rasade de vin.

— Pas loin. Au Honduras. Au consulat du Guatemala. A gauche, on voulait le faire juger pour génocide. La droite réclamait son retour au ministère de l'intérieur. Mais El Presidente, lui, voulait voir rétablis les prêts juteux des Etats-Unis.

— A-t-il fait dissoudre ces troupes spéciales ? fit Dave.

— En fanfare. Mais seulement pour les médias. Pour le reste, elles massacrent toujours les populations, les «disparaissant».

— D'ordinaire disparaître n'est pas un verbe transitif, fit Dave.

— Il l'est aujourd'hui, un aller, sans retour.

Cecil se saisit d'une fine bouteille verte, versa du vin dans le verre de Dave puis dans le sien.

— Ils ne «disparaissent» pas seulement «indios» et «mestizos». Ils l'ont fait aussi avec un jeune journaliste *yankee* il y a peu. Il a passé vingt-quatre heures à Los Inocentes. On a retrouvé sa jeep dans les montagnes, puis son corps. Une balle dans la nuque.

— Rue Glendenning, fit Dave. Son nom a été cité ce matin. Je m'étais demandé où je l'avais entendu. Aux informations. Il était venu voir Streeter, lui demander conseil pour se lancer dans la carrière.

— Un fichu conseil ça a été, fit tristement Cecil. Le département d'État a protesté officiellement. El Presidente était désolé. Il a prétendu que c'était le fait de la guérilla. Des communistes — «Si» -

Cecil hocha la tête d'un air entendu, ou comme pour

chasser un souvenir. Il s'obligea à sourire.

— C'est bien agréable d'être avec toi, fit-il.

— Ça ne se produit tout de même pas tous les jours, fit Dave.

Il jeta un coup d'œil sur le téléphone mural jaune. On pouvait s'en servir en étant assis devant la table.

— J'espère qu'ils ne t'appelleront pas.

— Qu'allons-nous faire pour nous occuper ? fit Cecil.

— Nous allons y réfléchir.

Dave acheva son dîner, pensif et perplexe. Il se leva, rassembla les assiettes, les déposa dans l'évier. Le café tenu au chaud sur le poêle, la vapeur en légères volutes odorantes s'élevant d'une cafetière en verre. Il prit sur une étagère de belles et larges tasses émaillées, ornées d'un filet d'ocre, les remplit et les apporta sur la table. Des bouteilles luisaient sur un comptoir. Il en choisit une pansue, fit tourner le bouchon qui grinça et versa le brandy dans de petits verres ballons, qu'il rapporta, et s'assit.

— Qui a ramené Cortez-Ortiz sur le tapis ? fit Cecil.

— C'est un des deux noms mêlés à l'enquête que la fille connaissait. C'est tout ce qu'elle avait pu saisir quand Streeter s'entretenait avec Glendenning. Deux noms. L'autre est Tegucigalpa.

— Ça prend tournure, fit Cecil.

Il prit une tasse de café, souffla dessus, la reposa.

— Il y a quatre ou cinq jours, il y a eu une terrible fusillade au consulat du Guatemala à Tegucigalpa. Quand la fumée des tirs s'est dissipée, quand ils ont enlevé les cadavres du perron, et qu'ils ont lavé le sang, Cortez-Ortiz avait disparu.

Dave lui jeta un coup d'œil par-dessus sa tasse.

— Disparu ?

— C'est ça. Et tout le monde ignore qui a tué ses gardes, qui l'a enlevé. La gauche ? La droite ? Dans la bagarre générale quelqu'un l'a embarqué en douce. Ce qu'a surpris Streeter alors qu'il venait renifler dans le coin. Seulement il a été vu, quelqu'un savait que Streeter était témoin. Et Streeter savait que quelqu'un le savait.

C'est pourquoi à son retour il s'est précipité au studio de télévision. Si l'affaire devenait publique, il n'y avait plus de raison de le tuer pour s'assurer de son silence. Cecil goûta avec prudence son café brûlant, l'air préoccupé. Il reposa sa tasse.

— Mais il ne serait pas tombé dans l'arnaque de Dot concernant Donaldson. Il serait resté au studio où il y avait du monde, où il était en sécurité.

Dave eut un haussement d'épaules.

— Il faisait ses bagages pour disparaître quand ils l'ont coincé. Il jouait la pendule.

— Seulement, il croyait disposer de plus de temps qu'il n'en a eu, fit, sinistre, Cecil.

Il prit le petit ballon de brandy.

— Il aurait dû tout simplement balancer son histoire à Jimmie et à Dot.

Il faisait lentement tourner le petit ballon, contemplait le mouvement du liquide ambré contre le verre.

— Quelle est l'histoire qui vaut la peine que l'on meure pour elle ? Quelle somme d'argent ? Quelle notoriété ?

Il but une gorgée.

— Hum, s'il y a une chose au monde qui égale le sexe, c'est le brandy.

— Voyons, fit Dave, quelqu'un savait que Streeter savait. Rien sur Cortez-Ortiz aux informations ?

— Seulement qu'il a disparu. Ça n'a pas pris plus d'une minute aux sémillantes femme-troncs de la chaîne pour le dire, et poursuivre avec les résultats de base-ball et autre sujet vraiment important !

— C'est inouï.

Dave dégusta le café, le brandy ; leurs arômes exigeaient le goût d'une cigarette pour que le mélange fût parfait. Il en alluma une.

— Pourquoi enlever un homme si on ne demande pas de rançon ? Et même pas le revendiquer, ce qui serait bien le moins ?

— Je l'ignore.

Cecil observait Dave en train de fumer.

— Pourquoi ne laisses-tu pas tomber ? J'aimerais que tu souffles un peu.

— Je suis descendu à un paquet par jour, fit Dave.

— Les planteurs de tabac vont être furieux, fit Cecil.

Une sorte de tas de ferraille s'engagea dans la pente très raide qui reliait la rue au garage sous le bâtiment. Dave avait toujours à l'esprit qu'il lui faudrait adoucir cette rampe d'accès. Il lui arrivait parfois de râcler le ciment avec le pont de sa Jaguar. Mais dans l'immédiat, il était heureux de s'être montré négligent. Par ce biais l'on était prévenu d'une visite. Il posa sa serviette, recula sa chaise et alla jusqu'à la porte laissée à demi-ouverte sur la nuit, il écarta le battant et scruta les ténèbres. Détaché sur la lumière des éclairages indirects dissimulés dans les buissons, s'avançait, foulant les briques, un homme grand et maigre aux jambes arquées. Il portait un chapeau de cow-boy.

Dave trouva le commutateur et la lumière fusa des auvents du bâtiment, illuminant la cour. Tout était pâle chez cet homme, peau blanche, sourcils, cils blancs. Il cligna des yeux sous la soudaineté de la lumière, s'arrêta et regarda Dave.

— Brandstetter ? J'ai entendu dire que vous vouliez me parler.

— Vraiment ? fit Dave. Je n'en ai pas le souvenir.

— Mon chien s'en souvient, lui, fit l'homme le plus simplement du monde, sans la moindre violence dans la voix. Il m'a signalé votre passage chez moi cet après-midi. Il prend les messages, mais vous ne pouviez pas le savoir, n'est-ce pas ?

— Hunsinger, fit Dave. Entrez.

Hunsinger entra. Il arborait des moustaches tombantes style cow-boy. Sa longue chevelure blanche était attachée en queue de cheval par un bout de tissu bleu. Ses Levi's et sa veste étaient usagés, d'un bleu passé. Les talons de ses bottes de cow-boy étaient éculés, sa sur-veste bleue trouée. Cecil ferma la machine à laver la vaisselle et la porte en pin qui la masquait. Il s'essuya les mains pour serrer celle d'Hunsinger. Tous deux s'attablèrent tandis que Dave alla chercher trois tasses à café pour venir les rejoindre ensuite.

— Je ne mets pas en doute vos dires sur votre chien, mais je crois plutôt que c'est Fleur qui vous a parlé de moi. Et elle n'a pas dû vous dire que je voulais vous voir. J'ai frappé à votre porte par erreur.

— D'accord si vous croyez aux erreurs.

Hunsinger eut presque un sourire. Ses yeux étaient d'un bleu très pâle. Il se défit de son chapeau, jeta un coup d'œil autour de lui, aperçut la rangée de crochets de cuivre aux côtés de la porte, lança le chapeau sur eux avec la nonchalance d'une confiance absolue. Le chapeau couvrit un crochet et y demeura. Cecil applaudit.

— J'ai appris que tout ce que font les gens a une raison, qu'ils la connaissent ou non. Il n'y a pas d'accidents. Il n'y a pas d'erreurs.

— C'est pour cela que vous aidez les drogués, fit Dave.

— Amener les gens à reconnaître que ce qu'ils font a toujours une explication n'est pas facile, dit Hunsinger.

— Fleur affirme que vous êtes très gentil mais que vous perdez votre temps.

— Venant d'elle, c'est amusant. Où serait-elle aujourd'hui si personne ne l'avait aidée ? L'a-t-elle oublié ?

— Je ne crois pas, fit Dave. Sans doute n'a-t-elle pas fait le rapport.

— Nous avons tous besoin d'aide en certaines circonstances, dit Hunsinger. Adam Streeter l'a aidée. J'aide mes «accros» — quand ils le veulent bien.

Il haussa ses épaules osseuses, but du café.

— J'en ai aidé quelques-uns. Ou ils se sont laissé aider. Quoi qu'il en soit, c'est plus efficace que d'enseigner des rudiments de psychologie dans un collège public. C'est ce que je faisais avant. Devant une bande de mômes qui à quatre-vingts pour cent ne savaient pas écrire leur nom. Quel gâchis !

— Et le basket ? fit Cecil. Vous deviez les impressionner avec vos qualités de lanceur. Les gosses étaient sur mon dos et j'étais loin de lancer le chapeau aussi bien que vous venez de le faire.

A nouveau Hunsinger manifesta un demi-sourire.

— Je les ai eus sur le dos tout comme l'armée. Mes qualités se sont enlisées pendant que j'étais au Viêt-nam. Et puis le basket ce n'est pas ce qui aide les gens. Il faut que j'arpente les rues. C'est là que les gens souffrent.

— Ainsi, je désirais vous rencontrer ? fit Dave.

— Je suis assis là, à votre table de cuisine, fit Hunsinger.

— Expliquez-moi, fit Dave avec un sourire, mes raisons cachées. Pourquoi voulais-je vous voir ?

— Parce que vous voulez savoir qui a tué Adam Streeter.

Dave tendit la main vers son paquet de cigarettes qui se trouvait sur la table avec le briquet. Cecil fut le plus prompt. Il posa la main dessus. Dave soupira.

— C'est juste, fit-il à Hunsinger. Mais ce n'est plus de mon ressort. La compagnie d'assurances qui m'emploie a classé l'affaire.

— Parce qu'Underhill l'a tué ? fit Hunsinger. Eh bien, je ne crois pas qu'Underhill l'ait tué.

Le pâle regard se posa sur Dave. Il y avait beaucoup de bonté dans ce regard. En un autre temps, Hunsinger aurait été prédicateur, martyr certainement.

— Désirez-vous savoir pourquoi ?

— C'est les assurances Banner qui ont classé l'affaire, dit Dave. Pas moi.

Il se leva.

— Du brandy avec le café ?

Hunsinger fit non de la tête. Dave alla chercher le brandy pour Cecil et lui-même. Hunsinger parlait :

— Je ne dors pas beaucoup. Après avoir renoncé à l'alcool et aux cigarettes, je me suis rendu compte que je pouvais renoncer au sommeil aussi. Au début ça m'étonnait et ça me préoccupait. Mais c'est très bien comme ça. Maintenant je peux lire, j'ai tout le temps la nuit sans être dérangé. Je travaille deux fois plus qu'avant. Lire et écrire la nuit. M'occuper de gens le jour. Bon, j'étais donc éveillé et j'ai entendu quelqu'un passer sous la fenêtre de ma chambre.

— Le chien ne l'avait pas entendu avant vous ?

Dave posa les petits verres sur la table et s'installa.

— Il n'aboie pas quand je suis là, dit Hunsinger. Il avait les oreilles dressées. Il avait très bien entendu. La lumière était allumée mais les volets fermés. J'ai éteint et ouvert les volets. Mais je ne les ai pas vus. L'éclairage est mauvais dehors à deux heures du matin entre les arbres, les buissons, la vigne vierge. Ils étaient déjà passés, se dirigeaient derrière, vers la maison de Underhill.

— Il était chez lui ? fit Dave.

— Sa voiture était garée un peu plus loin. Une grosse vieille Cougar qu'il a payée environ deux cents dollars quand il est sorti de prison. Il devait être chez lui. Les bars fermés, où pouvait-il aller ? Voyons, je suis sorti par la porte principale. Je veux dire, je ne voulais pas me trouver nez à nez avec un quelconque rôdeur. Mais je voulais les voir de loin si possible.

— Pourquoi n'avez-vous pas appelé la police ? fit Cecil.

La gueule de cheval triste d'Hunsinger accabla Cecil et sa crédulité. Hunsinger l'instruisit calmement.

— Les policiers ne sont pas mes amis. Ils ne cessent de dire que je vends de la came. Ils n'aiment pas ceux que j'héberge. Ils voudraient que je ne ramène pas d'ivrognes ou de drogués chez moi. Ils veulent que je paye une patente. Ils veulent que je déménage. Je les laisse en paix en espérant qu'ils me laisseront en paix.

— Très bien, fit Cecil. Je vous demande pardon.

— Et là, reprenait Hunsinger en s'adressant à Dave, au beau milieu de la rue, moteur en marche, un gros 4 x 4 haut sur pattes avec des pneus larges, vous voyez, et des vitres fumées. Y avait-il quelqu'un dedans ? Je l'aurais parié. Comme chez moi ce n'était plus éclairé, je crois pas qu'il aient pu me repérer. Je suis descendu et j'ai attendu dans la cour, et deux minutes après, des fantômes descendent dans la rue en sautant le portail, grimpent dans le 4 x 4 et démarrent.

— Quel genre de fantômes ? fit Dave. Combien ?

— Deux, dit Hunsinger, et vous n'allez pas me croire, en tenue de combat camouflée, bottes de combat, béret. Pas croyable. Je me suis cru de retour à Saïgon en 69.

— Vous voulez dire qu'ils avaient le type asiatique ?

Hunsinger secoua la tête.

— Je dirais plutôt Latinos.

— Vous avez vu Underhill ? demanda Cecil.

— J'ai sonné chez lui. Personne n'a répondu. Je me suis servi de ma clé. Je me disais qu'il lui était arrivé quelque chose. J'ai fait toute la maison, mais il n'y était pas.

— Ça affaiblit votre présomption d'innocence concernant Underhill. C'est à cette heure-là que Streeter a été assassiné.

— Il ne serait pas allé à pied à la Marina.

— Ce n'est pas impossible, fit Dave. Ce n'est pas si loin.

— Pourquoi aurait-il fait ça ? La Cougar était là, elle marche, elle consomme beaucoup mais elle marche.

— Que cherchait ce commando ? Ils ont fouillé la maison ? Ils ont pris quelque chose ? fit Dave.

— Ils sont entrés par la fenêtre de la salle de bains. Ils ont démoli le store. Il était contre le mur juste en dessous. Mais d'après ce que j'ai pu voir, rien ne manquait. En tout cas rien de visible. Un truc volumineux, je les aurais vu le transporter dehors, non ?

— Underhill était chez lui ce matin, fit Dave.

Il réussit cette fois à mettre la main sur son paquet de cigarettes. Cecil était complètement occupé par Hunsinger. Il ne remarqua même pas le geste de Dave qui prenait son briquet, allumait sa cigarette. Dave reposa le briquet avec un petit bruit sec.

— Vous ne l'avez pas vu ? Il ne vous a rien dit ? fit Dave.

— Je ne me suis pas réveillé à temps, je me couche au lever du jour pour dormir quoi, trois, quatre heures. La police m'a réveillé à cavaler sous mes fenêtres avec des fusils, Seigneur ! à encercler la maison d'Underhill, à cogner à sa porte. Je me suis sauvé à toute allure, et je ne suis pas rentré chez moi depuis.

Il se démena sur sa chaise afin d'cxtraire d'une étroite petite poche une montre-bracelet sans bracelet et au verre éraflé.

— Il faut pas que je tarde à rentrer, maintenant. Il faut que je donne à manger à Snowy et lui fasse faire un tour dans la cour.

— S'ils n'ont rien pris, fit Cecil, pourquoi sont-ils venus alors ? Une simple visite de politesse en passant par la fenêtre de la salle de bains ?

— Ils savaient qu'il était sorti. Ils avaient sans doute téléphoné pour lui donner rendez-vous loin de chez lui. Peut-être détenait-il les papiers. Peut-être les ont-ils récupérés.

Dave regardait Hunsinger.

— Est-ce que Fleur et Underhill avaient une liaison ?

Hunsinger resta bouche bée.

— Bon Dieu ! Vous avez de ces questions. Non. Je ne crois pas. Pas là. Elle n'y venait jamais. Et lui, je ne l'ai jamais vu chez elle.

— A la boutique de Fleur ? fit Dave. Vous vous y rendez souvent ?

— Très souvent. C'est aussi une pépinière, je l'aide pour les gros travaux.

Le rouge monta sous la peau très blanche d'Hunsinger.

— Vous en feriez autant ! C'est une charmante jeune femme.

— Elle ne vous a jamais donné d'encouragements ?

— Streeter était un dieu pour elle, fit Hunsinger. Je ne suis qu'un pauvre mortel. Je n'avais aucune chance.

Dave tira sur sa cigarette un bon moment.

— Et ce 4 x 4, Glazer, Bronco, je ne sais pas son nom, vous avez son numéro d'immatriculation ? fit-il.

— Il faisait trop noir. Mais il y a une chose que je peux vous dire.

Hunsinger fit râcler sa chaise sur le sol en reculant. Il se leva, rangea sa montre.

— Il y avait un trépied fixé sur le toit.

— Quoi ? fit Cecil stupéfait.

— Un trépied pour mitrailleuse lourde.

Hunsinger alla récupérer son chapeau, en faisant claquer les talons de ses bottes de cow-boy.

— Un véhicule équipé pour le combat.

— Allez trouver la police, fit Dave.

Hunsinger eut un haut-le-cœur.

— Vous voulez aider Underhill, c'est bien ça ? fit Cecil.

— C'est pour ça que je suis venu vous voir.

Hunsinger décrocha son chapeau et s'en coiffa.

— Vous avez bonne réputation, dit-il à Dave. Fleur dit aussi que vous faites attention à ménager les gens, je crois que c'est vrai.

Hunsinger poussa le battant de la porte et sortit en la maintenant ouverte.

— Quelqu'un mouille Underhill dans ce meurtre. C'est pas un type brillant mais ceux d'en face sont pires. Il faut que quelqu'un l'épaule. Moi je ne peux pas. Pas avec les rapports que j'ai avec la police. Ils se foutraient de moi ou, mieux, me foutraient en cellule.

Hunsinger s'en alla. La porte soupira sur ses gonds perfectionnés. La serrure cliqueta. Sortie de l'obscurité, la voix de Hunsinger se fit entendre.

— Aidez-le. Mais ne m'envoyez pas la facture. Les factures, c'est tout ce que je reçois comme courrier.

6.

Leppard était noir, charpenté et musculeux, il avait trente-cinq ans. Sa coiffure était striée de blanc du front à la nuque au-dessus de l'oreille gauche. On lui taillait des costumes sur mesures. On était très habile tailleur. Il se tenait debout derrière son bureau et regardait Dave sans paraître à son aise.

— J'ai vu les pots de fleurs, disait-il. J'ai vu un tas de choses. Surtout un homme mort par terre, baignant dans son sang. Et puis cette arme avec un silencieux et cette jeune fille aveugle avec une tache de café sur le devant de son corsage, si calme qu'elle aurait pu aussi bien être morte. J'ai pas prêté attention aux pots de fleurs.

— Vous avez négligé également le fait qu'elle n'avait entendu personne, si ce n'était son père, entrer dans la demeure.

— Elle n'avait pas davantage entendu le coup de feu, dit Leppard en s'asseyant. Les jeunes ont le sommeil profond, Mr Brandstetter. Je n'ai pas attaché beaucoup d'importance à ce qu'elle avait entendu ou pas.

— Ça en avait, parce que l'assassin est passé par les toits, a sauté sur le balcon en bousculant les pots de fleurs au passage, et il est entré par les portes-fenêtres.

— Comme dans les histoires de flic à la télé, dit Leppard.

— Le gardien n'est pas un jeune qui dort, et le gardien n'a pas vu Underhill.

— Il n'était pas obligatoire qu'il entende. Underhill pouvait se trouver à l'intérieur, attendre là. Des heures. La fille était aveugle. Personne n'a pu établir où il se trouvait, chez lui ou ailleurs. Pourquoi n'aurait-il pas renversé les pots de fleurs en sortant ?

— Comment en êtes-vous venu à l'arrêter ? fit Dave.

— Nous avons reçu un appel téléphonique, fit Leppard...

Un policier en uniforme, cheveux blonds et joues roses, entra, des tasses de café, des petits sachets de sucre, de crème en poudre et de bâtonnets cuillères en plastique blanc sur le plateau marron qu'il portait.

Il disposa le plateau sur le bureau de Leppard encombré de papiers et referma la porte en sortant.

— ...disant qu'Underhill avait fait ça pour les cent mille dollars que Streeter avait sur lui et nous nous sommes d'autant plus intéressés à Underhill qu'il avait décidé de s'envoler pour l'Afrique, pour s'y volatiliser, c'est sûr.

— C'est sûr, vous avez trouvé le billet d'avion pour Alger, fit Dave. Posé juste à côté de sa machine à écrire, bien en vue sur la table de la salle à manger.

— C'est sûr, fit Leppard avec un sourire.

Il se pencha sur le bureau et posa une des tasses fumantes devant Dave.

— Du sucre ? De la crème ?

Avec ses jolis ongles roses il déchira les petits sachets et les vida dans sa tasse.

— Mais ce qui est certain par-dessus tout, c'est que nous avons trouvé les cent mille dollars dans une enveloppe kraft. Et c'est sûr, la banque a confirmé qu'elle les avait versés à Streeter contre un chèque d'un producteur de télévision.

Dave prit son café.

— C'est un coup monté, fit-il.

Et il raconta à Leppard ce que Hunsinger lui avait dit.

— Ils ne sont pas entrés pour voler quoi que ce soit.

Il s'assit en tenant sa tasse. Des pigeons roucoulaient sur la barre d'appui. Il les observait.

— Ils sont entrés pour déposer quelque chose. Le billet d'avion.

Leppard tira une Dunhill d'un paquet rouge foncé. Il l'alluma avec un briquet Dunhill. La fumée s'éleva de son sourire. Il hocha la tête.

— L'employé de la compagnie aérienne a vu sa photo et nous a donné son identité. Mike Underhill lui avait même montré son passeport. Il a acheté lui-même ce billet.

Dave goûta son café.

— Son passeport était posé là, à côté de sa machine à écrire avec le billet, c'est bien ça ?

— Exactement, répondit Leppard.

— Ainsi un type mince, dans la quarantaine, d'un mètre quatre-vingts, yeux bruns, cheveux clairsemés, teint olivâtre, montre le passeport d'Underhill sans nécessité, simplement pour la mémoire de l'employé, achète un billet pour Alger, enjambe la fenêtre d'Underhill, laisse passeport et billet bien en vue, puis vous téléphone d'aller arrêter Underhill.

— Underhill travaillait pour Streeter.

Leppard observait Dave, par-dessus le bureau, les tasses à café, à travers la fumée de sa cigarette.

— Vous savez, un associé tue plus souvent son associé que des étrangers ne se tuent entre eux. Qui vous a parlé de ces types en tenue de combat ?

— J'ai tendance à croire que c'est un témoin, fit Dave.

— Underhill prétend que Streeter lui a donné tout cet argent en liquide pour…

— Acheter un avion à un dénommé McGregor basé sur la côte. Ce n'est pas une mauvaise explication. McGregor confirmera.

— Nous n'arrivons pas à le joindre, dit Leppard. Il

a disparu.

— Ce qui devrait vous faire réfléchir, fit Dave. Un garçon qui habite dans les résidences, non loin de chez Streeter, Dan'l Chapman, m'a raconté que Streeter envisageait d'acheter un avion.

— Un bon témoin pour la défense, dit Leppard.

— A moins qu'il ne disparaisse à son tour. Le couple qui occupe l'appartement face à Streeter, de l'autre côté du patio avec piscine, les Gernsbach, ils ont disparu. Le saviez-vous ? En même temps que Streeter se faisait assassiner. Ne trouvez-vous pas ça captivant ? Moi, oui.

Leppard s'impatientait.

— Le District Attorney chouchoute Underhill pour la raison suivante : un escroc qui réussit l'exploit de s'escroquer lui-même.

— Un gars peut être un tas de vilaines choses, fit Dave, et être incapable de commettre un meurtre.

Il goûta à nouveau son café, fit la grimace, reposa la tasse sur son bureau.

— Mettez la main sur Gernsbach, Sergent. Ses fenêtres sont juste en face de la pièce où Streeter a été tué. Peut-être a-t-il vu l'assassin et s'est-il enfui pris de panique. Trouvez-le.

La large main de Leppard vint s'abattre sur une pile de dossiers posés sur le bureau.

— Avec tout ça à faire ! Nous avons bouclé Underhill. Inutile de chercher plus loin. Pas le temps.

Dave prit une profonde inspiration. Et il parla à Leppard du sujet brûlant de l'enquête de Streeter.

— Je pense qu'il a découvert l'identité des ravisseurs de Cortez-Ortiz et qu'ils l'ont tué avant qu'il puisse le divulguer.

Il rapporta à Leppard la visite de Streeter au studio de télévision.

— Il savait qu'ils le pourchassaient. C'est pour cela qu'il faisait ses bagages.

— Si vous étiez terroriste...

Leppard se grattait délicatement la tête.

— ... et si vous réussissiez ce genre de coup, vous le dévoileriez au monde au lieu de le tenir secret ? Et vous demanderiez à échanger des prisonniers, ou de l'argent pour mener votre révolution ?

— Ce que personne n'a fait, et ce qui est une réponse à votre question, fit Dave.

— Ce qui n'explique toujours pas que des terroristes d'Amérique Centrale escaladent les résidences d'une Marina de Los Angeles, rôdent en tenue de combat dans le quartier des baraquements du vieux Venice, et s'introduisent avec effraction dans les bungalows — ou c'est comme ça que ça se passe de nos jours ?

— Avant leur casse, fit Dave, ils ont appelé Underhill, lui ont fixé rendez-vous à l'extérieur, c'est juste ?

— Quai des pêcheurs, c'est ce qu'il prétend. Mais nous n'avons trouvé personne pour confirmer sa présence là. Comme alibi, c'est minable. Il était chez Streeter pour le tuer.

— Le Desert Eagle 357 Magnum lui appartenait donc ?

Leppard haussa les épaules.

— Nous sommes en train de vérifier, mais à Venice, quiconque en a les moyens peut se payer une arme de ce genre. Ecoutez, le capitaine Barker affirme que dans votre spécialité vous êtes le meilleur, alors on ne pourrait pas reposer les pieds sur terre ? Un vulgaire meurtre pour de l'argent ? Underhill doit une très grosse somme à son éditeur. Cent mille dollars à l'aise d'un seul coup. Est-ce que ça n'aurait pas été trop tentant pour Underhill ?

— Pour des terroristes de la même façon.

Dave se leva.

— Mais eux, ils sont sûrs de résister à la tentation, c'est bien ça ?

Il adressa à Leppard un sourire crispé.

— Ce qui signifie que sur un point vous avez raison. L'argent est derrière tout ça. Mais il s'agit d'une somme autrement plus importante que cent mille dollars.

Il se dirigea vers la porte.

— Vulgaire meurtre, Sergent, je ne le crois pas.

Il ouvrit la porte et la rumeur de la salle des enquêteurs l'assaillit : rires, discussions, machines à écrire, téléphones.

— Merci de m'avoir reçu.

Il laissa la porte se refermer derrière lui.

L'endroit se trouvait dans une rue étroite de Santa Monica, à deux pâtés de maison de la plage ; bois vernis, baies vitrées où se reflétait le soleil, toits lambrissés, fenêtres en chien assis, escaliers extérieurs en bois. Les seules portes au niveau de la chaussée étaient pour les voitures. Dave gara sa Jaguar dans le virage, introduisit de la monnaie dans le parcmètre, esquiva un jeune gars torse nu, en short et chaussures montantes qui déferlait sur le trottoir avec sa planche à roulettes, des écouteurs d'un jaune éclatant aux oreilles.

Dave gravit l'escalier et jeta un coup d'œil par une porte du deuxième étage entrouverte. Des femmes travaillaient dans la fumée. La pièce avait la largeur du bâtiment. Les machines brillaient de leur reflet métallique sous des éclairages fluorescents. Les femmes actionnaient les machines à la main. Il ne parvenait pas à reconnaître la matière qu'elles découpaient, gaufraient et agrafaient. C'était brillant comme du métal, rouge, vert, bleu, or. Personne ne lui prêtait attention, il se décida à entrer.

Quand ses yeux eurent accommodé, il aperçut Sarah Winger sur un haut tabouret devant une table à dessin, manipulant équerres, règles et crayons. Il s'approcha d'elle, se faufilant entre des femmes jeunes et moins jeunes qui assemblaient des feuilles de papier enduit, en faisaient des cotillons. Seules une ou deux lui destinèrent un regard. Une grosse fille en short très court s'avançait, l'air affairé, porteuse d'un panier de plastique rouge rempli d'articles achevés. Elle le bouscula d'une hanche large et ne s'en excusa pas, eut l'air de ne pas entendre le mot d'excuse de l'homme ou fit comme si. Elle s'agitait comme quelqu'un de pressé. Tout le monde ici avait l'air pressé.

— Garnitures d'arbres de Noël, fit-il à Sarah Winger.

Surprise, elle leva les yeux. Un triangle de plastique vert glissa sur la pente de la table à dessin. Elle s'en saisit.

— Je vous connais ?

Sous ses faux cils et une ombre à paupières très bleue qui intensifiait le bleu de ses yeux, elle eut sur lui un long regard.

— Non, on ne se connait pas, mais je vous ai aperçue hier. A la marina. La Jaguar marron.

— Qui êtes-vous ? Que me voulez-vous ? Je suis très prise.

— Nous ne sommes qu'en juillet.

— Février serait presque trop tard. Je reçois des appels d'acheteurs qui me demandent où en sont les livraisons. Vous ne pouvez pas vous figurer l'impatience des gens.

Des guirlandes étaient accrochées aux chevrons. Dave leur jeta un coup d'œil.

— Ravissant, fit-il. C'est vous qui les dessinez ?

— Il faut des modèles précis aux filles d'ici. C'est plus ce que c'était.

Elle porta à ses lèvres la pointe aiguisée du crayon et se pencha sur ses tracés très aigus posés sur la table à dessin lumineuse.

— Vous ne tenez pas une boutique, dit-elle, tout en se servant d'un perroquet pour dessiner un serpentin. Vous n'êtes certainement pas acheteur pour le compte d'un grand magasin. Vous ne portez pas sur vous un seul article de confection industrielle.

Elle lui jeta un rapide coup d'œil provocant.

— A moins que ça ne soient les sous-vêtements ?

— Je ne m'en souviens plus, fit-il. Parlez-moi des Gernsbach. Où sont-ils allés ? Il faut que je leur parle.

Elle s'interrompit dans son dessin, et le regarda, sourcils froncés.

— Vous êtes policier ? C'est à cause d'Adam Streeter, leur voisin ?

— Oui et non, fit Dave. Acceptez-vous de répondre à mes questions ?

— Si vous n'êtes pas de la police, vous n'avez aucun droit de me poser des questions.

Il lui exhiba sa licence et mentit.

— J'enquête pour le compte de sa compagnie d'assurances. La routine pour une assurance-vie à verser.

— Ça aurait pu être un suicide ?

Elle se repencha sur son travail.

— C'est vrai. Les Gernsbach, ce sont des amis intimes ?

— Lily, oui. Nous étions ensemble à l'école des Beaux Arts. Elle avait beaucoup de talent. Elle était vraiment douée. Moi pas. C'est pourquoi je dessine et je fabrique des décorations pour arbres de Noël de luxe. Je voulais peindre. Je voulais être peintre. Elle aussi, puis elle a fait la connaissance d'Harry Gernsbach. Quel gâchis ! Je veux dire, je le plains d'avoir passé toute son enfance dans un camp de concentration, mais il n'a pas le moindre atome artistique.

— Où sont-ils allés ? fit Dave. Elle vous a laissé les clés, et vous a chargée de nourrir son chat. Elle ne vous a pas dit alors où ils se rendaient et pour combien de temps ?

Elle s'était à nouveau assise et regardait son travail.

— Vous aimez ?

— Ça ressemble à une sculpture esquimaude dans de l'ivoire. En défense de phoque. Comment appellent-ils ça ? Un ornement de châle, non ?

— Oui.

Elle leva un sourcil.

— Vous êtes un expert. Lily n'a pas dit où ils allaient. Elle n'a fait qu'entrer et sortir. Pas ici. Chez moi. Au-dessus. Ça a duré exactement vingt secondes. Ça ne lui ressemblait pas. Elle a horreur de se bousculer.

— Avait-elle peur ?

— Peur ?

Sarah fronça les sourcils.

— De quoi ? Pourquoi ? fit-elle.

— L'appartement des Gernsbach a des portes-fenêtres

qui font face à celles d'Adam et de Chrissie Streeter.

— Pauvre petite, fit Sarah. Que va-t-elle devenir à présent ?

— Elle a une mère, ou soi-disant, fit Dave.

— Oui, j'ai entendu parler d'elle. Elle ne va pas résoudre le problème de Chrissie. Elle et son père s'entendaient si bien.

Une ombre nuança l'épais maquillage de ce visage entre deux âges qui se voulait jeune.

— Mais ça ne pouvait pas durer ! Je veux dire, c'était un homme qui vivait dangereusement.

Le front soucieux, elle hocha la tête.

— Ils ont dit aux informations télévisées qu'il avait été assassiné. Par ce Mike Underhill qui travaillait pour lui. C'est vrai ?

— Si je le croyais, fit Dave, je ne serais pas ici.

— C'est peut-être ce pasteur, dit Sarah. Ils ont eu une terrible dispute.

Elle fit battre ses longs faux cils en direction du plafond.

— C'était quand... la semaine dernière, j'étais avec Lily dans sa chambre. Le bureau d'Adam Streeter est juste en face. Et on ne pouvait pas ne pas entendre tellement le pasteur criait. Il était absolument furieux. Ils en étaient littéralement venus aux mains, ils se bagarraient, se poussaient, enfin d'après ce qu'on pouvait suivre, parce que le soleil était si aveuglant dans le patio qu'on ne savait pas exactement ce qui se passait et qui était qui. Puis tout ça s'est calmé aussi vite que ça avait commencé.

— Chrissie ne m'en a pas parlé.

— Elle devait être sortie avec Dan'l Chapman. Sur la plage, au port, ou à faire du bateau peut-être. Il est gentil avec elle. Adam est trop occupé pour être avec elle souvent. Dan'l est toujours là. Quoi qu'elle demande. Pauvre gosse, je crois qu'il est amoureux d'elle.

— Il l'est, fit Dave. Vous pourriez identifier le prêtre ?

La grosse fille fit son entrée, s'approcha de la table à dessin, haletante, sa frange de cheveux mouillée de sueur.

— Nous n'avons bientôt plus d'agrafes, Mademoiselle Winger. Je crois pas qu'on va pouvoir finir la journée.

— Je ne l'avais jamais vu avant, fit Sarah Winger à Dave. Et je ne pouvais pas bien l'apercevoir. Plutôt petit, avec des lunettes, presque chauve.

Elle se tourna vers la fille.

— Alors prenez la camionnette et filez chez Pitzer chercher ce qui manque. Dites à Ralph de me téléphoner pour accord.

Elle laissa tomber des clés dans la grosse main de la fille qui, l'air important, s'éloigna en se dandinant.

— Lily Gernsbach n'a pas dit qu'ils se rendaient à Washington ?

Sarah Winger leva des sourcils interrogateurs.

— Oh, vous voulez parler de la commission sénatoriale sur les sociétés de prêt et d'épargne ? Mon Dieu, quel type sinistre ce Harry Gernsbach, un accent épouvantable et tout. Non, je suis certaine qu'elle n'y est pas allée.

— Qui devait se charger de récupérer leur voiture à l'aéroport ?

— Quelqu'un du bureau d'Harry peut-être ? fit-elle.

Sarah Winger se munit d'une poignée de crayons de couleurs et entreprit d'ombrer les lignes nettes sur la feuille de bristol.

— Lily ne m'en a pas chargée. Uniquement donner à manger à Trinket. Quel nom pour un pareil chat sauvage !

Elle travaille un instant en silence. Les machines cliquetaient. Le papier glacé chuchotait.

— Peut-être qu'ils n'ont pas pris l'avion.

Elle semblait s'adresser à sa main vive et virtuose.

— Ils ont un grand et superbe bateau.

— Alors pourquoi avoir laissé le chat ? fit Dave.

— Parce que ce n'est pas un chat comme les autres. Il n'a pas peur de l'eau. Elle essaierait de rejoindre la terre ferme à la nage. Et les gardes-côtes les ont prévenus. Deux fois, ça suffit. Ils n'iront plus au secours de Trinket.

— Pourquoi le prêtre était-il furieux ?
— Son fils a été tué, dit-elle. Et il tenait Adam pour responsable.

C'était une femme d'une quarantaine d'années au visage plein de fraîcheur. Avec des yeux effrayés, elle le regarda par l'entrebâillement d'une porte en aluminium flambant neuf qui contrastait avec la vétusté de l'ensemble de la maison. Cette dernière disparaissait sous des cèdres déprimants, derrière une église en pierre. Maison à un étage, typique de Sierra Madre, une ville qui avait beaucoup changé depuis son enfance, si ce n'était cette rue à l'écart. Il avait connu cette église Saint Mathias : il avait été enfant de chœur. Il avait alors une claire voix de soprano, et en soutane rouge et chasuble de dentelle blanche amidonnée, avec ses cheveux blonds, son allure était angélique, mais ceci est une autre histoire.

Pour l'heure il s'adressait à cette femme aux cheveux coupés courts, vêtue de jean's, d'une chemise de batiste, et aux pieds, à même la peau, des chaussures de jogging ; elle essuyait nerveusement ses doigts minces sur un torchon de cuisine.

— Le révérend Pierce Glendenning, s'il vous plaît.

Le nom de l'homme était porté en caractères gothiques à l'or écaillé sur un support noir fendillé fixé au lierre devant l'église.

— Est il là ?

— Etes-vous journaliste ?

Elle prenait appui contre la porte, prête à la refermer.

— Je suis désolée. Nous ne voulons évoquer devant personne la mort de Rue. Pas devant des journalistes. Je vous en prie, allez-vous-en. Laissez-nous en paix.

— Je ne suis pas journaliste.

Il lui apprit qui il était, parlant haut afin d'être entendu par la personne qui se serait éventuellement tenue dissimulée dans l'obscurité de la pièce du fond. Il lui tendit sa licence pour qu'elle puisse la voir dans l'entrebâillement de la porte.

— J'enquête sur la mort d'Adam Streeter.

— Comment ?

Ses yeux s'écarquillèrent une seconde. Sous le maquillage, il était facile de voir qu'elle avait rougi.

— Nous ne le connaissions pas.

— Mr. Glendenning le connaissait.

Dave rangea son porte-cartes dans une poche de sa veste.

— Sans doute ne vous l'a-t-il jamais dit.

Une porte claqua dans les profondeurs de la maison. Si brutalement que la jeune femme sursauta. Dave abandonna la fraîcheur de la véranda avec ses capucines, ses géraniums, ses giroflées parfumées, plantés en des pots alignés sur la large rampe de bois rouge. Vivement, il gagna l'angle de la maison. Derrière celle-ci, des pas martelaient un escalier. Dave en courant s'engagea dans l'allée de ciment craquelé qui bordait la demeure ; à son extrémité, des marches de bois gravissaient une colline escarpée, couverte d'une dense végétation d'arbustes rabougris et d'eucalyptus. Il aperçut l'homme, ses jambes, en un éclair, qui montaient les marches deux à deux, la main sur la rampe, s'en aidant, un crâne dénudé, le reflet de verres de lunettes où le soleil à travers la végétation épaisse fut piégé. La femme surgit sur le seuil de la porte de service.

— Laissez-le tranquille. Il n'a rien à voir avec la mort d'Adam Streeter.

Dave lui jeta un coup d'œil, puis surveilla à nouveau le long zigzag des marches branlantes. Il était toujours endolori, les muscles toujours douloureux d'avoir sauté cette fichue barrière chez Hunsinger. Il fumait trop. Le souffle lui manquerait pour franchir plus de la moitié de la montée et l'obligerait à s'arrêter. Et il ne cessait de se dire : quand renonceras-tu ? Quand écouteras-tu ? Sur la hauteur les pas de Glendenning cessèrent de marteler le bois. Il avait gagné une rue là-haut. Dave se tourna vers la femme.

— Il n'aurait pas dû se sauver ! C'est l'aveu d'une

faute.

— Pas du tout, fit-elle brusquement. Il n'a pas tué Adam Streeter. Qu'est-ce qui vous fait croire que c'est lui ? Qu'est-ce qui vous pousse à le croire ?

— Il a eu une violente dispute avec Streeter. Il y a quelques jours. Il y a un témoin.

— Oh, mon Dieu, gémit-elle misérablement. Je l'avais supplié de ne pas y aller.

Elle porta ses doigts à sa bouche comme une fillette aux nerfs malades, puis les écarta soudainement comme si sa mère l'avait surprise en train de se ronger les ongles.

— Il était au désespoir, vous ne comprenez pas ? Il n'était plus lui-même à force de souffrance. A cause de Rue, notre fils, un garçon merveilleux, plein de talent. Assassiné à vingt ans.

Les larmes noyèrent ses yeux, sa voix tremblait.

— Pierce Glendenning est un homme bon, généreux, attentif, patient, compréhensif.

— Et emporté, fit Dave.

— Il est incapable de tuer quiconque.

— Alors il ne s'opposera pas à avoir un entretien avec moi.

Dave sortit une carte de visite.

— Donnez-lui ceci. Dès qu'il sera de retour, je vous le demande. Dites-lui de m'appeler. S'il ne l'a pas fait demain matin, j'irai trouver la police, est-ce clair ?

Accablée, elle inclina la tête, se saisit du bristol, le glissa dans une poche de son chemisier. Ses lèvres se mirent à bouger, mais elle renonça à former des mots. Elle s'en retourna tristement, rentra chez elle. Cette porte-ci était ancienne, en bois, la serrure noire et brillante. Il ne pouvait rien voir mais il entendit un crochet cliqueter, et la porte que l'on verrouille.

7.

Il était trop tôt chez Max Romano. Quelques buveurs de bière de l'après-midi traînaient dans le petit bar obscur, tout de cuir et de bois. De temps à autre, des rires en sortaient, l'on entendait tinter les glaçons dans les verres. Mais la salle-restaurant était déserte hormis Dave et Cecil attablés à leurs places habituelles dans un coin retiré. Les autres tables dans l'attente, sous leurs lourdes nappes blanches, la lumière des bougies se reflétait sur l'argenterie et le cristal. De douces senteurs d'herbes, de fromages, de basilic s'échappaient de la cuisine.

Devant Cecil, de grosses et magnifiques crevettes dans un plat ovale garni de glace pilée. Il les huma avec délice en se frottant les mains.

— Regardez-moi ça ! fredonna-t-il. Est-ce que tu vas te contenter de te rincer l'œil avec ces beautés ?

— J'ai mes huîtres. Je suis satisfait.

— Je n'ai aucun goût pour les huîtres.

Cecil prit une crevette, la coupa en deux en la mordant.

— Les huîtres, poursuivit-il tout en dégustant, sont vivantes. Tu es en train de dévorer une créature vivante.

Le plat de glace pilée de Dave était garni d'une douzaine d'huîtres. Il pressa sur les chairs un citron, éleva une coquille froide, rugueuse, la porta à sa bouche, et avala l'huître. A son tour il huma et adressa un large sourire à Cecil et à son air écœuré, il lui fit :

— Tu ne sais pas ce qui est bon.

— Les crevettes, répondit Cecil, achevant la première. Il essuya ses doigts sur une épaisse serviette blanche.

— Ils ne sont pas prêts à l'admettre.

— Jimmie Caesar et Dot Yamada ? interrogea Dave.

— Ces deux-là, acquiesçait Cecil d'un signe de tête, puis il but une gorgée de champagne.

— Quand je leur ai dit ce que j'avais vu et entendu, reprit-il, ils sont devenus verts. Adam Streeter dans leur bureau à deux heures du matin ? Est-ce que j'étais cinglé ? A quoi je jouais avec eux ?

Dave entreprit d'ingurgiter une deuxième huître.

Cecil trancha une autre grosse crevette.

— Impossible. Il n'y a pas d'éclairage dans ce hall, sauf à la hauteur des marches. Ils se sont dit que je devais peiner dans un petit bureau mitoyen, ça doit être ça.

Dave goûta au champagne. Pas assez brut et trop fruité. La bouteille était dans un seau à glace posé sur l'épaisse moquette, à côté de sa chaise. Il se pencha, la souleva toute dégoulinante, jeta un coup d'œil sur l'étiquette. Flou. Il fouilla dans les poches de sa veste, en sortit ses lunettes, les mit afin de lire l'appellation du vignoble, et l'année de récolte ; il replaça la bouteille dans le seau. Seule l'année n'était pas satisfaisante. Il ne recommanderait plus de 1973. Pas de cette marque. Il se défit de ses lunettes et dégusta trois huîtres.

— C'est un des avantages d'être noir, fit Cecil. Un des innombrables avantages.

— «Homme invisible», dit Dave.

Cecil hocha la tête, s'attaquant à une nouvelle crevette.

— Seulement, depuis que Mr. Ralph Ellison (1) l'a

1. Allusion au roman de Ralph Ellison *Homme invisible, pour qui chantes-tu ?* (N. du T.)

révélé, c'est devenu un désavantage, le plus souvent.

— Ils ont peur d'être embringués dans une affaire criminelle, fit Dave. Peur des conséquences de leur mauvaise plaisanterie. Et je ne peux les en blâmer.

— Ils sont restés à se regarder bouche ouverte, dit Cecil, à se tourner vers moi comme si leurs têtes étaient montées sur pivot et ils se sont tous les deux mis à me parler en même temps.

— Qu'est-ce que tu racontes ? fit Dave. Ça s'est vraiment passé comme ça ?

— J'ai dû le rêver. Mais ils en parleront à quelqu'un pour peu que j'en parle, c'est ça ton idée ? Tu sais jusqu'où ça peut aller ? Ils sont deux. Je suis tout seul. Je suis de trop.

— N'en parle pas, fit Dave. Ça ne mènerait à rien.

Il n'y avait plus de crevettes. Cecil contemplait avec tristesse le tas de résidus torsadés couleur corail sur le plateau de glace. Les huîtres de Dave avaient également disparu. Un garçon, nommé Avram, jeune, trapu, dont les grands et doux yeux bruns couvaient Cecil, s'approcha, vêtu de sa veste velours or. Il retira les plats. A nouveau, usant de sa serviette, Cecil s'essuya doigts et bouche.

— Qu'est-ce qui mènerait quelque part ? demanda-t-il.

— Le père du jeune Glendenning, probablement, fit Dave.

Cecil haussa les sourcils.

— Le journaliste tué à Los Inocentes ?

— A la suite de quoi le père est allé trouver Streeter. C'est un pasteur anglican. Ils ont eu une très vive altercation. Ils en sont venus aux mains.

Cecil était sur le point de lui demander des détails lorsque Max Romano s'approcha tout sourire, porteur d'assiettes fumantes : rognons d'agneau pour Dave, tournedos pour Cecil.

Dave était certainement le plus vieux client de Max. Il fréquentait déjà dans les années 1947-48 son premier établissement situé alors dans le West Side, puis Max avait emménagé du côté d'Hollywood Boulevard, les premiers numéros, où l'insécurité des rues effrayait le client ; à présent il était à nouveau dans le West Side. Cet endroit n'était pas tout à fait identique à l'ancien ; il lui ressemblerait davantage lorsque le vitrail serait posé. Pour l'heure il était en cours de montage dans l'atelier d'un artisan qui prenait tout son temps. Dave leva les yeux sur Max et son sourire. Autrefois, il arborait une épaisse chevelure noire, bouclée, généreusement gominée et une dentition qui avait rendu célèbre son sourire. Il ne restait plus que quelques mèches, soigneusement peignées, et des éclats d'or parsemaient sa dentition. Un autre bouleversement était visible ce soir-là : Max perdait du poids. Il avait toujours été un homme enrobé, bien dans sa peau avec cet excès de poids. Ce soir-là, il flottait dans ses vêtements. Brusquement Dave prit conscience de l'âge avancé de Max. Soixante ans bien sonnés. Il lui demanda avec une inquiétude non dissimulée :

— Comment allez-vous, Max ?

Max déposa les assiettes et eut pour Dave un charmant sourire.

— Vous vous faites du souci, mon ami ?

Il tira sur le surplus de tissu de sa veste.

— Vous pensez que je dépéris, non ? C'est mon régime. Vous m'imaginez, moi, suivant un régime !...

Il eut un petit rire.

— Hypertension, Dave. Le medecin prétend que je dois perdre trente kilos. Je mange une carotte, un bout de celeri, une miette de poisson.

De ses doigts il fit un cercle ; ses diamants montés sur bague scintillèrent à la lumière des bougies.

— Gros comme ça. Ils veulent que je vive éternellement.

Les commissures de ses lèvres s'affaissèrent.

— Vous appelez ça vivre ?

— Moi aussi, fit Dave, j'aimerais que vous fussiez éternel.

Max lui toucha l'épaule.

— Soyez rassuré, mon ami, je vais m'y employer.

Il soupira, hocha tristement la tête.

— Mais c'est une torture.

Un instant il contempla leurs plats, puis s'éloigna soudainement.

— Bon appétit, fit-il faiblement et il se dépêcha d'aller à la rencontre de quatre clients qui entraient en riant, en plaisantant. Dave le suivit des yeux.

— Il va bien, dit Cecil. En pleine forme.

— Je le souhaite, fit Dave.

Dave se demanda à quoi tenait sa mélancolie. Il se pencha pour prendre la bouteille de champagne et remplir leurs coupes. A cet instant, Cecil lui sourit et Dave s'efforça de le lui rendre. Ça allait mieux.

Cecil, c'était le présent et l'avenir, c'était tout ce qui comptait.

— Il y a aussi les Gernsbach, fit-il. Pourquoi sont-ils partis ? Où sont-ils allés ? Qu'ont-ils vu qui les fasse paniquer ?

— Un homme vêtu d'un col d'ecclésiastique, qui tire une balle dans la tête de leur voisin. A mes yeux c'est bien assez épouvantable.

— Je dois les retrouver.

Dave se munit de sa fourchette.

— Veux-tu m'aider ? Es-tu libre ce soir ?

— Oh ! Tu as brisé le charme.

Cecil tira sur la manchette de sa chemise. Une montre-bracelet noire hérissée de remontoirs entourait son poignet osseux. Il regarda l'heure et ses yeux s'ouvrirent grands.

— Il faut que je sois au studio d'information dans pile vingt-huit minutes.

Il semblait affolé, il absorba une grosse bouchée, se brûla, but là-dessus du champagne.

— Merde. Comment passe le temps ?

— C'est la question que je me pose, fit Dave.

Dans la loge de cèdre et de verre, la garde de nuit était

assurée par une femme épaisse aux cheveux gris. Elle avait quelque chose de martial, la mâchoire saillante, carrée, d'un sergent instructeur. Mais le magazine ouvert sur une petite tablette à côté d'elle s'intitulait *Femme d'Aujourd'hui*. Et du fourre-tout en paille posé dans un coin derrière elle, dépassaient des aiguilles à tricoter, des écheveaux de laine rose et lavande. Dave arrêta la Jaguar, baissa la vitre et lui dit :

— Dan'l Chapman, je vous prie. Je suis Brandstetter.

Les yeux gris de Grand-mère l'observèrent sans aménité. Allait-elle vérifier s'il s'était bien lavé les oreilles ?

— Vous êtes attendu ? demanda-t-elle.

— Il ne sera pas surpris, répondit-il.

Elle décrocha le téléphone.

— Moi si, fit-elle, puis parlant dans le combiné :

— Dan'l, il y a là un monsieur Brauiff ou je ne sais qui.

Dave soupira, ouvrit la portière et mit pied à terre.

— Il dit qu'il veut vous voir.

Dave tira son porte-cartes de la poche intérieure de sa veste, l'ouvrit, le fit passer dans l'entrebâillement de la porte de la loge afin qu'elle en prenne connaissance. Elle y jeta un coup d'œil, tendit le cou. Une myope.

— Détective privé, dit-elle. Je pense que vous devriez venir au portail, s'il vous plaît.

Elle raccrocha le téléphone mural.

— Il sera là dans une minute.

— Vous prenez votre travail très au sérieux.

— J'suis payée pour.

Des lunettes demi-lune étaient posées sur la tablette. Elle les mit, cligna des yeux sur son magazine un moment, puis regarda Dave par-dessus ses verres.

— Il est jeune. Tout seul à la maison.

— Je comprends.

Dave rangea son porte-cartes.

— Mike Underhill est-il venu voir Adam Streeter la nuit où il fut assassiné ?

— La police me l'a déjà demandé, dit-elle. Et la réponse est non.

— Vous ont-ils demandé si vous l'aviez vu sortir sur le coup de trois heures du matin ?

— Non.

Elle tourna une page de son magazine.

Entre les fils de métal du portail grillagé, Dave jeta un coup d'œil aigu sur les éclairages indirects dissimulés dans les grandes azalées qui bordaient l'impeccable revêtement noir de l'allée.

— Mon travail, c'est de veiller toute la nuit. C'est pas facile de ne pas s'endormir.

Il se tourna vers elle.

— Il vous arrive de vous endormir parfois ?

— Quand on veille toute la nuit.

Elle contemplait son magazine d'un air songeur : des photos couleurs de sandwichs garnis de laitue.

— Veiller devient une habitude. Au bout d'un certain temps.

— Alors vous avez assisté au départ d'Harry Gernsbach vers les trois heures et demie, quatre heures ?

Elle retira ses lunettes, le regarda.

— Non, je ne l'ai pas vu. Pourquoi il aurait fait ça ? Il a des horaires réguliers, très réguliers. On peut régler sa montre sur les départs et les retours d'Harry Gernsbach.

— Quant au pasteur, au prêtre ? demanda Dave. Du nom de Pierce Glendenning, est-il venu ce jour-là ? Voir Adam Streeter, je suppose ?

— La police ne m'a pas non plus posé cette question. Vous avez encore besoin de vous entraîner.

Elle en souriait presque.

— Vous ne faites que débuter.

Elle tourna la tête.

— Voilà Dan'l.

L'air qui s'engouffra sur son passage était frisquet. Le garçon était en chandail et blouson, mains dans les poches de son pantalon de velours. Ça lui donnait une apparence moins décharnée que le short et la chemise aux manches coupées de la veille, moins garçonnet. Le vent l'avait décoiffé, il chassa les mèches rousses de son front et regarda Dave à travers les grilles.

— Dan'l, fit la gardienne, connaissez-vous cet homme ?

— Vous n'avez pas bien saisi son nom. C'est Brandstetter, Dave. Oui, Clara, je le connais. Pas de problème.

Il adressa à la femme en uniforme de couleur bronze raide d'amidon, arme sur la hanche, un fugitif sourire. Son regard était soucieux.

— C'est au sujet de Chrissie ? demanda-t-il à Dave. Quelque chose ne tourne pas rond ?

— Rien que nous ne sachions déjà, vous et moi.

Dave s'était remis au volant de sa Jaguar. Mais les grilles ne s'ouvraient pas. Il regarda Clara qui, lèvres pincées, regardait Dan'l.

— J'aurais préféré que vos parents soient chez eux, dit-elle.

— Allez, Clara !

Dan'l s'agrippa au grillage comme un chaton à son panier.

— Je n'ai plus six ans.

— Six, seize, renifla-t-elle. Quelle différence ?

Mais elle actionna l'ouverture des grilles.

Dave gara la Jaguar dans l'obscurité du parc, loin du portail. Dan'l s'apprêtait à en descendre.

— Un instant, fit Dave. J'ai d'abord quelques questions à vous poser. Ce bateau de Gernsbach, est-il amarré loin d'ici ?

— Non. Mais en ce moment il n'est pas ici.

— C'est bien ce que je pensais. Bon. Avez-vous entendu Chrissie ou Adam parler du père de Rue Glendenning ? C'est un pasteur.

— Glendenning ? Le type de l'université qui venait interroger Adam sur comment devenir correspondant de presse ?

Le visage de Dan'l n'était qu'une découpe pâle, mais Dave y vit une interrogation.

— Non. Mais à quoi ressemble ce père dans cette histoire ?

— Vous jouez sur les mots, fit Dave.

— Ah ! Ah ! répliqua Dan'l. Ils ne m'ont jamais parlé de lui.

— Bien. Troisième question.

Dave ouvrit sa portière, descendit de véhicule. Dan'l fit de même de son côté.

— Fermez doucement.

Quelques fenêtres de résidences étaient éclairées, aux deuxième, troisième étages. Dan'l fit cliqueter sa portière en la refermant. Dave l'imita et s'approcha du garçon.

— Si je vous donne les cordes et tous les ustensiles, lui fit-il doucement, vous pourriez grimper sur les toits, vous y déplacer et retomber sur le balcon du bureau de Streeter ?

— Qui a besoin de cordes ?

L'éclairage coloré par les feuillages jouait sur le visage ardent de Dan'l.

— C'est très facile. Allons-y.

Il se mit immédiatement en mouvement, à pas silencieux, chaussé de ses Nike.

— Je vais vous faire voir.

Dave le suivit, dans l'ombre ou à découvert, longeant les façades aveugles des différents plans de maçonnerie de l'ensemble architectural. Au fur et à mesure qu'ils progressaient, l'air fraîchissait. Dans les murs se trouvaient encastrées et verrouillées les portes d'accès. Les résidents qui possédaient un bateau devaient en avoir les clés. Les bateaux amarrés se balançaient, endormis derrière les murs, bâchés de bleu, et l'eau clapotait contre leurs coques blanches et lisses, leurs mâts pointaient vers le ciel comme autant de baguettes de professeurs, pointées sur un tableau noir.

Ils atteignirent l'extrémité des constructions, des bidons, tout un bazar en métal bleu, couvercles renversés, s'y alignaient contre le mur des garages. Dan'l bondit sur l'un d'eux, empoigna l'extrémité d'une poutre et se hissa sur le toit d'un garage. Il joua des pieds et des mains, se rétablit et adressa un beau sourire à Dave resté en bas.

— Vous avez vu ?

Dave avait vu. Une autre escalade s'avérait possible, derrière le garçon, le toit d'un deuxième étage. De là une ascension supplémentaire à découvert le hisserait sur les toits les plus élevés.

— Parfait, fit Dave. Allez-y doucement. Compris ? Je vous rejoins là-bas.

Même dans l'obscurité, il lui fut facile de triturer la serrure du numéro 27. Il referma sans bruit la porte sur son passage. De la lumière, depuis la porte-fenêtre donnant sur le patio, tombait dans le vaste salon chinois assoupi. Il se dirigea vivement vers l'escalier à vis, où il se déchaussa. En chaussettes sur le sombre métal, ses pas résonnèrent légèrement. Arrivé en haut, il remit ses chaussures. Un commutateur se trouvait sur le mur, à l'entrée du bureau. Il le releva d'un revers de main. La lumière se fit. Il actionna le bouton qui commandait les rideaux et ils s'ouvrirent. Il déverrouilla, ouvrit les portes-fenêtres. Les pots de fleurs étaient toujours là, terre répandue, desséchée à présent avec les tiges et les feuilles des plantes flétries.

Il s'installa au bureau, face au clavier de l'ordinateur, à son écran gris et vide. Fronçant les sourcils, il eut un regard vague sur l'ensemble, l'épais livre noir se trouvait bien là. Il se souvint de Chrissie à cette place, son pouce qui feuilletait nerveusement les coins de page. Il attira le livre à lui, et l'ouvrit à la dernière des marques que Streeter avait placées afin de retrouver ses références, et qu'il ne consulterait plus. D'un coup de feutre jaune à tête large il avait souligné un nom «Lothrop Zorn. Colonel. U.S. Marine Corps. A la retraite».

Dave perçut un léger bruit derrière lui, il se tourna à demi et une chose froide toucha sa tempe gauche. Pas le canon d'une arme. Un doigt.

— Pan ! Vous êtes mort, fit Dan'l Chapman.

— C'est aussi simple que ça, fit Dave.

Il posa son regard sur le balcon.

— Pas de problème avec les pots de fleurs ?

— Pas pour moi.

Dan'l était un peu essoufflé, mais satisfait de lui, perché sur le meuble turc aux incrustations.

— Je n'en ai pas renversé un.

Il se mit à rire.

— Pas mal, non ? J'ai toujours eu envie de me livrer à ce petit jeu. Simplement il me fallait la permission de le faire. C'est dur d'être un enfant, toujours avoir à demander la permission.

— Vous allez mener l'enquête, fit Dave. Mike Underhill aurait-il pu accomplir ce que vous venez de faire ?

Dan'l hésita, gratta son acné, fronça les sourcils.

— Peut-être. Je n'en sais rien. Il n'est ni gros, ni vieux, ou quoi que ce soit de ce genre. Je me dis que oui. Certainement. Vous pensez qu'il a tué Adam ?

— La police le pense. A cause de ces cent mille dollars que Streeter avait reçus d'un producteur de télé.

— Seigneur ! murmura Dan'l pour lui-même. Quelle merde !

— Comment aurait-il pu passer devant Clara sans qu'elle ne l'aperçoive ?

— C'est impossible. Mais il y a une ouverture dans le grillage. Je l'ai remarquée il y a deux ou trois jours. Derrière. Plus loin que là où nous étions. C'est cisaillé et retourné. C'était. Je l'ai montré à mon père qui l'a signalé. Ils l'ont réparé à présent.

— Ce qui signifie qu'ils auraient pu entrer par voie d'eau. Arriver en bateau, cisailler le grillage et escalader comme vous venez de le faire.

Dave ferma le livre et se leva.

— Fermons fenêtres et rideaux, d'accord ? Nous ferions mieux de partir.

Il se munit du livre, en songeant à la vitesse avec laquelle Glendenning avait gravi cette longue volée de marches. Il était possible que seule la peur l'eût poussé.

Ou bien il se tenait en excellente forme. Tout le monde pratique le jogging de nos jours. Tout le monde joue au tennis, tient une raquette. Y compris les pasteurs, se dit-il. Pourquoi pas ? Dan'l fut de retour dans la pièce et leva les sourcils à la vue du livre.

— Vous prenez ça ?

— Je le rapporterai.

Dave se dirigea vers la porte, suivi de Dan'l.

— Il y a là-dedans peut-être une indication. Streeter s'en servait pour son travail.

Dave éteignit la lumière. Dans l'obscurité, ils longèrent la galerie jusqu'à l'escalier.

— Pourquoi vous ne pensez pas qu'Underhill ait pu faire ça ? interrogea Dan'l.

— Parce que quelqu'un s'est donné beaucoup de mal pour le faire croire.

Dave se tint sur un pied, puis sur l'autre : il retirait ses chaussures. Livre et chaussures dans une main, il prit appui sur la rampe d'acier froid et commença sa descente.

— Des hommes en tenue de combat camouflée. Certains ont même été aperçus traînant dans les parages.

— C'est de l'enfantillage, fit Dan'l. Vous voulez dire qu'ils tournaient un film, ou un truc de ce goût-là ?

— Je ne sais pas ce que je veux dire, répondit Dave. Je le voudrais bien.

8.

Nu, aux côtés de Dave dans le grand lit et dans l'obscurité de la galerie chambre à coucher qui se trouve dans le bâtiment en retrait, Cecil soupira et étira ses longs membres. Dave ouvrit les yeux. L'on voyait les étoiles par la verrière au-dessus de lui. Il se pencha sur les chiffres rouges du réveil. Quatre heures dix. Cecil s'était retourné. Dave changea de position afin de s'étendre contre lui et de passer tendrement un bras autour de son corps mince. Cecil murmura, rit tout bas et écarta la main de Dave. Puis soudainement il sursauta, se redressa, le blanc des yeux et les dents seuls visibles dans l'obscurité.

— Il y a quelqu'un dans la cour.

Des pas firent crisser sur les briques les feuilles mortes tombées du vieux chêne. Dave roula sur lui-même, s'assit, posa les pieds sur le sol et chercha ses vêtements. En sentant le lit bouger, il devina que Cecil l'imitait. Et plus vivement. Son long corps mince devant la commode, il fouillait dans ses affaires. Le Sig Sauer automatique de Dave en main — instrument qu'il détestait et redoutait, le métal brillait à la lueur des étoiles — il se dirigea vers l'escalier.

— Reste ici avec ça, lui dit Dave. Couvre-moi.

Il releva la fermeture éclair de ses jeans, se glissa dans un T-shirt. Pieds nus, il passa devant Cecil et descendit les marches de bois, glacées sous la plante des pieds, bruissantes sous ses talons. Il n'était pas réellement réveillé. Dans son rêve, ces commandos nocturnes d'Hunsinger avaient amarré un petit canot à moteur qui flottait sur l'eau noire, derrière les résidences. Ils abordaient. Des lames étincelantes avaient cisaillé la clôture, des mains musclées gantées de noir avaient élargi la brèche. Les hommes y avaient rampé, l'arme à la main. Et ainsi que l'avait fait le frêle Dan'l un peu plus tôt dans la nuit, ils entreprirent d'escalader les bâtiments fantomatiques sous la lueur des balises. Le rêve lui avait glacé les entrailles. Son cœur s'accélérait alors qu'il touchait le bas de l'escalier et qu'il se dirigeait vers la porte d'entrée. Pourquoi ne pas éclairer ? Personne ne s'était manifesté. Mais il n'alluma pas. Il aurait aimé qu'il y eût une lucarne dans la porte. Il aurait voulu que la porte fût transparente. Ses mains auraient voulu tourner le verrou, décrocher la chaîne, mais il ne fit rien de tout ceci. Il demeurait là, immobile, à tendre l'oreille. Les pas qui faisaient crisser les feuilles se rapprochaient. Une main chercha le lourd heurtoir en fer noir. Qui résonna. Le heurt fit écho dans la grande pièce lambrissée.

— Qui est là ? demanda Dave en s'écartant.

Pas de réponse. Dave se plaqua contre le mur près de la porte. Il leva les yeux sur la galerie. Cecil avait enfilé des jeans blancs. C'était tout ce que Dave distinguait de lui, debout en haut de l'escalier. Ça et l'éclat de l'arme qu'il tenait à bout de bras pointée sur la porte. Dehors, dans la nuit, une voix s'enhardit.

— Mr. Brandstetter, fit la voix inquiète.

— Le nom est sur la boîte à lettres, fit Dave. Qui êtes-vous ?

A nouveau la voix s'éclaircit.

— Pierce Glendenning.

Dave retira le verrou, décrocha la chaîne et ouvrit.

Glendenning n'était pas vêtu de ses habits de pasteur. Veste de tweed ; chemise polo à larges rayures, pantalons coupe chino et de vieilles chaussures en box. Il faisait jeune, visage carré, pas vraiment beau, lisse, comme si la vie ne l'avait que rarement malmené. C'était ses cheveux gris et clairsemés qui le vieillissaient ainsi que ses lunettes sans élégance cerclées de fer. Et la panique derrière ces lunettes qui noyait ses yeux noisettes.

— Entrez, lui fit Dave.

— Je n'ai pas tué Adam Streeter, dit Glendenning.

Il passa devant Dave, et Dave sentit l'odeur de sa sueur, non pas exsudée par l'effort physique, mais par la peur. Dave referma la porte, et pressa le commutateur placé à proximité de celle-ci.

Des lampes s'allumèrent à chaque extrémité du long et confortable canapé recouvert de velours côtelé face à la large cheminée au milieu de la pièce.

— Je voulais le tuer, mais je ne l'ai pas fait, dit Glendenning.

Il aperçut alors Cecil, sur la galerie, qui pointait toujours son arme.

— Mon Dieu ! dit-il.

Dave eut un imperceptible sourire pour Cecil.

— Tu peux le ranger à présent.

Cecil renonça à sa pose : celle d'une détermination armée.

— Très bien, dit-il.

Et il disparut. Dave entendit le tiroir de la commode s'ouvrir et se fermer. Lorsque Cecil descendit l'escalier, détendu, il enfilait un T-shirt. Il sourit à Glendenning qu'il paraissait terroriser tandis que Dave faisait les présentations.

— Ne m'en veuillez pas pour l'arme, fit Cecil en lui serrant la main. Nous ne savions pas à qui nous avions affaire. Les amis viennent rarement nous rendre visite à cette heure-ci.

— Je suis navré.

Glendenning rougissait.

— Je n'ai pas fait attention à l'heure. Je... ça m'a pris. Il fallait que je mette ma décision à exécution.

Dave s'approcha du canapé.

— Venez vous asseoir.

— Je ne veux pas vous déranger, dit Glendenning. Le moment est mal choisi. Je vous ai réveillés.

— Que diriez-vous d'un café ? proposa Cecil.

Debout, dos tourné à la cheminée, Dave déclara :

— Il y aurait beaucoup à dire. Vous êtes bouleversé, Révérend.

Glendenning semblait indisposé.

— J'ignorais que quelqu'un m'avait vu.

— Et entendu, fit Dave. Par un voisin de Streeter, qui habite de l'autre côté du patio. Lily Gernsbach et une amie de passage, Sarah Winger.

Glendenning comprenait-il ? Il paraissait stupéfait.

— Un café, oui, s'il vous plaît, finit-il par répondre faiblement à Cecil.

Et il hocha la tête. Il adressa à Dave un regard chargé d'une lasse démission et il se dirigea vers le canapé.

— Je m'occupe du café ? fit Dave à Cecil.

— Reste là, répondit Cecil. Je m'en charge.

— Je devais être littéralement aveuglé par la rage.

Glendenning se laissa choir d'un air absent sur le canapé. Assis au bord, les coudes sur les genoux, mains crispées, doigts noués, tête basse. Il aurait pu prier ainsi, mais il ne semblait plus en avoir la force.

— On lit ces histoires-là parfois et on croit pouvoir les comprendre ; c'est faux.

Il leva le regard, attristé.

— Il faut d'abord les avoir vécues.

Cecil quitta la pièce, laissa ouverte la porte sur cour. La brise fraîche qui se lève une heure avant l'aube envahit la pièce. Tout était encore silencieux aux alentours. Aucune voiture ne remontait la grande rue en contrebas. Les criquets étaient muets. De même que les oiseaux moqueurs, ces chanteurs de la nuit. Dave entendit, lointaine, la porte de la cuisine s'ouvrir, Cecil actionner la pompe à main afin de tirer l'eau de la source ; puis la bouilloire posée sur un brûleur du gros poêle.

— Les fenêtres de Streeter étaient ouvertes, fit Dave à Glendenning. Et juste en face, les fenêtres de la chambre à coucher des voisins l'étaient aussi.

— Ce jour-là, j'étais venu le tuer.

Dave s'assit sur la pierre du foyer de la cheminée.

— Avec quoi ?

— Je lui avais écrit une lettre. Je voulais la récupérer.

— Ses papiers personnels ont été volés par celui qui l'a tué. La police ne les a pas.

— Ils mettront la main dessus, dit Glendenning d'un air morne. Et ils prendront connaissance de ma lettre et ils sauront que je menaçais de le tuer. Il m'avait téléphoné, m'avait demandé de passer le voir pour qu'il puisse s'expliquer.

Glendenning eut un petit rire d'amertume.

— Comme s'il pouvait expliquer la mort gratuite d'un innocent.

— Streeter ne l'a pas tué, gratuitement ou autrement.

Glendenning se leva, raide d'indignation.

— Il lui a donné un conseil gratuit. Imprudent. Téméraire. Irresponsable. Rue lui a fait confiance. Il a été envoyé à la mort.

— Ainsi vous avez écrit cette lettre, reprit Dave. Et Streeter vous a demandé de venir le voir, et vous veniez le tuer afin de venger la mort de votre fils. Un mort pour un mort. Comment comptiez-vous vous y prendre ? Comment alliez-vous le tuer ? Avec quoi ?

— L'arme de mon fils. Il en avait fait l'acquisition lorsque Streeter lui avait conseillé de se rendre en Amérique du Sud. S'il voulait prendre un bon départ en qualité de correspondant de presse. Mais pour où exactement...

— Là où il se passe quelque chose, fit Dave.

— Rue était un charmant garçon, paisible. Je ne veux pas dire qu'il manquait de virilité, mais il ne croyait pas en la violence. Si cela n'avait pas été le conseil d'Adam Streeter, jamais il n'aurait pensé acheter une arme, un feu ou un quelconque objet qui puisse tuer un être humain.

— Charmant, paisible, mais ambitieux. Non ? Impatient d'apposer sa griffe sur le monde.

Un coin de la bouche de Glendenning se figea dans la tristesse.

— Je n'ai pas omis de dire qu'il était jeune également. Ne sommes-nous pas tous impatients de quitter l'enfance ? De nous affirmer ? De nous prouver que nous sommes forts et utiles ?

— C'est un pistolet Desert Eagle, n'est-ce pas ? Et c'est pour cette raison que vous vous êtes battu avec Streeter dans son bureau. C'est aussi pourquoi la lutte s'est vite achevée. Parce qu'il était plus grand et plus fort et qu'il vous l'a arraché des mains.

A nouveau Glendenning se pencha en avant, tête basse.

— Oui, murmura-t-il. C'était facile pour lui. Il s'est moqué de moi comme si j'étais un garnement, il a ouvert un tiroir et a jeté l'arme dedans.

— Oui, elle y est restée jusqu'à ce qu'il tente de s'en servir contre des agresseurs qui l'ont maîtrisé, qui lui ont pris l'arme et qui l'ont tué avec. C'était votre fils qui l'avait équipé d'un silencieux ?

Glendenning eut de la tête un geste de dénégation.

— C'est moi, plus tard.

— Pourquoi votre fils n'avait-il pas emporté son arme ?

— La compagnie aérienne ne l'y avait pas autorisé.

— C'est juste. Et Streeter le savait. Par conséquent l'achat de cette arme était une idée de votre fils. Ce qui me conduit à penser que Streeter lui avait donné une réelle idée des dangers auxquels il s'exposait. Je n'appelle pas ça de l'irresponsabilité.

Glendenning était sur le point de répondre lorsque Cecil fut de retour avec les tasses à café sur un plateau. Il les déposa sur la pierre du foyer aux côtés de Dave. Des cuillères disposées sur le plateau près d'un pot à crème rustique en poterie ocre et d'un bol de sucre de canne. Glendenning voulut son café noir. Dave eut envie d'une cigarette avec son café. Il retourna sur la galerie pour y prendre paquet et briquet. Il entendit Cecil verser sucre et crème dans son café et demander :

— Votre fils vous a-t-il parlé de Los Inocentes ? Et de ce qu'il espérait y trouver ?

— Il voulait rejoindre les insurgés, les rebelles, vivre avec eux si possible, pour témoigner de leur point de vue.

Glendenning eut un rire bref et triste.

— Et ils l'ont tué. Ils l'ont bien tué, non ?

— C'est ce qu'ont prétendu les autorités.

Dave après avoir trouvé cigarettes et briquet sur la table de chevet, quitta, en descendant l'escalier, l'obscurité de la galerie pour la lumière de la pièce. Il s'assit sur la pierre du foyer, alluma une cigarette, goûta son café et songea à le corser avec du brandy. Il eut un coup d'œil pour le fond de la pièce, en direction du bar dans les ténèbres du nouvel aménagement sous la galerie. Mais il ne s'y rendit pas.

— Il pensait aussi trouver la présence de forces spéciales nord-américaines en campagne contre les rebelles dans les sierras. Chose que Washington a toujours démentie.

— Si cela est vrai, dit Cecil, sans doute ont-ils voulu l'abattre.

Glendenning broyait du noir, penché sur sa tasse de café.

— Tout cela me rend malade. Malade jusqu'à l'âme.

— Quand vous sortirez d'ici, rendez-vous au Parker Center et demandez le détective Jeff Leppard. Expliquez-lui la provenance du Desert Eagle.

Glendenning leva les yeux. Les verres de ses lunettes grossissaient l'effroi de son regard.

— Vraiment ? Et qu'en résultera-t-il de bon ?

— Ils essayent de faire d'Underhill le coupable du meurtre, fit Dave. Un gars qui travaillait pour Streeter. Et je ne crois pas en sa culpabilité. Vous ne pouvez pas les laisser accuser un innocent.

— Pourquoi innocent ? N'importe qui aurait pu se servir de l'arme. Je ne l'avais plus ce soir-là. C'était Adam Streeter qui l'avait.

Glendenning se leva brusquement, posa sa tasse sur la pierre du foyer, tout en poursuivant :

— Ce que vous me demandez de faire, c'est non seulement de me déshonorer, mais aussi de salir ma femme, ma paroisse, ma foi. Je suis moralement coupable, je le sais. Coupable devant Dieu, et soyez assurés de mon désespoir. Mais je n'ai pas tué cet homme.

— Cette arme appartenait à votre fils, fit Dave. Vous l'avez équipée d'un silencieux, ce qui prouve votre détermination à commettre un meurtre. Vous haïssiez Streeter et je me demande si ce n'est pas encore le cas. Je me demande si vous n'avez pas fait ultérieurement l'acquisition d'une paire de cisailles.

Glendenning demeurait bouche bée.

— De quoi parlez-vous ?

— La gardienne de chez Streeter affirme qu'elle ne vous a pas vu passer. Mais cette nuit-là, quelqu'un a cisaillé la clôture sur les arrières des résidences. Quelqu'un a traversé la marina par voie d'eau, coupé le grillage et...

— Non. Pas moi. Absolument pas. Invraisemblable !

— Il se peut que je me trompe. Que Streeter vous ait arraché l'arme et l'ait conservée.

— C'est ce qu'il a fait. Et quand bien même il ne l'aurait pas fait, je n'étais pas à la marina ce soir-là. J'étais au centre médical du Comté. Un de mes paroissiens était tombé gravement malade. Tom Fraser. Un homme dévoué. Mon diacre. J'étais là-bas avec sa famille, épouse, fille, fils, jusqu'à ce que l'intervention chirurgicale fût achevée et que l'on nous ait affirmé qu'il se trouvait hors de danger. J'ai été prévenu de l'hospitalisation aux alentours de minuit et le jour s'était levé lorsque j'ai quitté l'hôpital.

— Le nom du médecin ? fit Dave.

— Scheinwald, répondit Glendenning. Posez-lui la question si besoin est.

— Le cas échéant, fit Dave. Vous pouvez donc parler de l'arme à Leppard, et vous expliquer ensuite. Car quoiqu'il en soit, il vous interrogera sur tout cela. Et si lui ne le fait pas, les avocats d'Underhill seront dans l'obligation de le faire.

— Je mentirai. Je dirai qu'elle avait été volée. Pourquoi pas ?

Glendenning eut un sourire pitoyable.

— De toutes façons, je suis maudit.

— Vous êtes trop sévère envers vous-même.

— Oh que non !

Le rire de Glendenning fut perçant et désespéré.

— J'avais l'intention de tuer cet homme. Et je l'aurais fait s'il n'avait pas eu si vite le dessus.

Il fit demi-tour, dos voûté, voix altérée.

— J'ai perdu mon fils. Puis j'ai perdu mon salut.

Il s'éloigna à pas lourds, hors du cercle de lumière.

— Je n'ai plus les vertus d'un pasteur.

Par la porte restée ouverte, il sortit dans la cour.

— Que vais-je faire de ce qui me reste à vivre ?

Le crissement des feuilles mortes sous ses chaussures faiblissait, puis finit par cesser. Au loin une portière claqua, un moteur se mit en marche, le bruit du véhicule se perdit dans la descente. Dave éteignit les lampes. Une lueur grise envahit la pièce.

— C'est l'aube, fit Cecil.

— Pas pour lui, répondit Dave.

— Le centre médical du comté est proche de mon travail, dit Cecil. Veux-tu que je vérifie auprès du docteur Scheinwald ? Avant que j'attaque ma journée de galérien. Que je me renseigne auprès de la famille de Tom Fraser ?

— Je t'en serai éternellement reconnaissant.

9.

La chapelle était l'imitation d'une église de la campagne anglaise. Située sur une hauteur, entourée d'arbres dont les frondaisons ombrageaient une pelouse en pente jusqu'au virage d'une route où stationnaient voitures, limousines, taxis. Le service funèbre était accompli. Le cercueil avait été descendu au crematorium dans les soubassements de la chapelle. Un orgue électronique commandé par ordinateur jouait pour des bancs déserts dans le parfum des fleurs mortes. Ceux qui étaient venus dire adieu à Adam Streeter s'éloignaient par petits groupes dans l'ombre longue des arbres. Des plaques en bronze indiquaient l'emplacement des sépultures recouvertes de gazon. Parfois l'on se tordait la cheville sur l'une de ces plaques, ou bien l'on butait dessus de l'orteil, du talon, trébuchant un peu, aidé dans son rétablissement par un membre du cortège funèbre. Les portières claquèrent, les voitures démarrèrent.

Sous l'auvent de la chapelle, Dave se tenait aux côtés d'un avocat nommé Albright, et il observait la foule qui se dispersait. «Il avait des amis dans le monde entier». Chrissie avait raison. Couleurs de peaux allant de l'intense noir-bleu africain au plus blanc scandinave, tous les types, toutes les tailles, du minuscule Thai au gigantesque Allemand. Turbans et couvre-chefs impressionnants coiffaient les têtes. Saris, caftans aux couleurs violentes flottaient dans la brise de la fin d'après-midi. De son côté Albright devait méditer sur le caractère multiracial, international, pluri-religieux de l'assistance.

— Pourquoi n'est-elle pas venue ? fit-il. D'autres sont bien venus du fin fond de la planète !

— C'est le moins que l'on puisse dire.

Dave haussa les épaules.

— Je suppose qu'elle a pris l'habitude de ne pas se montrer. Streeter voulait que Chrissie ignore tout de son existence. Ou bien la mère de Chrissie s'y opposait. Possible aussi.

— Je sais, fit Albright, mais ça n'a plus aucun sens à présent.

C'était un jeune homme rasé de près et tiré à quatre épingles, dans son costume d'été. Il usait d'intonations impersonnelles. Doté d'un beau hâle, se tenant très droit, mais la voix trahissait son épuisement, sa mortelle fatigue.

— Et ça aura encore moins de sens lorsque Brenda prendra connaissance du testament. L'ex-femme !

— Elle s'est coupée de tout ces jours-ci. Sans doute ne remarquera-t-elle même pas le petit legs fait à Fleur. Je parie qu'elle n'est pas souvent à jeun.

— Mais elle est toujours rapace, fit Albright de sa voix éteinte. Elle va s'accrocher bec et ongles pour tout rafler, tout ce qui est possible.

Dans la chapelle, derrière eux, l'orgue chevrotant s'arrêta au milieu d'une phrase. Les serrures du double-battant sculpté cliquetèrent. Un homme chauve en costume sombre et cravate terne, fermait la porte. Des barres d'acier glissèrent dans leurs logements.

— Quand on parle du diable...

Albright releva le menton. Un lierre grimpant couvrait les murs de la chapelle. Et proche d'un des angles couverts de feuilles, Brenda Streeter, moulée de satin noire brillant, coiffée d'un chapeau tambourin garni d'un voile, agrippait fermement le bras de Chrissie et guidait la jeune infirme. Chrissie était plus grande. L'ensemble en mohair noir que sa mère lui faisait porter ne lui convenait pas, de taille trop juste aux emmanchures ; Dave aurait juré que la taille de la jupe était pincée avec des épingles de sûreté. Elle portait des lunettes noires, le visage mouillé de larmes. Pas le visage de Brenda. Elle faisait siffler la fine canne de Chrissie telle une épée tenue en garde. Dave détourna son regard. Albright s'était caché derrière un pilier.

— Silence, disait-il. Je voudrais qu'elle me croie parti.

Les deux hommes attendirent que mère et fille se fussent éloignées.

— Sorcière, fit Albright. J'ai mal pour cette pauvre petite.

Dave connaissait la voiture de Brenda, une Seville rouge foncé. Il l'avait conduite, raccompagnant l'autre jour Brenda et Chrissie chez elles. Dan'l les avait suivis dans le coupé sport d'Adam. Basse, élancée comme une lame de poignard. Un homme sortait précisément de la Seville et en ouvrait les portières. Un homme jeune, avec une crinière de boucles noires grasses tombant sur son col. Sombre de peau, lunettes sombres, chemise à demi-ouverte, chaîne d'or au cou, scintillante sur une poitrine musclée, biceps saillants. Il referma les portières. Brenda occupait la place de passager avant. Chrissie à l'arrière.

Il contourna rapidement la voiture, se mit au volant, claqua la portière et la voiture s'éloigna. Vieille de trois ou quatre ans, elle étincelait comme neuve. Sans doute l'astiquait-il avec ses cheveux.

— Qui est Monsieur Muscle ? demanda Dave.

— Ken Kastouros.

Albright surveillait la voiture.

— Ce n'est pas le chauffeur. Mais l'amant. Vénal bien sûr.

— Si Brenda parvient à garder Chrissie sous sa coupe, sans quoi il n'y aura pas d'argent. Vous y pouvez quelque chose ?

— Pour ce que j'en sais, ce n'est pas ce que désirait son père. Chrissie n'aura pas le plus gros, selon les dernières volontés de ses grands-parents. Pas avant sa majorité. De confortables mensualités, mais pas les millions. Pas tout de suite.

— Chrissie parlait de se marier.

— C'est l'erreur habituelle. Du point de vue juridique elle sera ainsi adulte, mais un juge de tutelle aura droit de regard sur l'argent jusqu'à sa réelle majorité. C'est ainsi en Californie.

— Ainsi Brenda devenant sa tutrice, disposera de tout l'argent qu'elle pourra dépenser.

— Et il sera entièrement dépensé par Brenda, grogna Albright.

— Par Brenda et Ken, fit remarquer Dave. Vous ne pouvez pas empêcher cela ?

— Brenda remporte la victoire dans un fauteuil. Grand-mère morte. Papa mort. Pas d'autre ayant-droit vivant. Elle boit, avale trop de pilules, mais ce n'est pas une criminelle. Vous allez parler à Fleur maintenant.

— C'est sur mon chemin, fit Dave.

Albright releva une manchette de chemise blanche comme neige afin de découvrir une Rolex en or.

— J'ai un avion à prendre dans moins d'une heure — Il acquiesça d'un signe de tête — Allez la voir, je vous prie. Je pensais la rencontrer ici. Si vous avez son numéro de téléphone.

Du regard il fouilla le cimetière sous le soleil couchant.

— Je pourrais l'appeler. Si je trouve un téléphone.

Il regarda les portes closes de la chapelle.

— Dans le coin.

— Je m'en occupe, fit Dave.

La boutique de Fleur, c'était un bungalow au toit bas, très avancé au coin d'un lotissement à quelques pâtés de maisons de chez Sarah Winger. L'immeuble de Winger était neuf et le bungalow datait de la Première Guerre mondiale. Ce n'était sans doute pas exactement un bungalow, doté d'une seule pièce carrée à l'étage, pourvue d'une multitude de fenêtres. La cour sur le devant, fermée d'une barrière de lattes de bois blanc, était une véritable pépinière : jeunes plantes dans des casiers en bois sous des solives de sequoia où une gaze était tendue afin d'adoucir le soleil. La cour latérale était fermée par une palissade de planches hautes d'un mètre quatre-vingts, mais l'on apercevait la cime des jeunes arbres : poivrier du Brésil, érable du Japon, pins, trois espèces d'eucalyptus.

Il quitta la chaussée. Le vieux garage penchait avec son toit effondré. Sur une allée de ciment craquelé, la camionnette neuve couleur lavande touchait le chambranle. Il se gara, serré derrière la camionnette, sortit de la Jaguar et poussa une porte en planches ouvrant sur l'arrière-cour où les frondaisons d'arbres ombrageaient de jeunes pousses diverses, au sol, sur des tables de bois blanc, sur des étagères. Fougères et plantes grimpantes tombaient de poteries bariolées suspendues. Il y avait un plan de travail et un appentis pour les mises en pots aux murs couverts d'un treillis. Dave s'avançait, longeant le bungalow, entre de jeunes arbres plantés dans des tonneaux qui exhalaient la riche et profonde odeur de la terre humide.

Son ombre tomba longue et brisée sur le perron de la véranda. Il monta les marches. Sur la véranda, des brouettes en tube de fer cintré, en bois chevillé, étaient chargées de râteaux, de binettes, d'outils de jardinage, de truelles, de gants de coton, de coussinets pour les genoux. Des rouleaux de tuyau d'arrosage vert étaient empilés à côté de sacs de paille en plastique translucide et de sacs d'engrais en lourd papier. Dans le large ovale de verre serti dans la porte d'entrée, un écriteau accroché : *Fermé.* Lettres rouges sur carton blanc. Amusant. Sa montre marquait cinq heures passées. Les brouettes avaient des roues. Sans doute ne devait-il y avoir que peu de voleurs de plantes. Si un tel marché noir existait, cela reviendrait à se donner beaucoup de mal pour un maigre profit. Mais ces outils sur la véranda étaient une marchandise facile à écouler. Il y avait également deux tondeuses à gazon électriques, émaillées rouge vif, étiquetées de prix fixés à leurs poignées.

Protégeant ses yeux d'une main, il se tourna, contempla le portail d'entrée. Pas de verrou et des lattes absolument incapables d'interdire une sortie du matériel par des intrus. A l'heure de la fermeture, Fleur devait ranger ici brouettes, tuyaux, tondeuses, peut-être même déplaçait-elle les sacs d'engrais. «*Fermé*». Il jeta un coup d'œil par la vitre. A l'intérieur il y avait un comptoir avec une caisse enregistreuse, du papier d'emballage vert pour les bouquets, des seaux de glaïeuls, de delphiniums, derrière les grands battants vitrés d'une chambre froide. D'autres plantes grimpantes, des vases, des jarres, des coupes. Et personne de vivant. La sonnette de la porte semblait rouillée, mais il l'actionna.

Nul carillon, nulle sonnerie à l'intérieur. Il frappa à la vitre.

— Hello ! Il y a quelqu'un ?

Pas de réponse. Il essaya la poignée. Bloquée. Le camion était là. Que faisait-elle ? Partie pour faire des courses pour le dîner ? Y aurait-il un centre commercial dans les parages ? Il redescendit les marches, suivit l'allée jusqu'à la porte en façade avec l'idée de l'apercevoir dans la rue. Une fenêtre s'ouvrit, son bruit l'arrêta. Il se retourna. Toutes les fenêtres qu'il pouvait voir reflétaient le soleil couchant. Sauf une, celle de la large pièce carrée à l'étage, qui était grande ouverte, et la silhouette d'Hunsinger s'y découpait. La moitié supérieure, les longs cheveux blancs, la moustache blanche à la Buffalo Bill, le blanc de la peau couleur craie. Il était torse nu.

— Nous sommes fermés, cria-t-il. Revenez demain.

— C'est Brandstetter, fit Dave. J'ai des nouvelles pour Fleur. Elle voulait que je retrouve l'avoué de Streeter, et je l'ai trouvé.

— Oh merde ! lâcha Hunsinger et il abandonna la fenêtre.

Dave retourna sous la véranda. Il entendit les pas d'Hunsinger qui descendait un escalier intérieur, ou bien c'était une impression. Les planches de la véranda vibrèrent. Le soutènement de la baraque devait être pourri d'humidité, ou étaient-ce les termites ? Ou les deux ? La silhouette d'Hunsinger se cadra dans l'ovale de la vitre. Il remonta la fermeture de son Lévi's et ouvrit la porte. Avec sa légère érection qui laissait une tache sur le tissu élimé.

— Dieu est mort, c'est bien ça ! fit Dave.

Les pâles joues creuses d'Hunsinger rosirent.

— Elle était seule. Ils l'ont enterré aujourd'hui. J'essayais seulement de la réconforter.

— Elle est là, donc, fit Dave. Va-t-elle descendre ?

— Lui a-t-il légué de l'argent ? demanda Hunsinger.

— Je me suis foutrement trompé sur votre compte, fit Dave. N'est-ce pas ? Et ça me retourne salement.

Fleur entra par une porte proche des grandes glaces de la chambre froide. Elle portait des sandales, des jeans marqués de terre aux genoux et elle boutonnait une chemise de lin dont une manche était décousue à l'épaule. Son visage était calme, impassible, mais son regard était inquiet.

— Je crois connaître les gens, fit Dave. C'est important dans mon travail. Je me suis trompé en ce qui vous concerne. Je me fais vieux. Il vaut mieux que je m'en aille.

— Vous n'êtes pas raisonnable, dit Hunsinger.

Dave répondit :

— Vous savez qu'il lui a laissé de l'argent. Elle vous a appris qu'il comptait le faire. Pour vous deux ce n'est pas une nouvelle. Vous couchez ensemble depuis le jour où elle a habité dans la maison derrière chez vous. C'est pour cela que Streeter l'a faite déménager. Et non pas parce que le quartier était peu sûr.

— Il était au courant, dit Fleur, en s'avançant aux côtés d'Hunsinger. A côté de cette haute maigreur, elle paraissait encore plus menue.

— J'avais juré à Adam que je cesserais de voir Hunsinger et c'est ce que j'ai fait. Nous avons cessé de nous voir.

Elle prit le bras osseux d'Hunsinger entre ses petites mains et leva sur lui un regard d'adoration.

— Ça a été très difficile, mais Adam était bon et compréhensif avec moi. Il fallait que je lui obéisse. Ça l'aurait bouleversé et je me suis demandé si malgré tout il y aurait quelque chose pour moi après sa mort.

— Le nom de l'avoué est Charles Albright, fit Dave, durement.

Il tira la carte d'Albright d'une poche de sa veste et la donna à Fleur.

— Il n'est pas chez lui en ce moment. Vous pourrez lui téléphoner la semaine prochaine pour avoir des précisions mais je peux dès à présent, avec son accord, vous dire que Streeter vous a légué dix mille dollars.

— Ça ne paiera même pas le camion, hurla Hunsinger.

— Chéri, non ! supplia Fleur. C'est très bien, c'est...

Elle regarda Dave gravement.

— C'est très généreux de sa part. Il a toujours été si prévenant avec moi, si protecteur.

— Tu étais sa femme, ou tout comme, dit Hunsinger en agitant les bras à l'adresse de Dave. Sa compagne. Je veux dire qu'ils baisaient dans ce lit tout le temps. Chaque fois qu'il venait ici. Et il vivait ici ! Je peux vous montrer ses affaires dans l'armoire. Elle peut faire un procès. Elle aurait tout l'argent.

Il l'enlaça de son bras décharné et la tint serrée contre lui.

— Elle lui donnait tout. Dix mille dollars ! Merde alors !

— Chrissie hérite de tout pratiquement. C'est sa fille. Elle est aveugle, Hunsinger. Vous voulez aller devant les tribunaux pour prendre de l'argent à une jeune aveugle ?

La pomme d'Adam tressaillit dans le long cou d'Hunsinger. Il rosit une fois de plus, se renfrogna.

— Ce n'est pas juste, dit-il.

— Vous escomptiez davantage, n'est-ce pas ? fit Dave. Sans quoi vous l'auriez plaquée. Vous n'auriez certainement pas rongé votre frein en demeurant chaste si longtemps. Combien de temps ?

— Trois ans, grogna Hunsinger.

— C'est bien long, fit Dave. C'était votre limite ? Si oui, n'est-ce pas une chance pour vous qu'il soit mort ?

Dave jeta un coup d'œil sur Fleur.

— Une chance pour vous deux.

— Je n'attendais pas après son argent, dit Hunsinger. Nous nous aimons. Il exerçait sur elle un chantage affectif.

— Il lui faisait sentir qu'elle lui devait tout sous prétexte qu'il l'avait tirée du Cambodge. Il la tenait en laisse avec l'argent prêté pour sa boutique. Des dettes auxquelles elle ne pouvait faire face sans son soutien. Moi, je voulais l'épouser. Et lui ! Merde, il s'en contrefichait d'elle ! Il n'y avait que lui qui comptait à ses propres yeux. Il s'en servait comme d'une putain.

— Je ne suis plus du tout surpris que vous ne vous soyez pas rendus à ses obsèques, fit Dave.

— Ceux qui y sont allés ne le connaissaient pas.

Hunsinger eut un rire grinçant.

— Ils voyaient en lui le type du parfait Américain ! Si foutrement courageux, toujours là où sifflaient les balles.

Il renifla, méprisant.

— Alors qu'en fait il retenait en esclavage une petite Cambodgienne sans défense et traumatisée.

Hunsinger se pencha et embrassa le front de la jeune femme.

— C'était un veule, Brandstetter. Un veule et une brute.

— C'est fini à présent, fit Dave. Quelqu'un l'a jugé tout comme vous le jugez. Quelqu'un qui ne le tenait pas plus en haute estime que vous-même.

Il fit demi-tour, descendit dans la cour. Au pied du perron, il s'arrêta, les regarda.

— Est-ce que par hasard vous auriez une paire de cisailles ?

— Non, répondit, brutal, Hunsinger. Pour quoi faire ?

— Dans l'appentis, derrière, dit Fleur.

Dave la trouva sur le plan de travail, à côté d'une grosse bobine en bois de fil de fer souple. Ils l'utilisaient pour lier aux tuteurs les tiges des plantes en pots. Dave s'empara des cisailles. Sur le plan il trouva des chutes de fil de fer. Il en trancha un. Facilement. Il reposa les cisailles, quitta l'appentis pour la lumière du jour finissant et ferma la porte derrière lui.

Le domicile de Leppard se trouvait tout en haut d'un long escalier en ciment d'un seul tenant sur les hauteurs de Glendale Boulevard. Les maisons y étaient en vieux stuc gris, rugueux, avec de petites fenêtres. Elles s'étayaient sur la colline, accolées à l'escalier interminable. Dave aperçut des femmes dans des cuisines pimpantes. Odeurs et fritures de hamburger et d'oignons s'en échappaient car les fenêtres étaient ouvertes par cette chaude soirée. Il voyait les familles en train de dîner attablées ou bien devant des plateaux dans d'exigus salons où ils suivaient les informations télévisées. Un instant, s'arrêtant pour reprendre son souffle, il crut entendre la voix de Cecil, mais là des volets l'empêchaient de voir l'écran. Il reprit sa montée et un assourdissant Rock'n Roll fusait d'une chambre où une jeune fille en queue de cheval couleur paille et collant rose fané dansait devant une glace.

A bout de souffle, Dave se tint immobile une minute devant la porte de Leppard avant de presser la sonnette. Leppard n'avait pas fait l'achat de volets. Des stores aveuglaient ses fenêtres. La brise du soir les agitait légèrement et la lumière intérieure débordait. Les voix familières des journalistes de télévision parvenaient à Dave. Il ne sonna pas. Il usa du petit heurtoir noir au milieu de la porte. Attendit, recommença. Et Leppard lui ouvrit d'un coup sec. L'air contrarié, il nouait autour de sa taille une serviette blanche. De la crème à raser lui striait la figure, blanche comme les fils de blanc dans ses cheveux.

— Quel est le con ? dit-il, puis : oh ! C'est vous ! Que désirez-vous ?

— Réparer une erreur, fit Dave.

— Entrez, fit Leppard. J'ai un rendez-vous et je suis en retard.

Lorsque Dave fut entré, il referma derrière lui la porte et traversa la pièce en direction d'une porte entrouverte qui laissait voir une salle de bains. Il s'arma d'un rasoir Bic et debout, face au lavabo, se regardant dans une glace embuée à l'exception du cercle en son centre qu'il avait essuyé d'une main, il entreprit de se raser.

— Quelle erreur ? demanda-t-il en ouvrant un robinet.

L'eau l'éclaboussa.

— Je vous ai affirmé que j'avais toutes les raisons de croire un témoin.

Dave examinait la petite pièce ; la double-porte avec des glaces sur sa gauche n'abritait à l'évidence qu'un lit que l'on peut rabattre. Une alcôve renfermait un minuscule réfrigérateur, un minuscule réchaud. Un tapis bon marché style oriental couvrait le sol. Deux chaises capitonnées, une table basse, une lampe de bridge en plâtre vernissé, avec ébréchure blanche. Le téléviseur était par terre. Rien d'autre. Hormis les vêtements. Leppard avait pourvu de tringles tout un mur. Et les tringles pliaient sous le poids des vêtements, en nombre suffisant pour pouvoir fournir un petit magasin. Un magasin pour homme très cher. Certaines affaires étaient sous des housses en plastique, d'autres pas. La richesse des tissus, la qualité des coupes étaient flagrantes.

— Le témoin, reprit Dave, qui m'avait parlé de ces hommes venus tôt un matin chez Underhill.

— Ceux en tenue de combat ?

L'eau du robinet éclaboussa une fois encore. Le rasoir cliqueta sur la porcelaine ébréchée. Leppard se servit d'un gant de toilette bleu pour rincer la mousse et se sécha le visage à l'aide d'une serviette pendue à un crochet. Il quitta la salle de bains, s'accroupit devant une pile de boîtes orange, en tira un slip bleu. Il se releva, se défit de la serviette blanche et l'enfila.

— Ceux du 4 x 4 ? Le Bronco avec trépied sur le toit ? C'était du bidon ?

Il ajusta le petit slip moulant et eut un sourire moqueur pour Dave.

— Vous m'étonnez !

— Ce témoin couche avec l'amie cambodgienne d'Adam Streeter, fit Dave. Pour l'argent que Streeter laisserait à cette jeune femme.

Leppard prit une chemise sur un cintre, l'examina d'un œil critique, la remit en place, en choisit une autre et s'en couvrit.

— Et vous dites qu'il a inventé cette histoire de pirates nocturnes pour que vous ne le suspectiez pas ?

— Ça m'a traversé l'esprit, fit Dave.

— N'essayait-il pas d'innocenter Underhill ?

Leppard s'assit sur une chaise et enfila des chaussettes bleues. La télévision diffusait des informations, mais le son était coupé. Il y jeta un coup d'œil.

— Et s'il a fait ça, n'allions-nous pas chercher un autre coupable, et à ce titre, pourquoi pas lui ?

— Ça m'a aussi traversé la tête, fit Dave. Ajoutez à cela l'opération suivante : quelqu'un a cisaillé la clôture derrière la résidence de Streeter la nuit où il a été assassiné. Quelqu'un qui est arrivé par voie d'eau. Je n'ai trouvé qu'une paire de cisailles dans l'affaire : dans l'appentis de Fleur. Exactement à portée de main d'Hunsinger.

— Hunsinger ?

Leppard examinait vestes et pantalons suspendus, et se tourna pour adresser un clin d'œil à Dave.

— Ce hippy qui se croit toujours dans les années soixante, ce minable qui louait à Underhill la maison derrière la sienne ? Ce soi-disant psychologue ?

— Celui-là, fit Dave. Soit il veut l'argent que Streeter laissait à Fleur, soit il l'aime réellement et voudrait l'épouser. Soit les deux à la fois. Vous lui poserez la question. Il prétend haïr Streeter qui aurait abusé de la fille. Et je doute qu'il puisse justifier de son emploi du temps la nuit du décès de Streeter.

— Possédait-il un Desert Eagle 357 magnum ?

— Streeter avait ce modèle en sa possession, dans un tiroir de son bureau. Sans doute a-t-il essayé de s'en servir pour sa défense, Hunsinger s'en serait emparé et aurait retourné l'arme contre lui.

— Il serait arrivé en coupant la clôture grillagée, en grimpant sur le toit des résidences ?

Leppard semblait incrédule, et il tourna le dos à Dave afin de choisir un pantalon en toile gris bleu qu'il décrocha avec soin. Il remit le cintre en place sur la tringle.

— C'est du mauvais cinéma.

Il tenait le pantalon, se balançait d'un pied sur l'autre, puis y fit passer une jambe, puis l'autre.

— Je vous l'avais bien dit.

— Ça a dû se passer comme ça, fit Dave. Personne n'est passé par le portail. Je me suis renseigné auprès de la gardienne, et je la crois.

— Oui, parfait.

Leppard boutonna l'impeccable pantalon.

— Vous avez cru en Hunsinger, aux commandos aussi.

D'un crochet sur une porte d'armoire, Leppard tira une fine ceinture en croco et la glissa dans les passants du pantalon.

— Hunsinger se drogue. Il croit avoir vu ce qui n'était que des visions. Ça ne nous oblige pas à le croire sur parole.

— La gardienne ne se drogue pas, fit Dave.

Leppard se mit à rire.

— Sait-on jamais ? Cette petite vieille peut très bien se payer notre tête. Ne lui rachetez pas d'occasion sa voiture. Elle doit faire des pointes de vitesse d'entraînement sur le circuit de Mulholland ses nuits de repos.

— Un jeune gars a fait l'escalade sous mes yeux, fit Dave. Avec la plus grande facilité. En passant par derrière, là où la clôture a été cisaillée. Il ne lui a fallu que quelques minutes pour aller atterrir sur le balcon du bureau de Streeter.

— Comme le dit le capitaine : quand vous avez une idée dans la tête...

Leppard sortit une paire de chaussures en croco d'un carton qui se trouvait par terre. Il se rassit sur la chaise afin de les enfiler.

— Mais je persiste à croire que c'est Underhill. Dans ma bible à moi, cent mille gros formats battent à tous les coups tous les autres mobiles merdeux. En plus, il s'est payé un billet d'avion. C'est pas les commandos qui le lui ont fourré dans la poche.

Leppard ouvrit une armoire et fit son choix parmi les cravates alignées sur un fil de fer fixé sur l'intérieur du battant. Sa chemise était d'un bleu électrique. Il choisit une cravate d'un ton ou deux plus claire, la glissa sous le col, vint se placer devant la double porte pourvue de miroirs du lit mobile et fit un gros nœud lâche.

— Les commandos, c'est un mirage de drogué.

Sur l'écran de télévision un plan filmé en hélicoptère montrait l'épave blanche d'un avion de tourisme dans un paysage de montagnes désertiques — un escarpement à pic, des roches, des pins. Dave se pencha pour mettre le son. Le commentaire lointain parlait de bourrasques, d'équipes de secours à cheval, de terrains accidentés, de retard du fait de la nuit.

«Mc Gregor, le pilote, était recherché par la police de Los Angeles afin d'être entendu sur la mort du journaliste Adam Streeter».

Dave sentit Leppard s'approcher derrière pour suivre l'information. «Mc Gregor transportait régulièrement des passagers à destination ou en provenance de Mexico et de l'Amérique Centrale. Ces dernières années, son nom est apparu dans deux importantes affaires de contrebande de drogues. L'avion cette fois ne transportait pas de passagers, mais les équipes de secours ont découvert un sac contenant environ 250 000 dollars en devises américaines. Le corps de Mc Gregor était...»

Leppard coupa le poste. Dave commenta :

— Pour l'achat du Cessna, c'était bien la vérité. Mc Gregor m'en avait parlé en personne. Il s'était rendu l'autre matin chez Underhill pour y chercher l'argent. Je me trouvais là.

Leppard alla décrocher d'une tringle une veste bleu layette.

— Mais Underhill n'a pas pu conclure l'affaire.

Il enfila sa veste.

— Vous l'avez arrêté prématurément, fit Dave. Les experts vont examiner cet avion pour déterminer les causes de l'accident. Rencontrez-les et vous verrez que ce n'était pas un accident.

— Oh, je vous en prie.

Leppard ramassa portefeuille, clés, monnaie sur la table basse et répartit le tout dans ses poches. Sa montre Omega était en or, de même que le bracelet. Il la fit glisser sur son large poignet.

— Mc Gregor rasait les paquerettes tous les jours de sa vie. Vous savez, voler ce n'est pas comme rester au lit. Il y a des risques. Statistiquement, il est tombé dans la moyenne, voilà tout.

— Mc Gregor était le seul alibi d'Underhill pour justifier de l'argent trouvé en sa possession, fit Dave. Quiconque envisageait de lui imputer l'assassinat Streeter devait se débarrasser de Mc Gregor. C'est sûr. C'est l'évidence même.

— Hunsinger aurait-il pu faire ça ? S'y connaît-il en navigation aérienne ?

— Je l'ignore, mais il était absent de chez lui toute la journée qui a suivi l'arrestation d'Underhill. Il a pu rejoindre la côte, saboter l'avion pendant que Mc Gregor était à Venice en train de chercher Underhill.

— Pas avec cette camionnette, fit Leppard. Pas avec ces pneus. Et puis comment aurait-il pu connaître l'affaire du Cessna et l'existence de Mc Gregor ?

— Et pourquoi Fleur ne le lui aurait-elle pas susurré

à l'oreille ? Après les confessions sur l'oreiller de Streeter ?

— Où vous allez chercher tout ça !

Leppard hochait la tête de façon admirative, et se mit à arpenter l'appartement, fermant et verrouillant ses fenêtres. Il ouvrit la porte d'entrée.

— Vous voulez bien me laisser partir, que je puisse rejoindre ma princesse à présent.

Il éteignit les lumières.

— L'avion de Mc Gregor a été saboté.

Dave sortit. La nuit était presque tombée. Des lampadaires en bronze démodés éclairaient l'escalier à intervalles réguliers.

— Vous pouvez parier jusqu'à vos dernières chemises, fit-il.

— Je m'y risquerai pas.

Leppard tira la porte et la boucla à double tour.

— Les vêtements, c'est tout ce que je possède.

10.

Minuit. Dave était assis à son bureau, dans la bâtisse arrière ; aucune lumière n'éclairait la longue pièce lambrissée si ce n'était la lampe sur le bureau. Une tasse de café était à côté de lui. Lorsqu'il le goûta, il était froid. La fumée de cigarette s'accrochait au halo de la lampe. Le gros livre noir ouvert devant lui : il en avait déja parcouru la moitié, lisant tous les passages qu'Adam Streeter avait soulignés au marqueur jaune, lisant toutes les pages marquées d'une fiche. Il se sentait d'humeur sombre. Lire la triste et sanglante histoire de Los Inocentes aurait déprimé quiconque. L'affreuse liste de bouchers, tel Cortez-Ortiz, qui y avaient presque toujours régné. Dave ferma le livre, se leva tout engourdi, s'étira. Dehors la nuit était calme. La sonnerie du téléphone retentit.

— C'était une Reine glacée, disait Leppard dans l'appareil. Ça me laissait du temps devant moi, j'ai donc décidé d'aller voir Hunsinger, et il n'était pas chez lui.

— Le chien a-t-il aboyé ?

— Le chien n'était pas là non plus. Le gros chien blanc, c'est ça ?

— «Snowy» de son nom, et pas très gracieux.

— J'ai vu le plat du chien dans la cuisine, dit Leppard. Une boîte vide d'aliments pour chiens dans l'évier. Une litière pour chien pleine de poils blancs dans un coin de la chambre. Par une chaude journée, une maison fermée, ça sent le chien. Mais il n'y avait pas de chien.

— Vous êtes entré dans la maison.

— Tout comme vous êtes entré chez Underhill, fit Leppard. J'en apprends des choses avec vous, Mr. Brandstetter ! Ce gars est fou de lecture. Des livres empilés dans tous les coins. Et fou d'écriture aussi. Je n'ai jamais vu autant de feuilles noircies que chez lui.

— Il écrit un livre ?

— Vingt livres oui, d'après ce que j'ai vu. Un traité sur le pourquoi les gens font ce qu'ils font. Et ce n'est pas pour ce qu'il croient. Ils n'en savent absolument rien eux-mêmes. Il a entrepris de nous révéler à nous-mêmes. Quand nous y serons parvenus, ce sera le paradis sur terre : plus de cupidité, plus de crime, plus de rapport de force entre les êtres, eau pure, air pur, amour, paix, joie et tous végétariens, les baleines sauvées, les rats épargnés, musique partout.

— Comment avez-vous fait pour vous arracher à cette lecture ? Je me le demande.

Dave posa son regard sur le bar dans l'ombre profonde de la galerie. Il aurait aimé tenir un verre pour accompagner cette conversation. Leppard avait du temps à perdre. Qui sait combien de temps il allait deviser ainsi ?

— Avez-vous découvert du nouveau ?

— Que son armoire était vide, fit Leppard. Il a pris ses vêtements, son chien et il est parti. De même que vingt-quatre sachets de thé — de thé en herbe. La boîte vide était sur le comptoir. Avec la cellophane qui enveloppait la boîte.

— La marijuana est une herbe ? s'étonna Dave.

— Vous m'avez compris. Et je me suis souvenu de ce que vous m'aviez raconté au sujet d'un lit très encombré. Celui de la Cambodgienne. Fleur ? J'ai cherché dans les pages jaunes et je me suis rendu chez elle. Elle avait laissé la lumière dans la cour, mais la maison était dans l'obscurité. Je me les suis imaginés, elle et Hunsinger dans ce lit, faisant la bête à deux dos. Et après ce qui m'était arrivé ce soir, ça m'a fichu de mauvaise humeur. J'ai poussé jusqu'à la véranda et j'ai frappé à la porte. En réalité je voulais interrompre leur partie de plaisir.

— Quand je lui ai fait le coup, fit Dave, Hunsinger ne s'est guère montré philosophe. A-t-il été plus serein avec vous ?

— Il n'était pas là. Sa vieille VW branlante était dans l'allée, mais lui n'y était pas.

— Elle vient d'acheter une belle camionnette bleu lavande. Si neuve qu'elle n'a encore qu'une immatriculation provisoire.

— Il n'était pas là, fit Leppard. Elle n'était pas là. Je suis entré. Ses affaires à elle ont aussi disparu. Ils ont pris le véhicule tout neuf, voilà, et ils sont partis tous les deux...

— Il est un peu tôt pour en être sûrs, mais c'est intéressant. Elle dispose des dix mille dollars qui lui viennent d'Adam Streeter, ainsi que me l'a appris l'avoué.

— Ce qui signifie que vous lui avez fait peur.

— Elle, non.

Dave releva la tête. Le van de Cecil pénétrait dans la cour au pavage de briques.

— Quand j'ai demandé s'ils avaient des cisailles, Hunsinger s'est empressé de répondre non. Fleur m'a indiqué calmement et en toute simplicité où je pouvais les trouver. S'il a tué Streeter, je ne pense pas qu'elle soit complice.

— Pourquoi est-elle partie avec lui, alors ?

— Parce qu'elle croit tout ce qu'il lui raconte, répondit Dave. Elle est du genre qu'on aime tenir dans ses bras parfois.

Il revoyait le doux changement de regard de Fleur l'autre jour dans l'allée mal entretenue d'Hunsinger lorsqu'il lui avait proposé de se renseigner auprès d'Underhill pour connaître le nom de l'avocat d'Adam

Streeter.

— Elle est prête à tomber dans les bras de n'importe quel type capable de tendresse.

— Le genre qu'on aime tenir dans ses bras ! grogna Leppard. Le genre que j'aime, moi, déteste la couleur bleue et n'a que faire d'un homme qui soigne trop son allure. Un homme comme ça est vaniteux, égoïste et impuissant certainement.

— Elle n'a pas voulu s'en rendre compte par elle-même ?

— Absolument pas.

Leppard eut un petit rire d'amertume.

— Merde !

— Vous allez lancer un avis de recherche contre Hunsinger et Fleur ?

Cecil fit son apparition. Dave lui fit signe de la main, lui sourit.

— J'en parlerai dans la matinée au District Attorney. Peut-être les jugera-t-il complices d'Underhill ? Qu'en pensez-vous ?

— Je pense qu'Hunsinger a cisaillé la clôture, ce qui constitue une effraction caractérisée. Il doit y avoir une loi pour l'inculper là-dessus.

— Je vous appelle de Santa Monica, fit Leppard. Et je n'ai pas envie d'aller me coucher tout de suite. Ce n'est pas très loin de chez vous. Venez me rejoindre. Je vous offre un verre. Nous pourrons parler de tout ça.

— Désolé, fit Dave. L'heure d'aller au lit a déjà sonné.

— Bon, soupira Leppard. Dormez bien.

Et il raccrocha. Cecil haussa un sourcil en longeant le bar.

— On essaye de te donner rendez-vous derrière mon dos ?

Dave se mit à rire. La porte du réfrigérateur claqua. Une capsule sauta. Cecil émerga de l'ombre, une Heineken et un verre à la main.

— Je suis navré, je n'étais pas là quand tu es passé au studio télé. J'avais reçu un mystérieux coup de fil et ça m'a pris du temps.

Cecil s'immobilisa à côté du bureau et regarda Dave.

— Oh ! Excuse-moi, je croyais que tu avais un verre.

— Je vais me servir, merci.

Dave s'enfonça dans l'ombre et la senteur des poutres fraîchement charpentées du bar. Il chercha des glaçons, un verre, et le Glenlivet.

— Comment ça, un mystérieux coup de fil ?

Il déboucha la bouteille.

— Pourquoi mystérieux ?

— Pour trois raisons.

Cecil alluma la lampe à une extrémité du long canapé de velours côtelé.

— En premier, le correspondant parlait si mal l'anglais que j'ai trouvé étonnant que la standardiste ait su où passer la communication.

Il s'assit sur la pierre du foyer, se pencha en avant, se versa un plein verre de bière qui moussa.

— Deuxièmement, il me dit m'avoir vu à San Feliz l'autre nuit lorsque je lui avais demandé qui avait tué le gosse dans le canal d'irrigation.

La bouteille de bière racla la pierre du foyer.

— Troisièmement, il pouvait me donner la réponse.

Dave versa du whisky sur les glaçons et reboucha la bouteille.

— Et il a fallu que tu ailles le rejoindre parce qu'il ne pouvait pas te le révéler au téléphone.

— Je t'ai dit qu'ils étaient tous morts de peur là-bas ?

— Tu me l'as dit.

Dave goûta son whisky, alla jusqu'au bureau pour y éteindre la lampe et se munir de ses cigarettes et de son briquet, retourna au canapé et s'installa en face de Cecil.

— Et je me dis que tu n'aurais pas dû y aller. Te rendre à ce rendez-vous, j'entends. Pas sans moi.

— Tu te fais trop de souci.

Cecil sirota sa bière.

— Je ne suis qu'un journaliste. Je ne suis une menace pour personne.

— Trouver la vérité dans une affaire de meurtre peut être une menace, répondit Dave. Où voulait-il que tu le retrouves ?

— Un bar. *El Borracho,* dans Brooklyn Avenue, West side. Tu vois le genre. Une façade en stuc blanc couverte de graffitis. Une aveuglante saleté, la moitié des néons de l'enseigne en panne de gaz, une porte qui donnait l'impression de ne pouvoir être ouverte qu'à coups de pied. Rideaux graisseux à l'intérieur. Mauvaise lumière. Atmosphère enfumée, relents de bière, odeur de désinfectant sortie des toilettes. La sono à fond pour musique mariachi et tout le monde qui braille à tue-tête pour se faire entendre. Rires, disputes, verres brisés.

— Le *Polo Lounge,* fit Dave.

Cecil grimaça.

— Quelque chose dans ce genre.

— Je ne plaisante pas — Dave allumait une cigarette — Tu es inconscient : aller seul dans un endroit pareil ! Ne recommence plus, c'est entendu ?

Il attendait l'assentiment de Cecil. Cecil ne bronchait pas, l'air buté.

— Il était là ? demanda Dave.

— Il devait m'attendre dehors, me guettant pour se montrer. Il est entré après moi. Il savait qui trouver. Moi pas, j'étais là à me demander comment traverser la foule pour gagner le bar quand il m'a bousculé et quand je l'ai regardé, il a souri. A cette heure-là, il n'y avait que des hommes, mais ce n'est pas un bar homo. Lui, il était comme je l'imaginais : petit, peau brune, tannée, cheveux gris, mauvaise dentition, drôle de regard bleu pâle. Il savait parfaitement comment atteindre le bar et il en a rapporté de la bière à la tireuse et m'a entraîné dehors dans un passage. Il y faisait noir. Un gars vomissait et quand il en a fini, il a regagné la salle en titubant et Porfirio, ce petit qui la ramène en guenilles, m'a raconté que c'étaient des gringos qui avaient tué le gosse, des gringos en tenues camouflées et bottes de combat et bérets. Voilà l'histoire. Ils sont allés en hurlant jusqu'au canal d'irrigation à bord d'une Cherokee, ils ont traîné le gosse ligoté et bâillonné, l'ont forcé à se mettre à genoux dans les roseaux et lui ont tiré une balle dans la tête. Après ils ont défait les liens, enlevé le bâillon, et ont balancé le corps dans l'eau. Ils sont remontés dans le 4 x 4 et ont pris la fuite. Des gens dans les cahutes avaient entendu le coup de feu, ça les a réveillés. Mais Porfirio a été le seul à les voir. Il était en train de prendre un bain dans le canal, sous un pont, dans un coin où il pouvait suspendre ses vêtements et avoir savon et serviette à portée de la main. Les adductions d'eau sont très sommaires là-bas. Il était si près des tueurs qu'il en a pissé sur lui en se disant qu'ils l'avaient vu.

— Pourquoi n'a-t-il pas parlé à la police lorsqu'elle s'est rendue sur les lieux ?

— C'est la question que je lui ai posée.

Cecil vida son verre de bière et y versa le fond de bouteille en surveillant la mousse.

— Il a peut-être plus à se reprocher qu'un simple immigrant clandestin. C'est peut-être un fugitif. Il m'a simplement répondu qu'il valait mieux ne pas avoir à faire aux représentants de la loi quand on n'est pas en mesure de leur présenter une carte d'immigration. Il en a parlé à personne jusqu'à ce qu'il apprenne que le gosse était de Los Inocentes. C'était peu courant à San Feliz. Personne à San Feliz ne se mêle de politique. Ce sont des réfugiés chassés par la famine, un point c'est tout. Et Porfirio a entendu dire que le gosse était un militant traqué et qu'il se planquait. Il s'est donc dit qu'il valait mieux en parler à quelqu'un et il m'a choisi.

— Il connaissait l'existence de cet escadron de la mort ?

Cecil hocha tristement la tête.

— Là, nous sombrons en plein folklore. Il y a ce personnage mythique, El Coronel, tu me suis ? Tout le monde ignore qui il est, mais il est dit qu'il dispose d'une armée secrète terrée dans les montagnes. L'homme qui est à l'origine de cette légende est un certain Tamayo.

Sa vieille voiture tombe en panne en revenant d'on ne sait où, il va chercher du secours, se perd et tombe dans un canon poussiéreux sur une bande de jeunes Latinos armés jusqu'aux dents comme des vétérans du Viêt-nam. Armes d'assaut, grenades, tout le fourbis. Il y en avait qui cavalaient pliés en deux dans le fond d'une vallée, et d'autres perchés dans des arbres qui leur tiraient dessus.

— Et Tamayo est devenu introuvable, c'est ça ?

— Oui, tout comme ton as des as, Mc Gregor, fit Cecil. Son avion s'est écrasé. Tu l'as vu aux informations télé ?

— Oui, mauvaise nouvelle pour Underhill.

Dave fumait dans l'obscurité, l'air soucieux.

— Porfirio t'autorise-t-il à révéler son existence devant les caméras ?

— Jamais de la vie. Et quand bien même ! Il me donne son accord, pour autant puis-je parler de lui ? Je veux dire par là : qui sait si ce qu'il dit est vrai ? Il ne peut pas le prouver. Il était seul dans le canal. Le cas échéant si j'ai besoin de lui, j'ai son adresse, 1922 City View. Et il a mon numéro de téléphone.

Dave grogna, but son whisky, secoua la cendre de sa cigarette.

— Pourquoi diable Hunsinger a-t-il filé ?

— Que répondre à ça ! répondit Cecil.

Il se leva, prit le verre de Dave dans lequel il ne restait qu'un fond de glace. Il s'enfonça dans l'obscurité tandis que Dave lui rapportait ce qu'il avait découvert sur Hunsinger durant la journée. Cecil fit glouglouter le Glenlivet, grincer le bouchon en le remettant en place. Il se servit une autre Heineken prise dans le petit réfrigérateur, et rapporta bière et verre de whisky dans la lumière. Il mit le verre dans la main de Dave.

— Merci, fit Dave, puis il reprit le chapitre Hunsinger : à présent, avec cette histoire de Porfirio, je me demande après tout si Hunsinger ne disait pas la vérité.

— Tu veux parler des visiteurs de minuit chez Underhill...

— La description flotte beaucoup.

Dave, après y avoir goûté, posa son verre sous la lampe, écrasa sa cigarette, en alluma une autre et jeta à travers la fumée un regard dur sur Cecil.

— Le garçon mort était de Los Inocentes. Parmi tous ces saisonniers mexicains terrés, paniqués. Et Streeter qui court, effrayé par une chose qu'il vient d'apprendre concernant son reportage sur Los Inocentes. La révélation de la décennie. Tu ne crois pas que...

— Je ne crois pas que ce garçon mort soit le gars que Streeter allait interviewer lors de cette équipée qu'il voulait tant cacher à Chrissie. Je ne crois pas que ce garçon ait su qui avait enlevé Cortez-Ortiz, et qu'il ait été en mesure de révéler des noms à Streeter. Je ne crois pas qu'il se soit fait descendre parce qu'il avait parlé. C'est sur tout ça que tu te poses des questions ?

— Tu me comprends si bien.

Dave lui sourit tendrement.

— Pourquoi ne travaillons-nous plus en équipe ?

— Il me semble que nous en formons une pour l'instant.

Cecil remplit à nouveau son verre.

— Comme promis j'ai rencontré le docteur Scheinwald au centre médical du Comté. Et il ne m'a pas été nécessaire de me rendre à Sierra Madre pour trouver la famille de Tom Fraser. Elle se trouvait là à l'hôpital, tout du moins la mère et la fille. Excuse-moi.

Il se leva, abandonna une fois encore le cercle de lumière, mais cette fois il traversa la grande pièce. Une porte se ferma. Une minute après, la chasse d'eau fonctionna. L'eau s'écoula dans les conduites. La porte s'ouvrit. Cecil fut de retour dans la lumière. Il s'assit, avala une gorgée de bière.

— Tu ne maîtrises plus ton goût des pauses dramatiques ! fit Dave. Et l'alibi de Glendenning ?

— Hein ! quoi, qu'est-ce ?

Cecil paraissait désorienté.

— Ah ! l'alibi ! Glendenning était bien avec eux, toute

la nuit, exactement comme il l'a dit.

— Merci, c'est bon à savoir.

Dave plissa le front en jetant un coup d'œil sur le téléphone dans le bureau plongé dans l'obscurité.

— Je me demande pourquoi Ray Lollard ne m'a pas rappelé. Il devait me communiquer l'adresse d'un numéro de téléphone trouvé chez Underhill. Ainsi qu'une liste des derniers appels téléphoniques de Streeter. D'habitude Ray ne me fait jamais poireauter.

— Tu n'es jamais ici et tu oublies toujours de brancher le répondeur.

— Je n'oublie pas, c'est délibéré.

Dave finit son verre de whisky.

— C'est stupide, mais délibéré.

Il fit tourner son verre, écoutant tinter les glaçons.

— Je lui téléphonerai demain matin.

— Tu veux savoir si Streeter a téléphoné à San Feliz ? demanda Cecil.

— A un certain Rafael. Ray m'a appris que l'indicatif était celui de la région des grandes exploitations agricoles du sud.

— Dave, je ne peux pas aller en voiture jusqu'à San Feliz pour vérifier si quelqu'un a vu Streeter la nuit où le garçon a été tué. Ça me prendrait une bonne partie de la journée. Donaldson s'y opposera. Tout le monde est en vacances. Je suis déjà en double équipe, tu le sais.

Dave éteignit sa cigarette.

— Tu es disposé à aller au lit ?

Cecil eut un soupir.

— Je redoutais d'avoir à t'implorer !

11.

Dans toutes les directions une plaine qui s'étend à perte de vue jusqu'à des montagnes à l'horizon hautes de trois pouces. La terre ocre jaune était striée de lignes vertes, laitues, choux, choux-fleurs. Enfermé dans sa Jaguar à air conditionné, Dave humait les plantations, particulièrement les oignons lorsqu'il en longeait les champs. Les roues de la Jaguar ébranlaient les madriers sur les passerelles jetées par-dessus les canaux d'irrigation. Dans l'eau stagnante de ces rigoles se reflétait le ciel brillant d'un bleu acier. Parfois au loin dans un champ une traînée de poussière révélait le passage d'un camion chargé de récoltes en cageots, ou bien de cageots vides, d'ouvriers agricoles, hommes, femmes, enfants aux chapeaux de paille effilochés, aux ponchos poussiéreux, aux chaussures usées. Il aperçut d'autres travailleurs, courbés dans un champ, d'autres qui pour se désaltérer se tenaient groupés autour d'un vieux camion citerne.

San Feliz était un ensemble de constructions anarchiques : stuc sur charpente en bois le plus souvent, certaines en stuc sur structures de béton, d'autres en briques jaunes, décolorées. Des bouquets de poivriers et des eucalyptus aux écorces déchiquetées les ombrageaient. Quelquefois, c'était de gros et vieux palmiers dattiers. Les magasins proposaient de la quincaillerie, de l'épicerie, des vêtements. L'unique banque occupait un angle, l'unique motel se baptisait *Rest. E.Z.* Une femme entre deux âges, maigre, en short et haut de maillot de bain, agitait un tuyau d'arrosage sur le plancher de bois devant le motel jaune paille, mais là les pétunias se fanaient quoi qu'il arrive. *L'Ed's Oasis,* un bistrot qui occupait une construction lugubre dont la décoration dessinée à la scie sauteuse se trouvait brisée à hauteur du toit de la véranda, sur des piliers torsadés, et que des dizaines d'années de sécheresse, de chaleur avaient fendus et dont certaines parties étaient détachées. Des véhicules utilitaires étaient garés devant *l'Oasis,* ainsi qu'une lourde Cadillac, une Chevrolet bancale et un coupé sport. Tous couverts de poussière. Dave avait soif, mais il ne s'arrêta pas.

Le quartier qui abritait la main-d'œuvre mexicaine se trouvait à six cents mètres de San Feliz bourgade. Il franchit la passerelle en direction d'une vingtaine de baraques au stuc écaillé, peintes il y a bien longtemps de roses vifs, d'orangés. La peinture se défaisait par plaques. Des tuyaux pourvus de robinets sortaient de terre à côté des portes des baraques. Les robinets gouttaient. De jeunes enfants à la peau brune jouaient dans les flaques, accroupis, maculant leurs couches — ceux qui avaient des couches. Des poulets picoraient la poussière. Les mouches bourdonnaient. Par les fenêtres ouvertes d'une des baraques s'élevait une plaintive musique radiophonique : marimba, accordéon, guitare. Plus loin une chèvre bêlait.

Une grosse grand-mère assise sur un pas de porte surveillait les enfants, ses yeux rendus laiteux par la cataracte. Une maigre grand-mère, bras osseux croisés, contemplait les champs. Une autre, qui pouvait être sa sœur, se tenait assise sur une chaise de cuisine cassée sous un laurier rose chargé de fleurs roses et s'éventait à l'aide d'un magazine en lambeaux.

Dans l'ombre portée d'une des baraques, un vieil

homme qui n'avait que la peau sur les os était étendu sur une chaise longue de jardin aux tubes rouillés, aux sangles grasses à proximité d'une pile de pneus gris usés jusqu'à la corde. Une couverture en mauvais coton le couvrait jusqu'à la poitrine. Une cruche d'eau posée à ses côtés dans l'herbe sèche. Derrière cette baraque une jeune femme sur le point d'accoucher, penchée sur un panier à linge en plastique vert, tirait des linges humides qu'elle épinglait sur un fil de fer détendu.

Dave immobilisa la Jaguar, attendit que la poussière qu'elle venait de soulever fût retombée, puis sortit du véhicule. La chaleur était accablante. Il se défit de sa veste, la déposa sur le siège arrière, se munit du livre que Dan'l lui avait donné l'autre matin, ferma la portière et alla parler à la jeune femme.

— Je m'appelle Brandstetter, lui fit-il en espagnol et en lui montrant le livre.

C'était un recueil d'articles de presse rédigés par Adam Streeter, dont celui qui lui avait valu trois ans auparavant le prix Pulitzer. Le portrait photo de Streeter figurait au dos du livre.

— Je suis enquêteur pour une compagnie d'assurances. Cet homme — il tapota la photo — était assuré par ma compagnie. Il a été assassiné, personne ne sait par qui. Abattu à coups de pistolet. J'essaye de connaître son emploi du temps le jour où il est mort. L'avez-vous aperçu par ici ?

Elle releva la tête, une barboteuse dégoulinante en main. Ses yeux bruns semblaient moqueurs.

— Un homme célèbre qui écrivait des livres ? Qu'est-ce qu'il serait venu faire dans un endroit comme par ici ?

Elle lui tourna le dos et accrocha la barboteuse sur le fil à linge.

— Qui vient par ici sans y être obligé ?

— C'était un journaliste, fit Dave avec un léger sourire. Puis :

— Il était peut-être à la recherche d'une histoire à raconter, vous ne croyez pas ? Il n'y a pas d'histoire à raconter à San Feliz ?

Elle eut un rire sec et coupant. Le regard de ses beaux yeux lumineux était un peu méprisant.

— Il y a beaucoup d'histoires, mais elle pourraient pas intéresser des gens comme lui, des gens comme vous. Nous avons faim. Nous mangeons.

Avec une douce plainte à cause du bébé dans son ventre, elle se pencha afin de tirer du panier un autre linge à couleur vive. Elle était nu-pieds et ses pieds étaient sales.

— On se lève le matin avant le jour, on monte dans des camions, et on va dans les champs où on travaille jusqu'à la nuit. Et on rentre à la maison épuisés. Alors on se couche. Les enfants naissent, les vieux meurent.

Elle s'arrêta d'épingler sur le fil une courte blouse orange pour jeter un coup d'œil sur le côté de la baraque où était étendu le vieil homme aux yeux fermés, mais il ne dormait pas. Il souffrait.

— Et quand les récoltes sont terminées, on part. C'est...

Elle soupira, essuya ses mains brunes, gonflées, sur sa jupe ample au bleu délavé.

— Toujours la même chose. Peut-être sans intérêt, même pour nous. Mais c'est la vie.

Elle posa sa main sur son ventre rebondi et eut un sourire non pas tendre, mais pensif.

— C'est un cadeau de Dieu.

— Quand naîtra votre enfant ?

— Bientôt.

Elle sortit des pinces à linge d'un vieux sac en plastique rose, glissé dans un coin du panier et le rangea dans une poche de sa jupe.

— C'est pour ça que je suis là et pas dans les champs aujourd'hui. Mais, non... je ne connais pas cet écrivain de livres. Je ne l'ai jamais vu.

Se penchant à nouveau au-dessus du panier vert, elle agita une main.

— Vous feriez mieux de demander aux vieilles femmes. Elles ont rien d'autre à faire que de voir, de surveiller qui va et vient.

— Les vieux ne voient que par le passé, fit Dave. Et ce jeune homme qui a été abattu ? On a retrouvé son cadavre dans le canal d'irrigation. Ce n'est pas une histoire de tous les jours. Vous connaissiez ce garçon ? Vous savez son nom ?

La peur emplissait le regard de la jeune femme. Un instant les yeux s'écarquillèrent, puis très vite elle secoua la tête.

— Non, non, je ne sais rien du tout. Personne ici le connaissait. Il était pas d'ici.

— Il se nourrissait bien chez quelqu'un, fit Dave. Il dormait bien quelque part ?

— Si, mais non, je...

Les mains s'agitaient fébrilement.

— Pas chez ma famille. Nous ne le connaissions pas.

— Rafael, fit Dave. C'était son nom ? Je l'ai lu sur une feuille de papier, noté par Adam Streeter. La compagnie de téléphone m'a dit que Streeter lui avait téléphoné ici.

Elle regarda autour d'elle, blêmissante, cherchant le recoin d'où l'on pourrait l'entendre en s'y tenant dissimulé. Des corbeaux croassaient dans le lointain. La chèvre bêla à nouveau. Un enfant pleurait. La grand-mère au magazine ne l'avait pas vu tomber. Elle dormait, le menton sur sa poitrine décharnée.

— Rafael, si, murmura la jeune femme.

— Pourquoi l'ont-ils abattu ? Pourquoi se cachait-il ici ? Il fuyait l'escadron de la mort d'El Coronel.

— Il se cachait de l'Immigration, dit-elle. Ils ne veulent pas de réfugiés de Los Inocentes dans le coin.

— Vous avez bien entendu dire que c'était les commandos d'El Coronel qui l'ont abattu ?

Elle haussa les épaules en signe d'exaspération.

— Des mots, rien de plus.

— Les gens chez qui il vivait...

Dave releva ses cheveux en arrière et sa main en fut toute moite.

— ...étaient-ils aussi de Los Inocentes ?

La lumière crue était aveuglante. Il cligna des yeux, jeta un coup d'œil sur les bâtiments délabrés autour de lui.

— Où habitent-ils ?

— Ils ne sont plus ici.

Son geste pour accrocher le linge s'était fait nerveux, saccadé.

— Ils sont partis cette nuit. Les services de l'Immigration croient qu'ils sont tous communistes. Je vous en prie, Señor, je dois en finir avec ce linge. Il faut que je me couche pour le bien de mon bébé.

Elle eut un autre regard pour le vieillard étendu.

— Je dois donner le médicament à mon père.

— Pourquoi n'est-il pas à l'hôpital ?

— Ils ne peuvent rien faire. Il est en train de mourir. Il a demandé à mourir à la maison.

Elle eut un rire sans joie.

— C'est la seule chose qui lui appartient.

— Vous donnerez son nom au bébé ? demanda Dave.

— Si, répondit-elle en souriant. Victorio.

— C'est un joli nom, fit Dave en retournant vers sa voiture.

Il jeta le livre à l'intérieur, avant de l'y suivre, il remarqua derrière les baraques les fils téléphoniques coupés. Personne ici n'avait le téléphone. Il jeta sa veste sur la banquette arrière, s'installa derrière le volant gainé de cuir de la Jaguar, claqua la portière, et mit le moteur en marche. L'air des ventilateurs du tableau de bord sécha sa chemise trempée de sueur. Il manœuvra la lourde limousine, attentif à ne pas écraser enfants et poulets. Il reprit la direction de la passerelle aux poutrelles rouillées, et aux madriers enjambant le canal. Là, sur son support, une bulle en plastique, bleutée, en forme de casque, abritait un téléphone. Il se gara, prit sa veste sur la banquette arrière, en tira ses lunettes, sortit de la voiture et alla consulter le numéro d'appel de la cabine téléphonique indiqué au-dessus du quadrillage des touches en acier. C'était le numéro que lui avait donné Ray dans la matinée. Adam Streeter avait appelé ce numéro non pas une fois, mais à trois reprises dans les deux jours qui avaient précédé sa mort. Dave glissa les lunettes dans la poche poitrine de sa chemise et demeura sur la berge, à contempler les grands roseaux qui perçaient l'eau trouble. Des ombres trouvaient refuge sous le pont où, par une nuit affreuse, Porfirio avait pris un bain avec savon et serviette.

Dave s'apprêtait à monter dans sa Jaguar lorsque les roues d'un véhicule ébranlèrent les madriers du pont : il porta son regard dans cette direction. Un Cruiser marron et blanc franchissait le canal. Sur son toit, une sirène d'argent et une rangée de clignotants blancs, rouges, jaunes. Une antenne fouet se balançait à l'arrière du véhicule. Une étoile d'or était peinte sur la portière avant accompagnée de ces mots : *County Sheriff's Depart.* Côté chauffeur une main s'agitait par la vitre baissée. Dave s'immobilisa. La voiture vint freiner à sa hauteur, son pare-chocs contre celui de la Jaguar. Le chauffeur avait le visage rouge carré entre deux âges couvert d'un chapeau à bord plat avec une calotte aux quatre bosses préformées. Il coupa le moteur du Cruiser, baissa la poignée de la portière, l'ouvrit et descendit. Un jeune gars, côté passager, hâlé rouge comme son acolyte, porteur d'un chapeau identique ; de même pour l'insigne, l'arme de service, et les lunettes de soleil. Il regardait droit devant lui avec un air d'indifférence. Le sourire du gars plus âgé ne voulait rien dire.

— On dirait que vous vous êtes perdu en chemin, dit-il. Bien loin de votre territoire de chasse. Je veux dire on n'a pas beaucoup de voitures comme ça dans nos parages, un patelin de pequenots.

Ses yeux bleus injectés de sang détaillaient Dave de la tête aux pieds.

— On n'a pas de gens comme vous chez nous.

Son regard alla se poser sur le triste groupe de baraques aux couleurs passées.

— Surtout pas ici. Vous avez pas la bonne couleur. Vous n'êtes pas né pour parler espagnol. Vous pouvez dire ce que vous faites par ici ?

Dave exhiba sa licence.

— Je suis sur une affaire pour le compte des assurances Banner Life. Le décès d'Adam Streeter. A la Marina de Los Angeles il y a quelques jours. Mort d'une balle tirée dans la tête à bout portant. Il était journaliste et travaillait sur une affaire concernant Los Inocentes. Je me demandais s'il y avait un rapport entre sa mort et celle d'un jeune homme de Los Inocentes abattu de la même façon ici-même, la même nuit. Avez-vous découvert quelque chose ?

— Bah, non !

L'assermenté observait Dave avec attention, et s'exprimait avec circonspection :

— Ce n'était qu'une querelle de famille. Il se planquait avec un homme et une femme de Los Inocentes. Un frère et une belle-sœur sans doute. Personne ne sait grand-chose sur eux. Ce qui est sûr, c'est qu'ils se sont tirés bien vite après que c'est arrivé. Et on arrive pas à les repérer. Pas si loin. Sûrement qu'on y arrivera pas. Sûrement qu'ils sont rentrés chez eux.

— Qui a dit qu'il s'agissait d'une querelle de famille ? demanda Dave.

Le gars haussa les épaules.

— Intuition professionnelle. Personne ne sait rien d'eux. Avec qui se bagarrer par ici ? C'est entre des gens qui ont des liens de parenté qu'il y a le plus de bagarres avec mort. Pas avec des étrangers.

La sueur tachait les aisselles de sa chemise amidonnée et froissée aussi. Il épongea son crâne chauve à l'aide d'un mouchoir qu'il fourra dans sa poche revolver.

— C'est pas qu'un peu tiré par les cheveux de lier un meurtre commis à Los Angeles avec un meurtre directement ici. Enquêter sur Los Inocentes, c'est pas ce que fait tout le monde ces jours-ci ?

— Je pense qu'il s'était rendu ici pour tirer des renseignements du gosse.

Dave récupéra le livre dans sa voiture et montra au sherif la photo de Streeter, en lui passant l'exemplaire.

— Vous ne l'avez pas aperçu dans les parages ?

Dave d'un mouvement de la tête, désigna la cabine téléphonique.

— Il avait noté le numéro. Il a appelé trois fois.

— J'l'ai jamais vu.

Le sherif rendit le livre à Dave.

— Et encore autre chose, commença Dave.

La couverture du livre était moite du toucher du sherif.

— Un témoin m'a affirmé avoir vu un groupe d'hommes en tenues de combat et bérets, tard cette nuit-là, à proximité de la demeure de l'assistant de Streeter. Donc lorsqu'un témoin se présente et déclare qu'une bande de gars identiques à ce signalement se montre par ici, et descend le jeune gars nommé Rafael, et le jette dans le canal...

Dave surveillait le visage congestionné du sherif.

— Vous n'en avez pas entendu parler ? insista Dave. Personne ne vous a parlé de cette bande d'El Coronel, venue exécuter le garçon ? Ici, exactement là où nous nous tenons ?

— Ah merde !

Le sherif rougissait davantage, mais c'était l'effort de bluff qui le faisait rougir. Il avait l'air mal à l'aise.

— Cette histoire d'El Coronel, ça sort d'un fumeur de marijuana en folie. Ce sont des ignorants, pas d'instruction, des primaires, des enfants. Ils racontent des histoires comme ça pour se faire peur.

Il se mit à rire. Il cessa de rire.

— Comment vous dites son nom ? C'est quoi, dites... Rafael ?

— Il était noté à côté du numéro de téléphone sur un bloc. Ce témoin a révélé à l'un de mes amis qu'il se trouvait précisément sous le pont lorsque l'escadron de la mort d'El Coronel a amené le gosse bâillonné, ligoté à bord d'une Cherokee. Ils l'ont tué et ils l'ont jeté dans le canal. Il a tout vu.

— On y va !

Le jeune gars dans le Cruiser se manifestait enfin. Il descendit et s'approcha à grandes enjambées, d'un air boudeur.

— Pourquoi il n'en a pas parlé ? J'étais là dans cette voiture de patrouille dix minutes plus tard, et personne n'avait rien vu. Ils étaient tous chez eux à dormir, à ce qu'ils m'ont dit. Qui c'est ce témoin ? Où je peux le trouver ?

— 1922 City View, Boyle Heights, fit Dave. Il n'a pas parlé parce qu'il n'était pas en règle avec la carte verte. Il a eu peur que vous le remettiez à l'Immigration, qu'on l'expulse. Mais il fallait qu'il se confie à quelqu'un. Il avait aperçu mon ami ici-même, un journaliste de la télévision, en train de poser des questions. Il a pris le Greyhound jusqu'à L.A. et l'a contacté. Pour lui, El Coronel et ses mercenaires sont aussi vrais que l'enfer.

Le policier plus âgé eut une grimace.

— Qui c'est ce témoin ? Ce journaliste télé, ce grand jeune Noir ? demanda le moins âgé. Poursuivant : de Canal Trois L.A. ? Il peut faire carrière dans la police pendant qu'il y est ! Donnez un peu d'instruction à un ciré et aussitôt il se lance pour doubler tout le monde.

— Le pays des pequenots, dites-vous ? fit Dave au plus âgé, qui gonflait le torse.

— Donnez-moi le nom de ce témoin ?

— Il se fait appeler Porfirio.

— Ce vieil ivrogne !

Le plus jeune se mit à rire en hochant la tête.

— Merde ! Et vous le croyez ! Sa cervelle est lessivée par la vinasse, fils ! Il tombe dans la rue sans connaissance. Si on le ramasse pas pour le coller en cellule, les camions lui roulent dessus.

— Vous dites qu'il était en train de prendre un bain ? demanda le plus âgé. Diable ! Porfirio n'a pas pris un seul bain en dix ans. Suivez-le contre le vent la prochaine fois, vous le sentirez passer.

Il regagna le véhicule, s'y carra solidement.

— N'allez pas croire tout ce qu'on vous raconte, Mr. Assurance.

Il mit le moteur en marche.

— Pas quand ce sont des Mexicains qui causent.

Il fit couiner la marche arrière.

— Et Porfirio n'a pas de carte verte, hein ?

Il tendait sa tête par la portière à vitre baissée, la faisait pivoter sur son cou épais pour surveiller le franchissement en marche arrière de la passerelle aux planches branlantes.

— Il a dû avoir la carte n° 1 de la série ! Porfirio ?

Il se mit à glousser comme si c'était la chose la plus drôle racontée depuis bien longtemps.

12.

Le long d'une étroite vallée, City View formait une avenue où s'alignaient de petites demeures. Cela faisait trente ans, peut-être plus, que Dave n'avait pas remis les pieds dans ce coin de L.A. Il en était comme bouleversé. Il s'en souvenait comme d'un quartier pauvre mais bien tenu. A l'époque, des Juifs y étaient installés. Une génération d'enfants juifs avaient grandi dans ces rues aux maisons serrées les unes contre les autres. Dave en avait connu certains. Parmi lesquels Abe Greenglass, son avocat. Ils avaient réussi aujourd'hui, et ils finissaient leurs parcours dans les beaux appartements des quartiers ouest, dans des propriétés entourées de larges pelouses de Van Nuys et Sherman Oaks où ils se souvenaient de la misère. Ils croyaient s'en souvenir en réalité. Ce ghetto Boyle Heights était devenu un Barrio. A présent, c'était la misère, pas de celles que l'on puisse romancer du haut des beaux quartiers. Non, l'authentique misère.

Les maisons auraient dû être ravalées. Toitures endommagées par les intempéries au goudron crevé, rendu grisâtre par les précipitations, le soleil, le vent. Les cheminées avaient perdu leurs briques lors des séismes, des glissements du terrain sur lequel reposaient des fondations insuffisantes. Les vitres brisées étaient remplacées par des cartons crasseux. Autrefois l'herbe poussait verte dans les cours étroites, aujourd'hui, elle était pelée, d'un jaune brûlé. Des châssis sur des roues dégarnies de leurs pneus recevaient les ordures dans les petites allées en pente. Des voitures, des rebuts presque tout autant, rouillaient dans les virages, leurs vitres poussiéreuses rougissantes dans la lueur du crépuscule. La véranda du 1922 s'était détachée de la maison et semblait prête à dévaler la pente.

Dave se tint un instant au pied des marches au ciment fendu et surveilla la rue dans les deux sens. Deux hommes, un trapu et un grand à une lointaine extrémité, avec des bottes de cow-boy et chapeaux de paille aux bords effilochés. Mais nulle part une Cherokee, un Blazer ou un Bronco aux vitres teintées, avec trépied sur le toit. Dave gravit les marches jusqu'à une allée au ciment craquelé, il s'arrêta pour tester d'un pied prudent la solidité des marches en bois de la véranda. Elles penchaient bizarrement, en biais comme le trait d'une bouche de victime, mais elles ne craquaient ni ne branlaient. Il les franchit. L'espace entre la façade et la véranda laissait à nu des chevilles au métal rouillé larges de 25 centimètres. Il l'enjamba et frappa au cadre à demi-arraché d'une porte. La porte s'ouvrit. Le son d'un poste radio ou d'une télévision lui parvint. En langue espagnole. La porte vacillante avait émis un grincement significatif. Il avait été entendu. Une femme s'approchait. Petite, une peau marquée de rides, des cheveux tirés en arrière et attachés, des yeux noirs comme l'obsidienne. Elle l'examina, tête légèrement inclinée, avec méfiance. Il lui dit qui il était, mentit une nouvelle fois en se réclamant de la Banner Life. Et il ajouta en espagnol qu'il devait parler à Porfirio, que c'était urgent, que le jeune Noir auquel Porfirio s'était adressé pour parler des évènements de San Feliz était un ami commun. La femme clignait des yeux, ne disait rien. Dave fit :

— On sait maintenant à San Feliz que Porfirio a parlé

au jeune Noir des sales évènements de l'autre nuit.

— Il n'y a personne de ce nom ici, fit la femme en secouant la tête.

Sa bouche était un trait dur de dénégation. Mais quelque chose lui fit jeter un coup d'œil par-dessus son épaule. Il n'y avait pas de lumière dans la maison. Dave se demanda s'il n'avait pas aperçu quelqu'un, un garçon, un petit homme, s'encadrer dans le couloir de l'entrée. La femme s'apprêtait à refermer la porte.

— Vous faites erreur, vous vous trompez d'adresse.

— Il court peut-être un grave danger, fit Dave d'une voix forte. J'ai donné son adresse au sherif de San Feliz. Je pense qu'il a pu alerter El Coronel. Son escadron de la mort peut surgir à n'importe quel moment pour abattre Porfirio.

— Pourquoi ?

C'était Porfirio qui posait la question. Il écarta la femme. La porte alla rebondir contre le mur. Il avait largement ouvert le battant et, l'air furieux, regardait Dave de ses étranges yeux bleu pâle. Ses vêtements étaient informes, ses cheveux gras en broussaille, et sa barbe blanche pas rasée depuis trois jours.

— Pourquoi avoir donné l'adresse ?

— En espérant qu'ils alerteraient El Coronel. Ils ont vite téléphoné de *l'Ed's Oasis*. Si l'escadron de la mort d'El Coronel a abattu le jeune Rafael, je crois qu'il viendra ici.

— Je sers d'appât à cause de vous.

Porfirio paraissait écœuré.

— J'aurais jamais dû l'ouvrir. Je le savais. C'est l'honneur qui m'empêchait de me taire.

Il agrippa le bras de Dave d'une main tremblante.

— Et maintenant je vais mourir.

Son haleine empestait la bière. Des larmes coulaient dans les rides creusées de son visage.

— Comment vous avez pu me faire ça ? Je vous ai jamais fait de mal ! On se connaît pas.

— Prenez vos affaires, fit Dave. Je vais vous emmener loin d'ici. S'ils viennent, ils ne vous trouveront pas. Tout ce que je veux savoir, c'est qui ils sont, j'en fais une affaire personnelle.

Il fit pivoter le petit homme maigre et le poussa légèrement.

— Vite à présent. Ne perdons pas de temps.

La femme se tenait en arrière, son visage impassible, son corps massif contracté, ses mains crispées. Dave pénétra dans la maison. On y sentait la bonne, lourde, riche odeur de la cuisine du repas du soir fait de piments, oignons, haricots. Il en avait l'eau à la bouche. Il n'avait pas mangé de la journée. Il prit la main de la femme, y glissa un billet de 50 dollars plié, lui disant :

— J'emmène Porfirio et je reviens. Si ces gringos arrivent, dites-leur que vous attendez Porfirio d'un moment à l'autre. Faites-les lanterner jusqu'à mon retour.

Elle regarda le billet, la rue et lui adressa un bref signe de tête apeuré.

— Il faut que vous reveniez, Señor. Si vous revenez pas, ils me tuent d'avoir menti. C'est comme ça les escadrons de la mort.

— Je reviendrai.

Dave consulta sa montre. Ce qui eut pour effet de l'inquiéter.

— Porfirio ! cria-t-il aux ténèbres de la demeure. Assez perdu de temps, faut partir.

Le petit homme apparut porteur d'un carton.

Lorsqu'ils arrivèrent à la gare routière aux murs de briques et aux lumières froides, il était 18 h 06 et une voix de haut-parleur égrenait le nom des localités desservies par le car en partance. C'était le dernier appel. Devant la portière ouverte, quelques attardés faisaient la queue. Des femmes fatiguées, Latinas pour la plupart, asiatiques, pauvres Blanches avec leurs nourrissons, leurs enfants en bas âge, leurs ballots.

Alors que Dave attendait qu'une nerveuse jeune Noire délivre le billet de Porfirio, il surveillait les alentours, cherchant la présence d'un trapu et d'un grand chaussés de bottes de cow-boy, coiffés de chapeaux à la paille effilochée. Aucun indice de leur présence. Il pressa Porfirio à travers un dédale de mégots et le poussa dans un car dont le moteur au ralenti bourdonnait fortement. Le petit homme se tint abasourdi au bas du marchepied jusqu'à ce qu'un jeune chauffeur morose lui prit des mains le ticket que Dave y avait fourré. Dave aida Porfirio à monter dans le car, désireux de jeter un coup d'œil sur les passagers. Il y avait trop de monde. Il passa à Porfirio le carton de vêtements, glissa de l'argent dans la poche de poitrine de sa chemise écossaise au coton moite de sueur.

— Guadalupe ? C'est ça ? C'est votre sœur Rosa Ramirez. 702 Arenoso ? Parfait. N'en bougez pas, Porfirio. Ne parlez à personne. Les gens bavardent, et les bavardages voyagent. Ne vous montrez pas avant que je vous donne le feu vert.

Porfirio acquiesça en silence. Avait-il compris ?

— Vous pourriez faire vos adieux par carte postale, fit le chauffeur.

— Quand le feu sera vert ? demanda Porfirio.

— Quand El Coronel sera sous les verrous.

— Si !

Porfirio rit d'un air las.

— Demain ? fit-il.

— Allez, Papa, on se bouge ! fit le chauffeur.

Dave se bougea et, appuyé contre le mur, en fumant, en surveillant les vitres fumées du car, en se demandant qui voyageait avec Porfirio, il attendit que les soutes à bagages fussent pleines et fermées, que le chauffeur s'installât derrière le volant, que la portière se refermât avec son sifflement. Les freins chuintèrent, le car prit de la vitesse dans un rugissement et dans un nuage de gaz d'échappement pour quitter la gare routière. Dave distingua le visage de Porfirio derrière une vitre. L'étrange regard de ses yeux pâles était porté sur Dave, plein de crainte et de résignation.

— Ça se passera très bien pour lui, fit Dave à la femme.

Ils s'assirent devant la table de la cuisine où s'étalaient des bouteilles de sauces, des pots, des conserves de *jalapenos,* des boîtes d'épices, des bottes d'oignons, des gousses d'ail, des sachets de piments séchés. Il restait juste assez de place pour deux assiettes.

— Si vous ne leur dites pas où il est, si je ne le dis pas, ils ne le trouveront pas.

— Sa sœur...

La femme décortiquait soigneusement des graines de tamales qu'elle pêchait dans une large feuille de cactus.

— C'est aussi ma sœur. Elle a un couteau pour langue. Elle n'a que faire des ivrognes. Elle fait partie de cette secte, les Re-Nés du Christianisme. Elle va lui rendre la vie impossible.

Dave décortiquait son propre tamale. Le parfum en était si fort qu'il ferma les yeux et le respira profondément, le goûta longuement. «On ne trouve plus de tamales comme ça», se disait-il. Quand il était enfant, il pouvait en acheter à un commerçant itinérant qui venait garer son camion à midi dans la cour de l'école, à l'ombre d'un vieux poivrier. Frais étuvé. A présent, ça s'achetait dans les supermarchés. La peau du cactus remplacée par un plastique vert et sa chair devenue, nouvelle appellation, protéine végétale. Ça n'avait plus le même goût. De même pour les haricots, le riz. Il n'eut jamais autant d'appétit que dans cette pauvre cuisine, aux armoires délabrées, au robinet gouttant, au linoléum labouré, aux peintures murales fânées. Il dit à la femme :

— Il n'aura pas à y rester longtemps.

Il sourit, s'essuya la bouche à l'aide de la rugueuse serviette en papier qu'elle avait posée à côté de son assiette.

— Vous êtes une merveilleuse cuisinière, señora.

Elle sourit. Ses dents n'avaient aucune blancheur, celles qui lui restaient. Ses fossettes se creusèrent dans les joues flétries, et un instant l'on put deviner la jolie fille qu'elle avait été autrefois.

— Gracias, fit-elle. C'est pourtant de la nourriture bien

de tous les jours.

— Pas pour moi, fit Dave. Vous n'aimez pas le vin ?

Il s'était arrêté en chemin pour acheter une bouteille de vin. Il l'avait payée un bon prix. S'était-il fait avoir ? C'était du rouge, mais sans âpreté. Pas un *vino tinto ordinario*. Autre chose. On n'aime que ce que l'on apprécie. La femme caressait la fine bouteille brillante sous la lueur de la faible ampoule pendue au-dessus de la table à l'extrémité du fil usé. La femme dit avec un nouveau sourire :

— C'est du très bon vin.

Sur le verre sombre ses doigts étaient courts et noueux.

— Je pensais le mettre de côté pour une autre fois. Quand le danger serait passé et qu'on pourrait célébrer ça.

— Il ne se conservera pas, fit Dave en remplissant son verre une nouvelle fois. J'apporterai une autre bouteille pour cette occasion.

— Vous croyez que ce sera bientôt ?

Elle but.

— Je vais essayer d'en finir au plus tôt.

Le temps passait. Il aida la femme à faire la vaisselle, à ranger les restes dans le réfrigérateur gris. Il tira sur un cordon de coton crasseux pour éteindre l'ampoule et tous deux s'installèrent dans la petite salle de séjour, assis sur de vieilles chaises au rembourrage affaissé. Ils regardèrent la télévision, tandis que dans un coin une bougie tremblotait sous une statuette ébréchée de la Vierge. Dave sortait dans la rue à chaque passage de véhicule de livraison. Il guettait le 4 x 4. Puis il remontait les marches penchées de la véranda, enjambait le petit vide et reprenait place dans la salle de séjour.

La femme lui apporta une sombre bouteille de bière, de la Dos Equis, une assiette de frites, un bol de haricots froids. Elle disposa l'ensemble sur une petite table basse. Il était 10 heures du soir. Et il commençait à devenir fou. A 11 heures, alors qu'il ne s'était toujours rien produit, que la femme s'était endormie sur sa chaise, tête en arrière, que doucement elle ronflait, il se demanda si Leppard n'avait pas raison.

Avant de se rendre ici, Dave lui avait téléphoné. Leppard lui avait refusé tout secours parce que : «Vous avez cette connerie d'escadron de la mort en tête. Et Hunsinger qui nie vous avoir dit quoi que ce soit sur un escadron de la mort».

— J'ai un témoin, avait répondu Dave. Mais où avez-vous trouvé Hunsinger ?

— A Oxnard. Après notre avis de recherche. On les a bouclés là-bas. Lui et Fleur. Pour association de malfaiteurs. Vol. Avec Underhill. Le district Attorney estime qu'Hunsinger aurait découvert qu'Underhill avait l'intention de filer avec les cent mille dollars de Streeter, qu'il en a fait part à Fleur, que Fleur a menacé Underhill de tout raconter à Streeter si lui, Underhill, ne partageait pas avec elle et Hunsinger, qu'Underhill s'est fichu d'elle, qu'alors elle a tout révélé à Streeter qui a voulu reprendre son argent et qu'Underhill l'aurait tué.

— Et la paire de cisailles ? fit Dave.

— Le morceau de clôture cisaillée a été balancé à la ferraille quand ils sont venus la réparer, impossible de comparer les cisaillages.

— Et l'arme ? fit Dave.

— Vous étiez au courant pour l'arme ! Et si vous m'en aviez parlé, vous nous auriez épargné une perte de temps et économisé l'argent du contribuable. L'arme appartient au Révérend Pierce Glendenning, résident de Sierra Madre. Il croyait que vous m'aviez prévenu, et quand je lui ai dit que non, il en a pleuré de gratitude, Mr. Brandstetter ! Moi, je ne pleure pas de gratitude. Qu'avez-vous à m'apprendre de nouveau sur cette affaire que vous me teniez encore caché ?

— Vous n'aimez pas ce que je vous raconte, avait répondu Dave.

Et il avait raccroché.

A onze heures cinq, il fit un nouveau tour dehors, rentra, prit dans la cuisine une autre bouteille de Dos Equis, se réinstalla dans le petit séjour, alluma la télévision, déplaça l'antenne tordue et rouillée pour stabiliser l'image. Il but de la bière, trempa ses frites dans la purée de haricots épicés, et les mâchonna en suivant les informations sur Canal Trois, L.A., espérant entrevoir Cecil. Il espérait aussi du nouveau sur l'enlèvement au consulat du Guatemala à Tegucigalpa du Général Cortez-Ortiz. Un document d'archives montrait Cortez-Ortiz en train de jouer avec un petit chien dans un patio aux murs blancs et plein d'arbustes en fleurs. Le chien était un jeune Doberman bourré de vitalité et pataud. Lui et le général avaient des dents très blanches et très menaçantes. Ils avaient tous deux la gueule largement ouverte. Où se trouvait le général demeurait un mystère, et Cecil n'apparut pas sur l'écran.

Il fit son apparition en personne à minuit. Dave exténué abandonna sa chaise aux gros ressorts à nu et décida de sortir dans la rue silencieuse sous les réverbères à lumière verdâtre, en garde une fois de plus contre un possible danger.

Quand il se fut assuré de son chemin pour descendre les marches effondrées de la véranda, les phares d'un véhicule l'alertèrent. Un taxi s'immobilisait dans le virage et Cecil en sortit. De la main il fit signe à Dave, se pencha sur la portière pour payer le chauffeur et eut pour Dave un regard excédé quand celui-ci descendit les marches de ciment jusqu'à la rue.

— Qu'est-ce qui se passe encore ? fit Cecil.

— Je te l'ai dit au téléphone. Quand je suis rentré pour boire une bière chez Ed's Oasis, juste après que le sherif m'a interpellé sur la berge du canal, je l'ai retrouvé au bar. Il téléphonait à voix basse. Impatient, pressé, couvrant l'appareil dans le creux de sa main, à jeter des coups d'œil partout sans arrêt, à beaucoup transpirer. Il mettait en garde quelqu'un contre quelque chose.

— Que le nom de l'assassin de Rafael commençait à courir.

Cecil, du regard, parcourut la rue déserte. Pas de fenêtres éclairées, à l'exception d'une au 1922. Tout le monde dormait. Il contemplait la façade délabrée du 1922.

— Tu penses qu'il prévenait El Coronel en personne ? Oui, bien sûr. C'est pour ça que tu es ici. Tu as donné au sherif l'adresse de Porfirio pour les obliger à se découvrir. C'est ça ? Seulement maintenant tu dois protéger Porfirio. Et c'est ici ton nouveau campement !

— Porfirio est dans le car pour Guadalupe, fit Dave et il éleva sa montre-bracelet à hauteur de visage. Il doit être arrivé à présent, reprit-il. Chez sa sœur. Pour s'y cacher jusqu'à ce que tout danger soit écarté.

— Mais tu veux rencontrer ceux qui chercheraient à le tuer.

— Voilà ! reconnut Dave. Moi, ou quelqu'un en qui j'ai confiance.

— Pourquoi pas la police, Barker, Leppard ?

— Barker est à Londres, Leppard a un autre homicide sur les bras. De toutes façons, il croit que je romance.

Dave lui rapporta brièvement son coup de fil à Leppard.

— Je suis donc tout seul. A moins que tu veuilles m'aider.

— Je suis journaliste à présent, tu t'en souviens ? Rentrons, Dave.

Dave secoua la tête.

— Je veux savoir qui sont ces gens. Mais je suis fatigué. Je me suis levé à l'aube. J'ai fait cinq cents kilomètres aujourd'hui. J'ai besoin que tu me relayes.

— Nous avions passé un accord, fit Cecil. Tuer ou être tué, c'est fini. Tu te rappelles ? Si ces gars ne trouvent pas Porfirio ici, pourquoi ne nous descendraient-ils pas ? Tu veux les voir me tuer ? Tu veux que je les voie te tuer ?

— Ils ne feront pas ça. Nous n'avons été témoins de rien.

— Crois-tu qu'on pourra le leur expliquer ? Viens, rentrons.

Cecil s'approcha de Dave. Dave recula.

— Dave, pourquoi fais-tu ça ? Tu n'es plus payé pour

ça. Lovejoy t'a retiré l'affaire. Tu veux que je te dise la vérité : tu es un caractériel. Tu ne peux pas faire machine arrière. Comme Adam Streeter. Tu sais ça ? Tu vis pour le danger.

— Je vis pour la justice.

— La justice est une chimère, railla Cecil. Un idéal romantique. Qui trouve une merdeuse justice dans cette vie ? Ceux qui habitent dans cette rue ?

Son rire était fait d'exaspération.

— Tu veux qu'on parle du peuple noir dans ce pays ? Qu'ont-ils fait de mal ?

Il eut les yeux embués de larmes. Sa voix tremblait.

— Ils n'ont même pas demandé à venir ici. Pour l'amour de Dieu !

Calme-toi, fit Dave. Tu rentres dormir à la maison. Oublie tout ça. Tu as raison, ce n'est pas ton affaire.

— Dormir ? Sans que tu sois là ? Sois sérieux. C'est pour ça que j'ai laissé mon van au studio, que je suis venu en taxi, pour que nous puissions rentrer ensemble en Jaguar.

— Désolé, fit Dave, il fourra les clés de contact dans la main de Cecil. Vas-y. Je te téléphone demain matin.

— C'est un flic qui va me téléphoner pour m'apprendre ta mort ! Merde, je voudrais n'avoir jamais pris cet appel de Porfirio ! N'être jamais allé là où tout a commencé ! Si je ne m'en étais pas mêlé...

Une voiture freina brutalement dans le virage. Une voiture sport rouge métallisé. Jeff Leppard en descendit. Ainsi les costumes n'étaient pas sa seul richesse. Le claquement de la portière explosa dans le silence de la nuit.

— Les commandos vont faire leur balade ?

Il s'approcha d'eux, massif, empressé.

— Je n'y crois pas. Eux non plus. Mais je vais rester et bien voir. Si vous le désirez toujours.

— Je désire toujours, fit Dave..., savoir qui ils sont.

— C'est ce qu'on va découvrir, fit Leppard. Rien de mieux à faire cette nuit.

— Une autre Reine de glace ? s'enquit Dave.

— La même, répondit Leppard avec tristesse. Je suis lent à la détente.

— Vous êtes aussi mauvais menteur.

Dave qui l'observait, reprit :

— Mon imagination me jouait des tours quand je vous ai téléphoné. Vous en étiez tellement persuadé que j'en étais presque arrivé à l'admettre. Qu'est-ce qui vous a fait changer d'avis ?

— Oui, bon !

Leppard se balançait sans grâce d'un pied sur l'autre.

— Je m'excuse de vous avoir parlé sur ce ton. J'étais très préoccupé.

— Cette visite serait un acte de contrition ? demanda Dave.

— Pas vraiment, soupira Leppard. A peine avez-vous raccroché que le laboratoire de la police a appelé. Les câbles de la gouverne et des volets de l'avion de Mc Gregor ont été presque entièrement sciés. C'est pour ça qu'ils ont lâché et que l'avion s'est écrasé. Ça veut dire que les commandos existent, fit Leppard, l'air contrarié.

— Ça veut pas dire le contraire non plus, fit Dave.

— Le coupable, ça pourrait être Hunsinger, fit Leppard.

— Pas avec ce camion, fit Dave. Pas avec ces pneus.

— Il n'aurait pas pu prendre le fourgon de Fleur ?

— Non, parce qu'elle s'en servait ce jour-là. Je l'ai vue à son bord.

— Ah, écoutez ! fit Leppard. Je ne sais pas qui a scié l'avion, mais quelqu'un l'a fait, c'est pourquoi je suis ici, parce que vous avez toujours le dernier mot dans ces histoires de drogues et que ça me rend nerveux.

— Je vous présente Cecil Harris, fit Dave. Jeff Leppard.

Les deux hommes se serrèrent la main. Leppard jeta un coup d'œil aux alentours, sur les toits ruinés des petites maisons obscures. Une légère brume colorée par des enseignes lumineuses d'une rue commerçante au loin teintait le ciel. Leppard contempla le 1922.

— Votre gars, Porfirio, il est là ? demanda-t-il.

— Chez sa sœur, répondit Dave. Je l'ai envoyé loin de la ville. Loin du danger.

— Du danger.

Leppard renifla, hocha la tête.

— Un escadron de la mort à Boyle Heights ? s'étonna-t-il.

— Vous verrez bien, fit Dave.

13.

Cecil dormait, Dave n'y réussissait pas. En fin de compte, il se glissa doucement hors du lit pour ne pas déranger Cecil. Il enfila avec peine un lourd et ample kimono en soie sauvage et descendit sans faire de bruit. Il alluma la lampe à une extrémité du canapé, alla au bar chercher une bouteille de Remi Martin et un petit verre qu'il déposa sur le bureau. Le livre noir s'y trouvait comme échoué. Dave soupira, ouvrit un tiroir du bureau, en sortit la paire de lunettes de secours qu'il y tenait de côté, les mit, glissa le livre sous son bras, et alla s'asseoir sur le canapé. Il versa du cognac dans le petit verre, le goûta, disposa verre et bouteille près de la lampe et s'étendit, livre en main. Lorsqu'il le feuilleta, il se rendit compte de la saleté de ses lunettes. Il les essuya avec un bout de kimono, les remit sur son nez et relut le passage concernant Lothrop Zorn, Colonel du corps des Marines des E.U. A la retraite.

Une photo de Zorn accompagnait la note. Une photo pas nette, une mauvaise reproduction d'une photo de presse. L'homme paraissait redoutable. Un médiocre écrivain aurait pu écrire que ses yeux enfoncés dans leurs orbites brûlaient comme ceux d'un illuminé. Zorn s'était distingué au Viêt-nam. Rapatrié aux Etats-Unis en 1973, il s'était fait oublier jusqu'en 1981, année où il fut rappelé par la Maison Blanche et nommé conseiller militaire pour l'Amérique Centrale. Avant la fin de cette même année, il se rendait au Salvador, au Honduras, à Los Inocentes, représentant personnel du Président auprès des Forces Armées de ces nations. Washington estimait que les rebelles dans ces pays étaient équipés par les Soviétiques. Zorn estimait que sa mission était de maintenir les gouvernements en place et d'éviter que l'Amérique Centrale ne tombe aux mains des communistes qui de la sorte pourraient envahir les Etats-Unis, franchissant la frontière de l'Arizona.

Des traités excluaient toute intervention armée directe, mais la mission de Zorn n'était pas seulement ce que prétendait la Maison Blanche. La mission de Zorn, c'était de trouver des moyens détournés pour fournir en armes, munitions, véhicules blindés, transports de troupes, avions, argent, les gouvernements de l'Amérique Centrale. De même, il fallait pourvoir ces nations en instructeurs militaires, des officiers américains, sans que l'opinion publique n'en sache rien. Ni le Congrès, ni la presse, ni les électeurs, ni surtout, ainsi que l'écrivait le rédacteur de l'article dans le gros livre noir de Streeter, l'opinion mondiale. Quelques mois durant, cette intervention secrète se déroula en silence. Financée par la caisse noire de la Maison Blanche ; des fonds secrets que le Congrès n'avait pas le pouvoir de contrôler. La solde des militaires gouvernementaux augmenta considérablement au Salvador, au Honduras, à Los Inocentes, des jeunes gens dans la misère s'engagèrent dans ces armées. Sous un soleil brûlant, sur fond de montagnes vertes à végétation luxuriante, ils patrouillaient en tous sens, vêtus d'uniformes neufs, M16 neufs à l'épaule, ou bien ils rampaient dans la poussière, tandis que leurs sergents instructeurs vociféraient un espagnol appris à l'Ecole de Guerre de l'Iowa.

Puis la paranoïa de Zorn était devenue manifeste. Afin d'empêcher les navires soviétiques de ravitailler en armes les rebelles de Los Inocentes, il ordonna le minage du port de Los Raderos. Un cargo norvégien chargé de bois et de sardines en boîtes explosa et sombra, la vraie mission de Zorn fut ainsi découverte. Les journalistes affluèrent en nombre à Tegucigalpa, à San Salvador, à Los Raderos. Adam Streeter faisait partie du lot. Le Congrès se réunit. Sur les campus, à travers tout le pays, les étudiants défilèrent, protestèrent contre l'engagement des Etats-Unis en Amérique Centrale. Le Congrès refusa une nouvelle aide officielle. Les porte-paroles du Département d'Etat, aux visages sanguins, postillonnèrent dans les micros. Le scandale connut son paroxysme puis cessa. La popularité du Président remonta. Zorn était le bouc émissaire. Quelques jours plus tard, avant une session du conseil de sécurité de la Maison Blanche, il était devenu tout simplement invisible.

Dave ferma les yeux, enleva ses lunettes, se frotta énergiquement les paupières. Il s'assit, reposa le livre à ses côtés, lunettes dessus, et goûta son verre de cognac. Il avait besoin d'une cigarette. Il avait laissé son paquet en haut. Chancelant, il se dirigea vers le bar. Pas de cigarettes. Il soupira et gravit l'escalier. Dans l'ombre de la galerie, il tâtonna en quête du paquet et du briquet laissés sur la table de chevet. Le lit grinça. Cecil se redressait.

— Que se passe-t-il ?

— Tout va bien, fit Dave. C'est tout bête, je n'arrivais pas à dormir.

Il alluma une cigarette.

— Je lisais cet Annuel de l'actualité que Streeter conservait chez lui. Je me suis souvenu d'un article qu'il avait marqué concernant un Colonel des Marines, Lothrop Zorn, à la retraite. Je l'ai relu.

— Mmm !

Cecil se laissa retomber sur le lit, tira les couvertures pastel sur ses sombres épaules. Sa voix se fit entendre à demi étouffée par les oreillers.

— Et tu t'es mis à gamberger. Serait-ce El Coronel ?

— C'est ce que je commence à me demander.

Dave s'assit sur le bord du lit.

— Ce que j'ai lu sur lui est édifiant.

Il exhala la fumée. Elle flotta sous le châssis vitré où les carreaux de verre jonchés de feuilles divisaient la carte des constellations en longs rectangles.

— Tu sais quelque chose sur Zorn ?

— Poquito, murmura Cecil. Je te le dirai demain matin.

A six heures dix, le châssis vitré laissait voir un ciel bleu. Le téléphone sonna. Dave gémit, se retourna mollement et chercha à décrocher le combiné. Mais la sonnerie cessa avant qu'il n'y réussisse. Il jeta un coup d'œil par-dessus son épaule. Cecil s'était levé. Dave ne l'entendait pas répondre au téléphone. Il devait se trouver dans la cuisine ou bien dans l'autre bâtiment, il répondait à l'appel de là-bas. Dave regarda l'appareil téléphonique. Une lumière clignotait. Il soupira, s'assit, passa une main sur son visage et décrocha. La voix à l'autre bout de la ligne était celle de Leppard.

— Brandstetter, disait-elle, vous vous êtes trompé. Je n'ai rien vu. Personne n'est venu.

— La sœur de Porfirio va bien ? demanda Dave.

— Elle a le torticolis d'avoir dormi sur une chaise. A part ça, elle va. Je téléphone de chez elle. Elle me prépare un petit déjeuner.

— Vous allez vous régaler.

Dave tira une cigarette du paquet posé à côté du téléphone, la pinça entre ses lèvres, l'alluma et toussa.

— Vous appellerez une relève quand vous partirez ?

— Vous croyez vraiment que c'est nécessaire ? fit Leppard, puis il dit : Gracias (il ne s'adressait pas à Dave). Une demi-mangue ? fit-il étonné à Dave.

— Je pense vraiment que c'est nécessaire, fit Dave.

— D'accord, jusqu'à midi. C'est du temps de perdu. J'ai horreur de crier victoire, mais vous vous êtes trompé.

— Je l'espère, fit Dave. Mais j'en doute.

— Vous avez bien dormi ? Vous aviez l'air rompu.
— J'ai dormi. J'apprécie votre sollicitude. Merci.
— Dites merci à ma Givrée, la Reine de Glace.

Lorsque Dave sortit de la douche, une tasse de café l'attendait sur le rebord du lavabo, fumante dans la vapeur qui emplissait la salle de bains, et embuait la glace devant laquelle il entreprit de se raser. Nu, il monta l'escalier en emportant sa tasse. Il y porta ses lèvres, alluma une cigarette, regoûta le café, coinça sa cigarette dans un cendrier et s'habilla. Jeans beige, maillot de velours or. Il glissa ses pieds dans des espadrilles à semelle de corde, fourra cigarettes et briquet dans une poche et redescendit avec sa tasse de café. Le livre noir était là où il l'avait laissé sous la lampe, les lunettes à côté. Il prit le livre qui lui échappa des mains. Dans sa chute, l'ouvrage s'ouvrit et une feuille de papier pliée vola. Il posa sa tasse et se pencha pour ramasser livre et feuille pliée. Il serra le livre sous son bras, mit ses lunettes, déplia la feuille, la lut. C'était un duplicata Xeros d'une des archives trouvées chez Underhill l'autre jour, où il était question de la récompense de 500 000 dollars promise par le Presidente pour prix de la capture de terroristes. Il replaça la feuille dans le livre, et emporta livre et tasse, traversa la cour pavée aux briques inégales, évitant les tiges des plantes grimpantes en fleurs pour se rendre dans la cuisine. La porte en était entrouverte, et de bonnes odeurs s'en échappaient. Il poussa le battant et entra.
— Désolé, le téléphone t'a réveillé.
Cecil se tenait devant la cuisinière. Vêtu en tout et pour tout de jeans blanc.
— Je n'ai pas réagi assez vite. Je n'ai pas décroché aussitôt.
— Pas grave.
Dave déposa un baiser sur son épaule nue, et jeta un coup d'œil sur ce qu'il préparait : galettes de blé noir, saucisses campagnardes, œufs mollets.
— Les petits pains sont dans le four, fit Cecil. Tu as

intérêt à avoir faim.

Il embrassa Dave légèrement sur la bouche, lui prit la tasse des mains, et remarqua le livre.

— Nous commencerons dès le petit déjeuner par une lecture de la Bible.

— C'est mon compte-calories, fit Dave, et il posa le livre sur la table. Je le trimbale partout avec moi.

— Que la lumière soit !

Cecil prit des assiettes dans un placard et les empila sur le comptoir.

— Et elle finira par t'éblouir un de ces jours.

Dave versa du café dans une deuxième tasse que Cecil avait oubliée et la posa sur la table à la place de Cecil. Il s'installa. Cecil disposait les assiettes, les galettes, saucisses, œufs et retourna au four afin d'en sortir les petits pains. En sifflant, en agitant les doigts, il fit glisser les petits pains un par un dans une corbeille garnie d'une serviette de table, il rapporta la corbeille, et s'installa à son tour.

— C'est très chaud. Te brûle pas.

— Tu devais me parler de Lothrop Zorn.

Dave prit un petit pain, le cassa, coupa un beau morceau de beurre qu'il fourra dans le petit pain.

— L'aperçu qu'en donne le recueil... Mais que s'est-il passé après ces audiences au Congrès ? Qu'est-il devenu ?

Cecil se brûla avec une saucisse et avala aussitôt du jus d'orange.

— Il a dirigé un camp d'entraînement para-militaire dans des marais perdus en Californie du Sud.

— Sa propre milice armée ?

Dave prit un morceau de petit pain.

— Parfait ! reprit-il.

Il but un peu de café, fourra de beurre son petit pain.

— C'est ce qu'on racontait à San Feliz.

— Au passage, il violait pas mal de lois. Nos législateurs n'autorisent pas l'entraînement de troupes étrangères sur notre sol.

Cecil tendait à Dave un pot de terre cuite empli de sirop

d'érable.

— Zorn affirmait qu'en formant ces officiers, il ne faisait qu'assister nos alliés en Amérique Centrale. Vois-tu, après la débâcle de Los Inocentes, le Congrès n'a eu aucune indulgence pour les conseillers militaires en poste là-bas. Un décret a été promulgué qui interdisait à nos gars leurs parties de campagne. Pour l'armée, le jeu a alors consisté à planquer les instructeurs dans des baraques avec des caméras vidéo, et les recrues dans la nature avec leurs écrans récepteurs. C'était pas très commode.

— Vraiment !

Dave éclata de rire et goûta aux galettes.

— J'avais jamais entendu parler de ça. C'est d'un drôle ! fit-il.

— Rien n'est drôle pour Zorn. Rien de ce qui touche à sa lutte contre le communisme.

Cecil mangeait sa saucisse, versait du sirop d'érable sur les galettes.

— Et la Caroline du Sud se montrait bienveillante à son égard. Jusqu'à ce qu'une de ses recrues meure et que les parents au Salvador ameutent les populations. Alors la Caroline du Sud a expulsé Zorn. Le gouverneur ne pouvait pas faire autrement.

Cecil reposa le pot de sirop.

— Il y a combien de temps ?

Cecil haussa les épaules.

— Deux ans ?

Pendant quelques minutes, il s'appliqua à ingurgiter son petit déjeuner.

— Tu crois qu'il traîne du côté de San Jacinto, dans la sierra après les grandes exploitations agricoles. Tu crois qu'il est El Coronel ? C'est ça ?

— D'après toi, ça ne te paraît pas aller de soi ? demanda Dave. Ce que ce Tamayo a vu. Des hommes en tenue de combat camouflée, cavalant dans le lit d'une rivière sèche sur lesquels tirent d'autres hommes planqués dans les arbres ? Avec des munitions de guerre. Est-ce que ça ne ressemble pas à Zorn ?

— Ça ressemble à une connerie.

Cecil semblait malheureux.

— Tu devrais oublier tout ça, fit-il. Laisse-les à Leppard.

— Leppard ne cherche pas dans la bonne direction.

— Et comment comptes-tu débusquer Zorn ? Parcourir la sierra à cheval ?

— Il est descendu de la montagne, fit Dave. Ses hommes également. Plus d'une fois. Il est aux abois.

— Pas tant que ça. S'il envoie ses hommes abattre Porfirio ! fit Cecil. Ça ne colle pas.

Dave eut un petit sourire.

— Alors va falloir que j'invente quelque chose de mieux, c'est ça ?

— J'espère que tu t'en abstiendras. Vraiment je le souhaite. Streeter est mort, Rafael, McGregor. Tu seras le prochain.

— Il faut l'arrêter. Il faut que je le trouve. Quelqu'un sait où il est, fit Dave.

Pendant une minute il déjeuna, la tête dans ses pensées.

— Bien sûr ! Il reposa sa fourchette. Duke Summers.

Cecil le regarda fixement, déglutit avec difficulté.

— Tu connais Duke Summers ?

— Il vit à Groavers. Nous sommes de vieux copains de l'armée.

— Seigneur ! s'exclama Cecil.

Un bruit léger, irrégulier, résonnait sur les briques du patio. Cecil s'essuya la bouche avec sa serviette, repoussa sa chaise, se leva et gagna le seuil de la cuisine.

— Hello ! Il poussa légèrement le battant. Puis-je vous aider ?

— Mr. Brandstetter ?

C'était la voix de Chrissie Streeter.

— Ici, fit Dave.

Il se leva pour aller à sa rencontre. Elle portait un chapeau d'homme à large bord, une veste en tweed d'une carrure trop large, et coupée trop longue. Un pantalon avec deux fois plus de tissu que nécessaire. La toute dernière mode.

La fine canne blanche à embout rouge n'était pas tout ce qu'elle tenait. Elle portait un sac de plastique blanc de l'autre main. Un sac de supermarché, avec une chose noire qui en dépassait.

— Donnez-moi ça, fit Dave en la débarrassant. Voici mon partenaire. Cecil Harris — Christina Streeter.

— Chrissie, dit-elle en tendant à Cecil une petite main aux ongles écarlates. Quel drôle d'endroit !

Elle se tenait sur le pas de la porte.

— Vous preniez votre petit déjeuner ?

— Il y a trois bâtiments, fit Dave. Ici c'est la cuisine. Les deux autres parties forment l'une la salle de séjour, l'autre la chambre à coucher. Vous avez déjà pris votre petit déjeuner ?

— Du café et du pain grillé, ce serait parfait, répondit-elle. J'ai trouvé quelque chose, quelque chose de terrible. Je n'ai pas voulu prévenir la police. J'ai pensé que vous sauriez quoi faire.

Dave la prit par un bras qui lui parut bien frêle sous l'épaisse manche de tweed et il la guida afin de la faire entrer, de la faire asseoir.

— Des petits pains, ça vous tente ? Ils sortent du four. Cecil est le roi du petit pain chaud.

Il jeta un coup d'œil sur Cecil qui semblait pétrifié, à côté de la porte, contemplant fixement Chrissie, bouche entrouverte. Chrissie acceptait les petits pains.

— Ils doivent être merveilleux, dit-elle.

Elle se tourna vers la porte.

— Cecil, vous êtes très grand, n'est-ce pas ?

— Je n'ai aucun mérite à ça.

Il sortait de son état d'hypnose.

— Ça m'est arrivé comme ça. Je suis noir également.

Il s'approcha du placard, en sortit une des belles tasses brunes, et pour elle y versa du café.

Il posa une petite assiette sur la table avec le café. La tasse devant elle, l'assiette devant lui afin de lui beurrer ses petits pains.

— J'ai vingt-cinq ans. Je travaille au journal télévisé.

Dave s'assit, posa le sac par terre et en tira le contenu. Une combinaison de plongée, avec des bandes jaunes et rouges sur bras et jambes. Une longue déchirure sur le haut de la jambe gauche. Comme faite par un objet tranchant. Il pendit la tenue de plongée sur le dossier d'une chaise inoccupée et il remarqua que dans le sac restaient un masque de plongée et des palmes. Il les sortit du sac. Au fond un métal brillait. Une paire de cisailles.

— Où avez-vous trouvé ça ?

— Dans un placard dans la cabine de bain de ma mère, répondit Chrissie, puis à l'adresse de Cecil : les petits pains sont divins.

— Nous avons aussi du miel si vous le désirez, fit Cecil. De la marmelade d'orange, de citron, de la gelée de groseille, de la confiture de framboise.

— Je les préfère comme ça, dit-elle. Juste avec du beurre.

— Ça appartient à qui ? demanda Dave.

— Vous voulez de la crème ou du sucre dans votre café ? interrogea Cecil.

— Les deux, s'il vous plaît. Deux sucres. A Ken Kastouros. L'ami de ma mère, répondit-elle à Dave. C'était son placard. Je voulais aller nager et je n'avais pas mon bonnet. Et je savais qu'il en avait un. Avec tous ses affreux cheveux graissés, c'est comme ça qu'il aime les porter. J'ai donc farfouillé dans son placard et là se trouvaient toutes ces choses. Dan'l et moi on se téléphone sans arrêt. Je ne peux pas parler avec ma mère sans en venir aux mains avec elle. Et Ken ne sait parler que de sexe. De toute façon, Dan'l m'avait dit que vous pensiez que quelqu'un était venu par voie d'eau tuer Adam, qu'il avait cisaillé la clôture, et escaladé les toits. Et puis, je trouve ces choses. Ça m'a pris un moment pour venir vous voir sans qu'ils s'en aperçoivent. Mais j'ai pensé que ça valait la peine.

— Comment êtes-vous arrivée ici ?

— En taxi. J'avais votre carte de visite. Je l'ai donnée

au chauffeur.

Cecil se tenait près d'elle, penché pour lui servir sucre et crème dans son café. Quand la cuillère cessa de cliqueter dans la tasse, elle leur fit :

— C'est affreux, n'est-ce pas ? je veux dire : c'est Ken sûrement. Je sais qu'elle, elle est malade. Dans sa tête. Avec tout ce qu'elle boit, tous ces médicaments qu'elle ingurgite. Je savais qu'elle était furieuse contre Gandy parce qu'elle ne lui avait pas laissé son argent. Elle aime l'argent. Il lui en faut. Elle ne connaît qu'un genre de vie, et il coûte cher. Mais je n'aurais jamais cru qu'elle puisse assassiner Adam. Je croyais que toutes ces paroles de haine n'étaient qu'un jeu, vous me comprenez ?

— Vous pensez qu'elle a pu pousser Kastouros à commetter un crime ?

Chrissie but vivement une gorgée de café et hocha la tête.

— Elle a dû lui promettre de l'argent. «L'assurance d'Adam». Sur l'argent, il lui ressemble. Parce qu'ils sont beaux, ils pensent que la fortune leur est due. Je sais que certaines femmes ont toujours agi de la sorte. Une façon de survivre dans un monde de mâles. Mais Ken n'est pas une femme, et pourtant il est comme ça. Il vend sa beauté pour obtenir ce qu'il désire. C'était ce que disait Adam, et il avait vu juste.

Elle mangea un petit pain, pensive un moment, du beurre coula sur son menton. Elle le sentit, l'essuya de ses doigts, lécha ses doigts et eut un petit rire amer.

— Je n'étais pas là depuis quelques heures que déjà Ken voulait que je couche avec lui.

Cecil ouvrait de grands yeux.

— Chez votre mère ?

Elle acquiesça.

— Je ne veux plus y retourner.

— Restez ici, proposa Cecil. Nous avons une chambre d'ami. Entièrement refaite. Elle n'a pas encore servi.

— Il n'est pas intelligent, fit Chrissie. La beauté ne signifie rien pour moi. Je ne peux pas la voir.

— Je l'ai croisé, dit Dave. A l'enterrement.

— Je ne savais pas que vous y étiez venu, fit Chrissie.

— J'étais venu rencontrer l'avocat d'Adam pour rendre service à un ami.

— Et qu'en pensez-vous ? demanda-t-elle. Ken est-il beau ?

— Ça ne lui sera pas d'une grande utilité avec le sergent Leppard de la police de Los Angeles, répondit-il, tendant la main pour décrocher le combiné jaune du téléphone mural.

14.

Leppard bâillait. C'était la fin de l'après-midi et il n'avait plus rien d'impeccable. Sa veste trempée de sueur accrochée au dossier de sa chaise, la chemise fripée. Après avoir sacrifié aux façons très collet monté de Barker, il avait déboutonné sa chemise, desserré le nœud de sa superbe cravate. Sa barbe dure poussait. Les yeux étaient injectés de sang. Sur le bureau, devant lui, des papiers bruns sales — emballages de taquinos achetés dans une échoppe d'Olivera Street. Le gobelet tapissé de mousse de café, un résidu de café collé au fond. Comme il ne restait plus une miette à se mettre sous la dent, Leppard froissa les papiers d'emballage et les jeta dans le panier. Il avala le résidu de café froid, fit la grimace, jeta le gobelet avec les papiers froissés et rota.

— Il y a nourriture mexicaine et nourriture mexicaine, commenta-t-il de mauvaise humeur.

— Vous faites allusion à la cuisine de la sœur de Porfirio.

— J'aimerais y avoir goûté.

Leppard soupira et changea de sujet.

— Il a déchiré la jambe de sa tenue de plongée sur le

grillage cisaillé.

— Déjà cisaillé lorsqu'il est arrivé !

— C'est ce qu'il prétend. Il rentre en rampant et après ça, il ne se souvient plus de rien. Quelqu'un lui donne un coup sur la tête. Le medecin l'a confirmé. Un sacré coup, violent.

— Pas assez violent pour avoir entamé le cuir chevelu ou provoqué un hématome, fit Dave. Pas assez violent pour l'empêcher de continuer, ne voyant personne... de pénétrer chez Streeter, passant outre les interdictions, en se servant de la clé de Brenda ; puis il monte furtivement l'escalier à vis, trouve Adam mort, sur le sol de son bureau, une arme dans la main.

— Il était quatre heures du matin, fit Leppard.

— Et vous trouvez un témoin qui a aperçu Brenda Streeter à bord de la Seville rouge garée dans l'obscurité de l'autre côté de la voie d'eau ?

Dave alluma une cigarette.

— Elle attendait ?

— Un gosse qui fait du surf, fit Leppard impatient de voir le jour se lever. Il a vu Kastouros sortir de l'eau. Il nous a parlé de l'accroc sur la combinaison de plongée. Elle lui a tendu une serviette de plage pour qu'il s'enveloppe dedans avant de monter dans la voiture.

— Et Brenda a déclaré...? demanda Dave.

— Rien. Elle a pris un avocat. Albright.

— Celui qui a une drôle de voix ! s'étonna Dave.

— Une voix morte, c'est ça.

— Mais il représentait les intérêts d'Adam Streeter lors du divorce. Il la méprise. Pourquoi l'a-t-elle choisi ?

Leppard haussa les épaules, et eut un minuscule sourire.

— Il déclinera ce choix, n'est-ce pas ?

— Sûrement.

Dave soupira et se leva.

— Bien. Est-ce que ça intéresse le District Attorney ?

— Ça le fascine. Leppard bâilla une nouvelle fois. Seigneur ! Que je suis fatigué !

— Va-t-il laisser sortir Underhill ? Et Hunsinger ? Et Fleur ? Tout ce petit monde ne peut pas être coupable en même temps.

Leppard eut un rire bref, il hocha la tête, se leva péniblement.

— Vous avez raison et je crois qu'il s'en rend compte... Je cherche le mot.

Leppard se gratta délicatement le crâne à l'aide de l'auriculaire, juste au-dessus de sa mèche blanche.

— Bouleversé ? Le spectre d'un rire voilé passa. Je vous conseille pour le moment de ne pas lui parler de vos commandos de minuit ! Sans quoi il faudra l'empêcher de se mettre à hurler et à trépigner.

— Je ne vois pas où l'on peut le joindre, fit Dave.

— Visions fumeuses.

Leppard enleva sa veste du dossier de la chaise et l'enfila.

— Je vous ai dit le pourquoi de tout ça : l'argent. Meurtre crapuleux. Mieux que ça : une affaire d'héritage.

Il lui tapota l'épaule en passant devant lui pour aller ouvrir la porte de son bureau.

Le brouhaha de l'équipe de détectives affairés emplit la pièce.

— Epouse alcoolique. Amant parvenu, mari avec assurance sur la vie, une vieille rengaine.

Il quitta la pièce.

— C'est clair.

Dave le suivit.

— Trop clair. Si le commando n'a pas descendu Streeter, il a, sans doute possible, assassiné son contact, Rafael.

— Hunsinger vous a menti, fit Leppard. Pourquoi pas Porfirio ?

— Pour quelle raison ? Ecoutez, réfléchissez à la situation. Pourquoi aurait-elle choisi cette nuit précisément pour envoyer Kastouros tuer son ex-mari ? La nuit où celui-ci a donné à Underhill l'argent de l'achat de cet avion ? La nuit du jour où Adam Streeter avait mis la main sur les renseignements décisifs concernant son enquête — la plus brûlante de la décennie ? Et pourquoi pas la nuit précédente ou la suivante ?

— Coïncidence.

Leppard s'engagea dans le couloir en direction des ascenseurs, Dave sur les talons.

— Je ne sais pas, fit Leppard.

Il appuya sur le bouton d'appel d'un ascenseur.

— Pour le moment, reprit-il, je ne sais que deux choses.

Il consulta sa montre.

— Ça fait un jour et une nuit que je n'ai pas dormi, et j'en ai besoin.

Un son électronique retentit. Une flèche rouge pointée vers le bas s'alluma au-dessus des portes de l'ascenseur.

— Vous allez régler ce problème tout seul, hein ?

Les portes de l'ascenseur glissèrent latéralement, deux inspecteurs en civil en sortirent. Leppard et Dave s'y engagèrent.

— La fille est venue vous voir, lui fit Leppard. Jolie. Quel drame qu'elle soit aveugle !

— C'est un drame que quelqu'un ait tué son père !

Les portes de l'ascenseur se refermèrent. L'ascenseur descendit.

— Si la mère est inculpée, comme elle est tutrice...

— Provisoire, fit Dave. Par défaut. Seul parent vivant. Elle avait perdu la garde lors du divorce... Vous savez ça. Alcoolique, droguée.

— Un juge de tutelle sera nommé, fit Leppard. Il décidera.

— Je préfèrerais qu'elle décide seule. Elle adorait son père. Elle a tenu bon jusqu'à présent, mais il y a des limites au supportable, me semble-t-il. Elle n'a rien fait qui justifie qu'on la confie à qui que ce soit.

— J'en parlerai au District Attorney...

L'ascenseur s'immobilisa en souplesse. Les portes s'ouvrirent.

— ... demain, finit Leppard.

Le van de Cecil, couleur flamme, n'était pas garé à sa place sur les briques feuille morte, entre route et premier bâtiment. Dave rangea la Jaguar sur son aire, coupa le moteur, consulta sa montre d'un air soucieux. Avait-il oublié quel jour nous étions ? Avaient-ils pris rendez-vous pour dîner chez Romano ? Il ne le pensait pas. Il ouvrit la portière, respira profondément et fit rouler ses épaules pour les décontracter. Il venait de faire des kilomètres dans une circulation intense. La portière se referma avec une puissante légereté. Il la verrouilla et dans l'obscurité s'avança jusqu'à la façade du premier bâtiment. De mauvaise humeur. Ils avaient encore retenu tard Cecil au studio. Puis il se souvint de Chrissie. Elle devait être là. Il sourit, isola une clé du trousseau et l'introduisit dans la serrure de la porte principale. Une large porte faite d'épais carreaux de verre pris dans un cadre en bois. Elle se rabattait à l'intérieur. Il entra. La salle avait beau être grande, avant qu'il en ait fouillé l'obscurité, il sut qu'il n'y avait personne. Il referma la porte, jeta un coup d'œil pour voir si la cuisine était éclairée. Non. Mais Chrissie n'avait pas besoin de lumière, n'est-ce pas ? Elle vivait dans les ténèbres. Il passa une tête par la porte de la cuisine. Personne là non plus. Il ferma la porte, passa sous les plantes grimpantes afin d'aller ouvrir la porte du deuxième bâtiment. Il y pénétra et ne la vit pas.

— Chrissie ?

Sa voix s'éleva jusqu'à la galerie où elle aurait dû se trouver. La chambre d'ami. Il n'y eut pas de réponse. Elle ne se montra pas. Il frappa légèrement à la porte de la salle de bains. Pas de réponse. Il l'ouvrit dans un grincement. Vide. Il appela une fois encore dans le profond silence des combles :

— Chrissie ?

Elle n'était pas là. Cecil avait dû l'emmener à Canal Trois.

La chaleur s'était accumulée dans la pièce. Le soleil

y avait donné en plein toute la journée. Ça sentait le pin, l'aubier et, comme un arrière-goût, une odeur de cheval, souvenir des écuries que l'endroit avait été. Il ouvrit les fenêtres sur le fouillis des frondaisons d'arbres. Il fit courant d'air avec la porte, retira le blouson léger qu'il portait et se rendit au bar ; il y prépara une grande dose de Martini dans un verre à cocktail, en versa une partie sur des glaçons au fond d'un grand verre, rangea le verre à cocktail dans le petit réfrigérateur, et emporta Martini, cigarettes dans le patio. Un large banc en sequoia entourait le tronc du chêne. Pour s'y faire une place, il posa sur les briques trois plantes en pot, balaya de la main les feuilles mortes et les branches de fougères, s'assit et poussa un soupir en s'adossant au tronc de l'arbre. Il goûta son Martini. Il alluma une cigarette, suivit du regard les volutes chassées par la brise, et contempla les nuages fugitifs dans le ciel entre les branches noueuses du chêne : du bleu au vert, du rose à l'incendie, du lavande au rouge ouaté. Avant qu'il ait bu son Martini, le ciel avait viré au noir et les étoiles brillaient. Il se rendit dans le deuxième bâtiment, alluma les lampes, se servit un autre verre, puis se dirigea vers la cuisine.

Il songeait à Londres, en 1945, la seule fois où il fût allé. Comme les jours y étaient longs l'été ! Jusqu'à dix heures du soir. Evidemment l'hiver de cette année 45, à Berlin, avec Duke Summers, la nuit commençait à trois heures de l'après-midi quand les chutes de neige menaçaient. Et le matin — un matin de pendule et non solaire — aux rues noires et qui glaçaient jusqu'aux os. Il éminça des champignons à côté de l'évier, beurra une petite poêle pour les faire revenir, alluma la plaque chauffante pour l'omelette qu'il agrémenterait de champignons. Il coupa menu de la salade frisée, une tomate, versa le tout avec huile et vinaigre dans une petite assiette. Il divisa une longue baguette en petits morceaux, et mit le couvert. Il venait de commencer son repas lorsque le téléphone sonna.

— Mr. Brandstetter. Trinket est dehors.

— Dan'l, reconnut Dave. Que voulez-vous dire ?

— La chatte des Gernsbach. Je connais Mr. De Lis. Jamais il l'aurait laissé filer. Ça ne peut être qu'Harry. Avec lui, la chatte a toujours le dessus.

— Vous voulez dire que les Gernsbach sont rentrés ?

— Leur bateau est là. J'ai pensé que vous aimeriez être prévenu.

Le cœur de Dave s'accélérait.

— Vous les avez vus ? Leur avez-vous parlé ?

— J'ai essayé de ramener Trinket, fit Dan'l. Je suis allé chez eux. J'ai sonné. Mais personne n'a répondu. Je n'ai pas vu de lumière. Mais si Trinket est dehors, c'est qu'ils sont là.

— Ne bougez plus, fit Dave. Laissez-moi faire.

— Vous venez ?

Dan'l paraissait surexcité.

— Tout de suite. Vingt minutes tout au plus. Ne bougez pas.

— Aïe, fit Dan'l. Trinket, mince, ça fait mal !

Dan'l l'attendait derrière le portail. Clara, dans son uniforme apprêté, sa mâchoire de bouledogue en avant, ses aiguilles à tricoter vert vif cliquetant férocement, ne lui lança de ses yeux gris de grand-mère qu'un coup d'œil désapprobateur, elle actionna la commande électrique, le portail s'ouvrit et Dave entra en la remerçiant de façon joviale. Dan'l monta dans la Jaguar. Trinket ne l'accompagnait pas.

— Elle est bouclée dans notre salle de bains. La dernière fois que je l'ai ramassée et que je l'ai enfermée là, elle s'en est pris au papier hygiénique. Tout le rouleau déroulé. Les mouchoirs en papier sortis de la boîte, déchirés. Toute l'armoire à pharmacie vidée dans le lavabo. Les serviettes de toilette par terre. Une furie !

Dave gara la Jaguar, et tous deux en descendirent. La brise de la nuit faisait frissonner l'eau noire sous les lampadaires. Plus loin, les lumières des résidences se reflétaient, taches jaunes sur l'eau. Les bateaux amarrés se balançaient au bout des filins, les boucles métalliques des cordages tintaient contre le métal des mâts. Dave suivit Dan'l le long d'un étroit passage qui conduisait à la porte des Gernsbach.

Les Nike de Dan'l étouffaient tous ses pas, ainsi que les chaussures de gymnastique de Dave étouffaient les siens. Dave leva la main sur la poitrine décharnée de Dan'l afin de le retenir dans l'ombre, écarté de la porte. Lui monta jusqu'à la porte, y colla l'oreille et écouta. Tout était silencieux. Il se servit d'un fil de métal tiré de son portefeuille et traversa la serrure. Elle s'ouvrait aussi aisément que celle des Streeter. La porte s'écarta doucement. De la main, Dave alerta Dan'l, pâle et mince silhouette entourée de massifs sombres, et il glissa sans bruit chez les Gernsbach. Il referma la porte sur son passage.

La disposition des lieux était exactement semblable à celle de la demeure des Streeter. Là également la lumière extérieure entrait par les portes-fenêtres qui s'ouvraient sur le patio avec sa piscine. Son reflet ondulait sur un ameublement rustique français et des tapis du XVIIIe. L'escalier à vis était identique. Il avança, se tint au pied des marches, levant les yeux sur l'obscurité de l'étage, aux aguets. C'était sans doute son imagination, mais il lui semblait qu'un faible bruit venait de là-haut, des sons électroniques assourdis. Il se déchaussa, laissa ses chaussures sur place, et avec précaution gravit l'escalier. Il s'immobilisa à l'entrée de la galerie, en quête d'un rai de lumière au bas d'une porte. Rien. Mais là, le bruit s'entendait plus nettement. Il gravit l'escalier jusqu'au troisième niveau. Mince comme une lame, une lumière marquait le bas d'une porte. Il l'ouvrit.

D'une cinquantaine d'années, en jeans défraîchi, en veste de yachting, une casquette de skipper rejetée en arrière, découvrant des cheveux gris clairsemés, un gros homme se trouvait assis devant un ordinateur. Hormis le blanc de ses yeux, tout le reste du visage était sèchement, douloureusement brûlé par le soleil. Ainsi que les larges mains demeurées suspendues de surprise, de peur, au-dessus du clavier. Il se leva et la petite chaise de dactylo sur laquelle il avait pris place bascula et tomba. L'homme levait les mains, comme si Dave le menaçait d'une arme. Les mains tremblaient. Les yeux étaient exorbités.

— Qui êtes-vous ? Vous faites partie de la bande ? Je vous jure, j'ai vu...

— Je m'appelle Brandstetter. Et vous êtes Harry Gernsbach, non ?

— C'est une violation de domicile...

On pouvait distinguer l'ombre d'un accent allemand : l'Allemagne, la déportation, il y a bien longtemps.

— ... Sortez.

Dave lui montra sa carte professionnelle, Gernsbach n'y jeta qu'un bref regard de ses yeux globuleux.

— Je suis enquêteur pour le compte d'une compagnie d'assurances. J'enquête sur la mort de votre voisin, Adam Streeter. J'ai attendu votre retour, je voulais vous interroger.

— C'est fini, fit Gernsbach. Mike Underhill est coupable. On le dit et on le répète à la télévision.

— Mais ce n'est pas la vérité, n'est-ce pas ? Parce que si vous aviez vu Mike Underhill tuer Streeter, vous auriez téléphoné à la police. Vous ne seriez pas parti en mer sans rien dire à personne. Vous ne vous seriez pas caché pendant des jours.

— Caché, caché !

Gernsbach sans succès s'essayait à la rodomontade.

— J'ai navigué, j'ai pêché. Avec ma femme.

— Qu'est-ce qui vous a poussé à rentrer au bercail ?

— Pas pour longtemps. J'ai du travail. Des relevés mensuels.

Il esquissa un geste vers l'ordinateur.

— Je suis directeur d'un organisme d'épargnes et de prêts. Je devais revoir certains comptes.

Il s'interrompit, puis :

— Comment avez-vous su que j'étais là ?

— Vous avez laissé la chatte s'échapper quand vous êtes rentré. Un voisin l'a vue et m'a téléphoné.

— *Scheisse* !

Gernsbach ramassa la chaise et la rejeta par terre. Il avança vers Dave un menton hérissé de poils blancs.

— Je ne peux rien vous dire de plus. Partez à présent. J'ai du travail et avec ma femme nous reprenons la mer. Pour une longue croisière, dans le Pacifique sud.

— Hum ! Ils vous ont vu, c'est bien ça ! C'est évident. C'est la seule explication. Les rideaux de votre chambre étaient ouverts. Vous vous êtes réveillés, et vous les avez vus passer. Des hommes en tenues de combat. Sur les toits. Descendant par une corde sur le balcon de Streeter. Vous vous êtes levé. Vous vous êtes approché de la porte-fenêtre pour mieux les voir, c'est ça ? Et vous les avez vus le tuer. Vous avez entendu le coup de feu. Et avant que vous ayez eu le temps de vous écarter, ils vous avaient vu. C'est pour ça que vous vous êtes sauvé ! C'est pour ça que vous allez recommencer. Et pour longtemps, jusqu'à ce que Mike Underhill soit jugé pour meurtre et que les vrais assassins soient assurés de leur impunité.

— Streeter aimait le danger, fit Gernsbach. Il n'aurait jamais dû venir vivre ici, au milieu de gens paisibles. Il avait faim de violence.

Gernsbach renifla.

— Qu'est-ce qu'il en savait ? Avait-il connu les Nazis ? Il a amené la violence ici. Le terrorisme.

Il prit des verres et une bouteille dans un classeur. Il les entrechoqua, puis, d'une main tremblante, il poussa vers Dave un grand verre d'un breuvage ambré.

— A Marina del Rey !

Il hocha la tête, et but longuement.

— Le monde redevient affreux. Comme au temps d'Hitler.

Il regarda Dave avec tristesse.

— Qui sont-ils ? D'où viennent-ils ?

— Je ne sais pas exactement.

Dave goûta son Wild Turkey.

— Ça a un rapport avec les évènements à Los Inocentes. Il écrivait là-dessus.

Gernsbach reniflait.

— Ce gouvernement là-bas ne peut pas être renversé. Et Streeter n'y aurait pas réussi. Je l'avais prévenu : «Les fanatiques en politique sont tous les mêmes. Vous finirez par y laisser votre vie, et alors qu'adviendra-t-il de Chrissie ?». Il n'a fait que rire de moi.

— Vous auriez dû alerter la police.

— Je serais devenu un cadavre avant qu'elle n'arrive, fit Gernsbach. Les terroristes ne laissent jamais de témoins survivre.

— Combien étaient-ils ?

— Trois. Jeunes d'après leur allure. C'est curieux, ils étaient en tenue de combat, mais je ne leur ai pas vu d'armes !

Streeter a sorti la sienne. Mauvaise initiative.

Dave but son whisky, et reposa le verre sur le bureau.

— Appelez la police à présent. Demandez Jeff Leppard. Vous ne voulez pas que Mike Underhill aille s'asseoir sur la ligne à haute tension ?

— On ne peut rien faire, répondit Gernsbach. Si je bouge, ces forcenés me tuent.

Il engagea la Jaguar dans un parking à demi-désert à proximité d'un restaurant — un chalet blanc avec une baleine émergeant des flots peints de part et d'autre du chalet. Il laissa la voiture pour gagner une cabine téléphonique semi automatique au combiné ensablé, aux panneaux vitrés souillés par les embruns salés de l'océan. Il téléphona chez lui. Personne ne répondit. Il appela le studio de télévision. Cecil ne s'y était pas présenté de la journée. Il les avait prévenus de son absence. En apprenant cela, Dave raccrocha, contrarié. Il abandonna la cabine, y retourna et composa le numéro de l'adresse dans l'East Side.

La sœur, si bonne cuisinière, décrocha. Avait-elle des nouvelles de Porfirio ? Elle répondit en espagnol, des larmes dans la voix.

— Il a disparu. Ma sœur est allée au marché et, à son

retour, il n'était plus là. Les voisins lui ont dit que deux hommes étaient venus, en bottes de cow-boy, et chapeaux de paille, et ils l'ont enlevé.

— Dans un véhicule 4 x 4 ? demanda Dave.

— Si. Sur de gros pneus. Avec des vitres noires aux portières. Ils vont le tuer... ?

— Peut-être que non, fit Dave, le froid au ventre.

— Je suis allée à l'église, et j'ai brûlé un cierge pour lui, dit-elle. Et un pour vous aussi, Señor.

— Gracias.

Mais il lui faudrait un secours d'une autre nature que celui-là. Il composa le 411 et demanda un numéro à l'opérateur.

15.

Il y a à peu près une quarantaine d'années, il avait potassé l'allemand dans des cours de langues d'un institut militaire de L.A. Les heures y avaient été longues. Les cours finissaient tard. Les rues alors étaient désertes la nuit. Il y avait quelque chose de magique dans cette marche solitaire de près d'un kilomètre et qu'il lui fallait parcourir chaque soir à minuit jusqu'à la gare routière pour y prendre un gros bus rouge à demi-vide et rejoindre son cantonnement dans South-Pasadena. Le trajet suivi coupait un quartier appelé Little Tokyo. Ses habitants japonais avaient tous été raflés et placés dans des camps d'internement, et les boutiques qu'ils tenaient, où ils vendaient tissus, vases et choux, étaient closes. Ses pas avaient résonné ; échos renvoyés par les planches qui condamnaient leurs devantures, rues après rues, désertées, écho étrange à ses propres oreilles. Il n'y avait pas eu peur. De quoi aurait-on pu avoir peur là ? Il s'était cru seul survivant. Ce qu'il ressentait à la minute présente. Entre des hauts immeubles aux façades de verres éblouissantes, absents il y a quarante ans. Le grondement lointain de la circulation venait des autoroutes aux échangeurs qui se croisaient, se nouaient et s'emmêlaient au cœur de la ville. Mais pas une voiture dans les rues voisines. Il ne croisa pas âme qui vive. La nuit, L.A. est une ville morte.

L'Orangeraie, vue de l'intérieur, c'était des terrasses en escaliers et à l'intérieur, du bois de chêne patiné, du cuir aux capitons profonds, de lourds et vieux miroirs. La lueur des lustres en cristal était douce. Les tapis sur le marbre des sols et des escaliers étaient épais, d'époque, superbes. Dans les angles, de grands palmiers dans des cache-pots en cuivre. Tout bruit était amorti, bruissement des cartes à jouer que l'on battait, entrechocs des boules de billard, froissement des pages tournées du *Wall Street Journal* entre les mains de lecteurs dans des fauteuils bergères, comme étaient assourdis les rares rires de gorge des juges, avocats, courtiers millionnaires, directeurs financiers, généraux en retraite, chirurgiens de renom, fonctionnaires et bureaucrates surpayés de l'Hôtel de Ville, du Palais de Justice, de l'administration fédérale. Originaire de Sacramento, le gouverneur était membre du Club de l'Orangeraie.

Carl Brandstetter en était devenu membre vers la fin des années vingt lorsque *Medallion*, sa compagnie d'assurance-vie, avait atteint son zénith. En 1947, quand Dave était revenu d'Europe pour entrer dans la compagnie, son père avait parrainé son inscription au club. Il en faisait partie donc, mais y mettait rarement les pieds. Un repas de temps à autre avec son père, autrefois, rien de plus. Ici argent et pouvoir étaient les sujets de conversation, de réflexion, de préoccupation. Ce n'était pas ceux de Dave. Ni alors, ni à présent — et à présent il était là pour les besoins de la cause.

Le bar n'avait pas changé, sombres lambris, cuirs sombres, barre appuie-pied au cuivre astiqué, à l'éclat superbe. De très vieux Noirs travaillaient au bar. Hommes âgés qui portaient des vestes blanches exactement comme autrefois. Combien de dizaines de ces vestes avaient-ils usées au cours de leur longue existence passée ici ? Dave consulta sa montre, se hissa sur un tabouret et un des vieux hommes, les os craquants, s'approcha, pour le servir. Dave eut une préférence pour le whisky américain, pas du Wild Turkey — trop corsé. Il voulait garder l'esprit clair. Et il devait conduire au retour. Il commanda un Jack Daniel's étiquette noire.

Le barman l'examinait, le blanc de son œil avait ce blanc passé de la vieille porcelaine.

— Ne seriez-vous pas Mr. Brandstetter ? Il y a longtemps qu'on ne vous a pas vu ici, Monsieur.

— Vous me confondez avec mon père, fit Dave. Il est mort.

— Oh !

Les rides se creusèrent dans le noir du visage.

— Je suis désolé d'entendre ceci. Alors vous êtes... Laissez-moi me souvenir... David ?

Dave sourit.

— Vous avez très bonne mémoire.

— C'est ce qu'on me dit, dit le barman. Vous ressemblez beaucoup à votre père. C'était un homme très distingué.

Il s'éloigna avec les gestes prudents du grand âge, choisit un verre trapu, solide, du Waterford taillé. Il y laissa tomber des glaçons. Puis, en ménageant ses douloureuses articulations, sa fragile colonne vertébrale, il se pencha afin de se saisir de la bouteille de whisky sur une étagère doucement éclairée. Il mesura le whisky dans le verre, non pas en usant d'un doseur mais d'un œil exercé. Sur la petite serviette en papier qu'il déposa sur le bar était tracé en noir le dessin d'un oranger, emblème de L'Orangeraie ; et avec une vivacité délibérée, il posa devant Dave le verre sur la serviette.

— Votre père était un buveur de scotch.

— Johnnie Walker, fit Dave. Apre et râpe.

— Je n'en bois pas non plus. Je n'ai jamais bu. Je suppose que chaque marque est un peu différente, n'est-ce pas ?

— Très différente — Dave leva son verre — Merci.

Le vieil homme inclina légèrement sa tête chauve au cuir chevelu sombre, poli, couronnée de cheveux blancs, et de sa démarche d'arthritique, il s'éloigna.

L'heure du dîner était passée. Dans la salle, les tables rondes plongeaient dans le sommeil sous la lueur des candélabres, sous de lourdes nappes d'un blanc de neige. Dans une autre salle, plus éloignée, des hommes devant des tables de jeux jouaient aux cartes, ou bien bavardaient en groupe assis. Plus à l'écart encore, des hommes penchés au-dessus de tables de billard. La fumée des cigares nuançait l'air. Dave eut un sourire pour lui-même. On ne pouvait se méprendre sur l'arôme : Havane. Les membres de l'Orangeraie pouvaient bien haïr Monsieur Castro et toutes ses entreprises, cette haine avait ses limites. Dave écrasa sa cigarette dans un petit cendrier au verre gravé, orné d'un dessin d'un oranger. A nouveau il consulta sa montre. Il alluma une autre cigarette, et lentement finit son Jack Daniel's. Une main légère se posa sur son épaule.

— Mr. Brandstetter.

L'interlocuteur était un jeune homme tiré à quatre épingles et à la coupe de cheveux si nette qu'elle paraissait peinte. Les habits neufs, impeccables, coupés sur mesure, mais il les portait avec un air d'emprunt. Le visage était froid, les yeux d'une couleur indéfinissable, inexpressifs. Il avait l'air d'un mannequin de cire. Quand Dave acquiesça à son nom, il prit à nouveau la parole, poliment, en gardant un visage inexpressif.

— Le Président Summers va vous recevoir. Si vous voulez bien me suivre.

Dave renonça à sa cigarette, descendit de son tabouret, et le suivit. Ils passèrent devant le large escalier afin de rejoindre les ascenseurs. Une fois encore, Dave jeta un coup d'œil sur sa montre, et sourit. Il était précisément dix heures et demie.

L'ascenseur, une cabine en fer forgé, la plaque d'appel en cuivre avec ses boutons d'un cuivre patiné, montait en frissonnant, pendu à des vieux câbles qui s'affolaient.

Dave songeait à Duke Summers. Il avait lu des articles de journaux, de magazines qui lui étaient parfois consacrés, mais cela faisait des décennies qu'ils ne s'étaient pas vus, pas adressé la parole. Allait-il le reconnaître ?

Le jeune avocat sous l'uniforme dont Dave gardait le souvenir était joli garçon plutôt que bel homme, mince, et effrayé par son penchant efféminé qui lui était aussi naturel que la respiration. Duke avait élaboré un plan de carrière où ce penchant n'avait aucunement sa place. Du temps où ils partageaient la même chambre, où tous deux servaient dans les Renseignements militaires en Allemagne à la fin du conflit, Dave avait essayé de lui faire renoncer à ses minauderies de pucelle. Mais Duke connaissait des élans qu'il ne savait pas maîtriser. Se maquiller, s'habiller en femme... ce qu'il tenait caché de Dave, de tout le monde. Jusqu'à ce soir de brume et de pluie où Dave, dans une impasse de Darmstadt, dut le délivrer de l'emprise d'un jeune maître-chanteur, blond aux yeux bleus. Ce qui avait pu servir de leçon à Duke... car il s'en était fallu de bien peu. La Police Militaire avait failli les surprendre. La leçon ne lui avait pas été profitable. Il fallut une autre alerte plus chaude, quelques mois plus tard, pour qu'il comprenne.

L'ascenseur s'immobilisa avec un hoquet d'incertitude. Le jeune homme ouvrit la grille ferraillante, poussa la porte et guida Dave le long d'un calme couloir aux portes en bois de chêne patiné, ornées de plaques en cuivre aux noms gravés. La porte qu'il ouvrit devant Dave donnait sur un vaste et beau salon. D'un confortable fauteuil, un homme âgé se leva, visage sanguin, joues lourdes, moustaches, sourcils blancs, de l'embonpoint. Il portait un pantalon de flanelle grise, un blazer bleu foncé avec des boutons en cuivre, une chemise en soie naturelle, un foulard en soie noué autour du cou. Il s'avançait main tendue, et son sourire découvrait des dents parfaites.

— Dave ! rugit-il dans un éclat de rire aussi viril que celui de John Wayne.

Il saisit la main de Dave dans une poignée broyeuse

et la secoua fortement.

— Dave ! Je n'arrive pas à y croire.

Il enveloppa Dave dans une étreinte d'ours gloussant, le tint à bout de bras, l'agrippa aux épaules.

— Seigneur ! Ça fait combien de temps ?

Rien de tout ceci n'étonnait Dave. Dès qu'il eut quitté l'armée, Duke s'était marié et, en six ans de mariage, était devenu père de cinq robustes enfants ; il avait entrepris une carrière qui se révélait plus remarquable que celle dont il avait rêvé en Allemagne. Ce qui indisposait Dave, c'était la sueur qui perlait sur le front du grand homme, et ces yeux soulignés de poches qui s'égaraient à droite, à gauche mais qui, jamais, ne se posaient sur lui.

— Assieds-toi. Assieds-toi. Voici mon assistant Bob Shales.

Summers agitant une main désignait une chaise que Dave accepta. Une poignée de main à échanger avec Shales ne lui paraissait pas indiquée.

— Qu'est-ce que tu boiras ? Un tel évènement, ça s'arrose !

— Jack Daniel's, fit Dave à Shales. Merci.

Summers retira de la table proche de son bureau le verre à la glace en partie fondue, et le tendit à Shales. Il retourna s'asseoir tandis qu'en silence le jeune homme quittait la pièce.

— Tu as l'air en pleine forme, fit Duke à Dave. Tout se passe bien pour toi. Grand Mogol d'une compagnie d'assurances, c'est ça ? La plus prospère corporation d'Amérique. Tu t'es toujours bien débrouillé.

— J'étais responsable d'un service, fit Dave. Enquêtes sur les décés. A présent je suis détective privé... pour la même compagnie. C'était mon père, Duke, le Grand Mogol.

— Tu respires la prospérité.

Le malheureux regard d'inquiétude évaluait le costume de Dave.

— Tu es arrivé en Jaguar. Tu t'habilles chez Brooks Brothers. Des chaussures cousues main aux pieds.

Ta résidence de Laurel Canyon est estimée à un million deux cents.

— Tu t'égares, fit Dave. La résidence, c'est en réalité deux vieilles écuries restaurées. Ne surévaluons pas trop les valeurs immobilières.

— D'accord. Tu vis en état de misère, et ton compte en banque crie le contraire. Ton portefeuille boursier...

— Pourquoi toutes ces mises au point, Duke ?

— Quarante ans se sont écoulés. Les gens changent. Ça s'appelle le filtrage. C'est une habitude que j'ai prise, dit Duke.

Il agita une main, arbora son sourire si parfaitement étudié.

— Toutes sortes de gens, reprit-il, souhaitent ma mort. Mon entourage s'en montre très préoccupé. Je suis comme un tableau de maître que l'on ne peut approcher. Celui que personne ne parvient à contempler.

— Je suis très honoré, fit Dave.

Summers prit un air maussade.

— C'est usant parfois. Surtout pour la vie de famille, vois-tu ? Femme, enfants. Il n'y a pas une photo d'eux, te rends-tu compte ? Ils n'ont même pas la possibilité de vivre dans ce pays. La correspondance par voie postale nous est impossible. Tout passe par voie diplomatique. Cartes de Noël, cadeaux d'anniversaire. Tout.

— Tu voulais la réussite, fit Dave.

— Erreur de jeunesse, grogna Summers.

— La solitude des cimes ?

Shales entra, porteur d'un plateau avec verres de whisky où nageaient les larges glaçons carrés. Il présenta le plateau à Dave afin que celui-ci se serve, et il posa le verre de Summers sur un guéridon à côté de sa chaise.

— Autre chose ? demanda-t-il.

Summers lui adressa un sourire très différent — pas le sourire de convention qu'il adressait à Dave, mais une expression d'intimité, d'affection.

— C'est tout, Bobby. Merci. Bonsoir.

— Bonne nuit, Duke, répondit Shales avec dans la voix

une soudaine intonation, une nuance de tendresse.

— Mr. Brandstetter, heureux d'avoir fait votre connaissance.

— Oui, bonsoir, lui répondit Dave, puis s'adressant à Summers lorsque Shales fut sorti et eut refermé la porte sur son passage :

— La solitude des cimes, pas tant que ça.

— Tu sais tout de moi.

Summers se mit à rire, prit son verre et le leva bien haut.

— Au bon vieux temps !

Il porta le verre à ses lèvres.

— Tu sembles si juvénile, Dave. Moi, je n'ai jamais eu le temps d'entretenir ma forme.

Il observa Dave.

— J'ai bien l'impression que tu n'as pas pris un kilo depuis Berlin.

— J'ai même perdu un peu de poids, fit Dave, et il goûta son whisky. Je n'ai pas eu le temps de grossir.

L'énorme rire viril se fit entendre à nouveau.

— Je pense souvent... Tu te souviens de la nuit où nous avons forcé ce bar à bière dans une cave de la Kreutzerstrasse ? Et la grosse femme qui...

— Je me souviens d'avoir forcé la porte du quartier général de la Police Militaire, d'avoir subtilisé des dossiers, le rapport de ton arrestation dans ce bar de travelos, tout ça pour pas qu'on te vire du service tambour battant et dans l'indignité. Tu t'en souviens ?

La rougeur du visage congestionné de Summers s'atténuait. Le brillant dans le regard de son éclat de rire se ternit. La sueur perla à nouveau sur son front.

— Ah, je vois, fit-il.

La bouche se crispa une seconde ; il n'émit aucun son. Puis il prit une profonde inspiration et fit, agacé :

— Oui, oui, bien sûr, je m'en souviens. J'ai essayé d'oublier, mais la vie est trop courte pour ça. Et alors ?

— J'ai fait cela parce que tu étais mon ami, parce que tu avais besoin d'aide. Parce que tu étais au plus bas et incapable de réagir. Tu aurais abandonné la partie, prostré sur ton lit à picoler, et à trembler. Tu étais battu.

— T'as exploité une bien triste situation, fit Summers, maussade.

— Il fallait que quelqu'un le fasse, dit Dave. Et c'est pourquoi tu es ici.

Summers le regarda à la dérobée.

— Tu veux que je te dise merci.

Dave sourit.

— A l'époque tu pleurais de reconnaissance sur mon épaule.

— A l'époque j'avais la larme facile, grogna Summers. Une vraie fifille. Qu'est-ce que tu veux, Dave ?

— Que tu trouves le Colonel Lothrop Zorn, des Marines. A la retraite, fit Dave. Et que tu l'inculpes.

— Bon Dieu !

Summers se redressa à demi au-dessus de sa chaise.

— Qu'est-ce que t'as à voir avec Lothrop Zorn !

Dave lui rapporta toute l'histoire.

— Formidable !

Summers agita une main.

— Oublie tout ça !

— Trois meurtres ! fit Dave. Sans doute quatre avec celui de Streeter.

— Et des tas de gros emmerdements, si l'un d'eux avait survécu.

— Le garçon de Los Inocentes, McGregor, et maintenant Porfirio ?

Summers l'observait.

— Tu es le prochain, c'est ça ?

— Ils ont dû avoir mon nom par Porfirio.

— Allons donc. Tu n'as pas peur. Tu n'as jamais eu peur dans ta vie. De rien. Tu es en butte avec quoi ? Du politique ?

— Pas du tout. Et je ne t'ai jamais rien demandé. Aujourd'hui je te demande ça. Tu me le dois.

Les commissures des lèvres de Summers s'affaissèrent. Il hocha la tête.

— Tu me crois plus important que je ne le suis.

— Tu peux tout ce que tu veux, fit Dave. C'est la CIA qui essuie toujours les plâtres, mais personne n'entend jamais parler de vos opérations. Vous ne transpirez pas devant les comités d'enquête du Congrès. On ne vous pose aucune question sur votre budget. Vous n'en avez pas ! Vos ressources sont occultes, tirées d'opérations inconnues. Ne me raconte pas que tu n'as aucun pouvoir !

— Je ne dispose pas d'une troupe clandestine, Dave. Zorn en commande une. Dans la région de San Gregorio. Nous savons tout sur ses activités.

— Qu'il assassine des civils ?

— Je ne suis pas au courant. C'est une supposition de ta part.

— Arrête, fit Dave. Arrête-le et interroge-le.

— La Maison Blanche fera obstacle. Il fait exactement ce qu'elle aimerait faire si le Congrès le lui permettait... Entraîner des troupes d'élite à Los Inocentes, et ouvrir la chasse aux communistes.

— Qui finance ? Vous ?

Summers secoua la tête.

— Des fonds privés. De vieilles relations en Californie. Mais tout ce petit monde se calme. Ils n'ont plus d'avenir dans ce coup-là. Zorn est à court d'argent.

— Alors qu'est-ce qui t'empêche de lui tomber dessus ?

— C'est toujours et encore un blond au yeux bleus. Voilà pourquoi.

Summers leva une main, paume en avant, et eut un sourire pervers.

— Et, Dave, ne me menace pas d'aller tout révéler de ma période travelo en Allemagne. Tu ne le feras pas. Tu es trop bien élevé. C'est ton point faible.

— Ne dérange pas Bobby pour moi.

Dave déposa son verre et se leva.

— Je trouverai mon chemin tout seul.

16.

Il était aux alentours de minuit. Dave était écœuré et fatigué. Au volant de sa voiture, il dépassa l'endroit où Horsehoe Canyon Trail forme une boucle, se retrécit pour déboucher dans Sagebrush Road. Pourquoi y faisait-il si sombre ? Il ralentit, fit faire marche arrière à la Jaguar, recula jusqu'au carrefour. Il sut alors pourquoi il avait raté l'embranchement. Une lumière aurait dû apparaître entre les arbres. Il n'y avait pas de lumière. Il tendit la main sur le levier de changement de vitesse, mais il ne l'enclencha pas. Il demeurait perplexe. La nuit était parfaitement calme. Il lui était, lui semblait-il, possible d'entendre les battements de son cœur. Les cognements serait plus juste. Il fouilla dans la boîte à gants, y trouva la lampe électrique, baissa la vitre, passa la tête et leva le faisceau de la lampe sur un boîtier électrique arrimé à une importante armature métallique établie sur un poteau électrique brisé. Le verre qui protégeait l'ampoule du lampadaire était cassé. Il passa une vitesse afin d'aller se garer, tira sur le frein à main, et sortit du véhicule. Du verre brisé scintillait à ses pieds. Il perçut un bruit, balaya la rue de sa lampe. Il aperçut Hilda Vosper et son chien pelé. Elle s'immobilisa, grimaça dans le faisceau. Elle cherchait une lampe dans la poche de son blouson, et dirigea la lumière sur lui.

— Oh ! Mr. Brandstetter.

Elle sourit, marcha vers lui, la laisse tirée par le chien.

— Il est arrivé quelque chose au lampadaire. Je m'en étais rendu compte. C'est pourquoi je m'étais munie de ceci.

— Un gosse avec une pierre, fit Dave.

Hilda Vosper ramassa la laisse du chien, l'écarta des bris de verre sur la chaussée — vieille bête grise, toquée et grosse.

— Attention chérie, lui disait-elle.

Les faisceaux des lampes de Dave et de Hilda Vosper convergeaient sur la gueule et donnaient suffisamment du lumière pour que l'on pût distinguer le bleu étincelant de ses yeux.

— Pas avec une pierre, dit-elle. Avec une arme à feu. J'ai entendu la détonation. Oh ! Quand ? Eh bien, il y a environ deux heures. Je me suis dit que c'était un retour d'allumage. Vous voyez comme font ces monstrueux camions quand ils débrayent sur la nationale.

— Je vois, fit Dave.

Il éclaira à nouveau de sa lampe le poteau brisé. La lampe n'était pas assez puissante, le feuillage des arbres faisait écran, il ne pouvait repérer l'éventuelle trace de balle sur le capuchon en métal de la lampe.

— Je me renseignerai sur le jet d'une pierre et le retour d'allumage, dit-il. J'appellerai demain la compagnie d'électricité.

— Ils ont un numéro de nuit, dit-elle. Et à ce propos, il n'y a pas assez de lampadaires ici. Je leur ai téléphoné et il y a bien une camionnette garée en bas de chez moi, mais aucune trace des réparateurs. Du genre mystérieux, ils sont.

Avec un petit rire, et un signe de la main, elle démarra chaussée de ses tennis en direction de Sagebrush Road, le faisceau de la lampe se baladant devant elle, le chien allant de l'ombre à la lumière.

— Bonne nuit ! lança-t-elle.

La voix lui parvint enjouée, assurée. Dave, avec lassitude, regagna sa Jaguar. Il parcourut une centaine de mètres jusqu'à la rampe de dénivellation sur la droite afin de pénétrer dans la cour pavée de briques. Les nombreux petits vitraux cassés de la rangée de portes-fenêtres qui s'étalaient sur la façade du premier bâtiment renvoyèrent les reflets des phares de la Jaguar en les déformant. Absence du van de Cecil. Dave en fut contrarié. Dix-huit heures d'affilée. Où diable était-il passé ! Absent ! Qu'est-ce que ça veut dire ? Il n'était pas dans ses habitudes de ne pas laisser un mot d'explication. Chrissie était-elle avec lui ? Il le souhaitait. Il n'aimait pas la savoir seule dehors. Non, ils devaient être ensemble. Il le fallait.

Il quitta la voiture, verrouilla la portière. Il faisait nuit noire comme au fond d'un puits. Dans sa précipitation à se rendre chez Gernsbach, il avait oublié d'allumer la cour. Dieu merci, il connaissait bien le chemin ! Il expira profondément, contourna d'un pas alerte le premier bâtiment, traversa la cour défoncée dans l'ombre épaisse du chêne. Il avait hâte d'arriver au deuxième bâtiment. Là où se trouvait son lit parce que là, il se trouvait sur le point de s'y laisser tomber ! Il introduisit la clé dans la serrure, donna un tour. Il se retourna à demi. Et quelque chose vint le frapper durement sur la nuque.

Il souffrait d'un violent mal de tête — le pire dont il aurait à se souvenir. Et il avait les poignets liés. Ainsi que ses chevilles. Des rubans de tissu les meurtrissaient ainsi que ses poignets derrière le dos ; il était inconfortablement assis et souffrait aussi de crampes. A son réveil, il s'était retrouvé tête collée contre une vitre de portière. Le véhicule sentait le neuf, l'apprêt du faux cuir des sièges avant avait le toucher du neuf. Ils roulaient vite sur une chaussée pavée ; la suspension était dure. Son crâne vibrait contre la vitre. Il se dit qu'il souffrirait moins s'il pouvait échapper à cette vibration et il se redressa sur son siège.

L'homme à ses côtés s'agita, mais ne se réveilla pas. Il était coiffé d'un chapeau de paille tressée aux bords effilochés ainsi qu'on les aime sur la frontière sud. C'était le plus grand des deux hommes que Dave avait aperçus par un crépuscule à un carrefour non loin de la maison de la sœur de Porfirio dans Boyle Heights. Ces hommes qu'il avait redouté trouver dans le car de Porfirio. Ces hommes qui avaient enlevé Porfirio à Guadalupe, chez l'autre sœur, à bord d'un «Bronco» ou «Blazer» ou «Cherokee» équipé de pneus larges. Le menton de l'homme reposait sur sa poitrine. Il était mat de peau. Avec un profil en lame de couteau. Dans la faible lueur du tableau de bord, sa lèvre inférieure, pendante, était luisante. Il ronflait. S'il était armé, Dave ne pouvait pas le voir.

Deux hommes étaient assis à l'avant, le chauffeur à nuque épaisse et chapeau de paille identique à celui du dormeur, et un passager affalé dont Dave ne pouvait apercevoir que les cheveux gris et sales. Porfirio. Pas mort. Pas encore. «Je suis allée à l'église et j'ai allumé un cierge pour lui. Et pour vous, Señor». Dave eut un pauvre sourire. Il espérait que ce fussent des cierges longue durée. Il regarda par la vitre les champs déserts, les collines noires sous les ténèbres de la nuit parsemée d'étoiles. La route était en ligne droite et les phares portaient loin. Il jeta un coup d'œil dans le rétroviseur et croisa le regard du chauffeur. Avec des yeux semblables à des billes brillantes et froides.

— Vous êtes réveillé, fit le chauffeur en espagnol. Vous devez avoir mal à la tête. Je regrette. Si vous pouvez les avaler sans eau, je peux vous donner des comprimés d'aspirine.

— Je préfère le whisky à l'eau. J'attendrai le whisky d'El Coronel. Porfirio va bien ?

— Nous lui avons donné un truc pour qu'il dorme.

— Et votre partenaire là ?

Le menton de l'homme tressautait sur la poitrine suivant les cahots du véhicule. Son chapeau avait doucement glissé sur ses yeux. Il ronflait toujours.

— Il est simplement fatigué. Il a tenu le volant sur des centaines de kilomètres ces deux derniers jours. D'abord Los Angeles, puis Guadalupe, puis retour à Los Angeles. Pour vous.

— Il n'aurait pas dû se donner toute cette peine.

L'homme se mit à rire.

— Ce n'est pas grave, Señor.

— Pourquoi avoir tant traîné avant de me ramasser ?

— A cause de votre nom. Le sherif Dobbs à San Feliz, il s'était trompé de nom. Il vous appelait Bannerman. Mais il n'y a pas d'enquêteur d'assurances de ce nom.

— Porfirio connaissait bien mon nom ?

— C'est un nom difficile, dit le chauffeur. Mais, si, il le connaissait bien. Ça a été alors facile de trouver votre maison. Je regrette d'avoir été obligé de vous assommer.

— C'est mieux que d'être abattu.

— Nous ne sommes pas des assassins, fit l'homme. La vie est précieuse.

— La mienne, et pas celle d'Adam Streeter ? s'étonna Dave.

— Il a commis une erreur absurde.

Le chauffeur alluma une cigarette. L'arôme en était douceâtre. Une cigarette mexicaine. Cette odeur ramenait Dave au temps de son enfance, quand, en compagnie de son père, il avait fait un voyage à Baja avec sa terre brune, sèche, craquelée, déserte et silencieuse.

— Il a pris un revolver dans le tiroir, reprit le chauffeur. Il a essayé de nous tirer dessus. Nous n'étions même pas armés. Nous ne voulions que l'emmener comme vous. Sa mort, c'est un accident... regrettable.

— Admettons, fit Dave. Et Rafael ? Il a été exécuté. Que faisiez-vous en pleine nuit à jouer aux commandos ? C'en est écœurant. Vous êtes des dingues de la gâchette. Tirer sur ce lampadaire ce soir ! Comme des mômes. Vous avez une arme, vous vous en servez.

— Ne me poussez pas à bout, fit le chauffeur. Ce serait une bêtise. Vous êtes à ma merci. Pour votre bien, tenez-vous tranquille.

— Avec le lampadaire, j'aurais dû comprendre que vous m'attendiez. J'ai croisé une voisine qui m'a dit qu'une camionnette était garée en haut de la rue. Elle croyait que c'était le fourgon des réparateurs de la compagnie d'électricité. Si je n'avais pas été aussi fatigué, je serais allé vérifier et j'aurais compris. Vous êtes des natures simples.

— Pas tant que vous, fit le chauffeur. Le lampadaire cassé vous a pas alerté. Vous êtes pas venu voir le camion. Vous êtes mon prisonnier. Qui de nous deux est stupide ?

— Moi, j'étais comme votre partenaire, à penser qu'à une chose : dormir.

— Eh bien, bonne nuit maintenant. Je suis fatigué de vous entendre. Et on a encore une longue route à tirer.

— Rafael faisait partie de votre groupe, n'est-ce pas ? Un militaire de Los Inocentes qui s'entraînait sous les ordres d'El Coronel pour revenir au pays et pousser au renversement du gouvernement afin de ramener Cortez-Ortiz au pouvoir. Vous êtes tous des chuchos... des petits chiens.

— Rafael était un espion et un traître. Si vous ne voulez pas vous endormir tout seul, Señor, je vais dire à mon associé de vous administrer la même piqûre qu'à Porfirio et ça vous fera dormir !

— Votre guerre, c'est votre affaire. Mais plus seulement la vôtre quand vous venez dans ce pays y commettre des meurtres. Vous êtes ici les assassins de Rafael, Streeter et du pilote McGregor. Vous irez en prison pour cela. J'y veillerai.

Le chauffeur soupira bruyamment, il se pencha en avant, écrasa sa cigarette et ralentit son véhicule afin de l'immobiliser sur le bas-côté de la route. Les larges pneus crissèrent sur les gravillons et les broussailles sèches. Il coupa le moteur et un profond silence les enveloppa. Il éteignit les phares, et dans l'obscurité il fouilla dans la boîte à gants.

— Hector, fit-il. Réveille-toi.

L'homme à côté de Dave renifla, sursauta, repoussa son chapeau en arrière, cligna des yeux.

— *Que se pasa ?* dit-il.

Par une fenêtre crasseuse, la lumière grise du matin passait difficilement. Allongé, il cligna des yeux un moment en direction de la fenêtre, l'esprit engourdi. Au bout du compte il pensa à consulter sa montre. Il ne la portait plus au poignet. Ses poignets, creusés de sillons sombres lorsqu'il les effleura, le tancèrent. Les deux poignets. Il se concentra et se souvint ; il se redressa brusquement, et se sentit bien misérable. La tête lui tournait, la nausée lui nouait la gorge. Il ferma les yeux, prit de rapides et profondes inspirations. La nausée se dissipa.

Comme avec prudence, il rouvrit les yeux. Le lit sur lequel il reposait était fait de tubes en acier. Draps et couvertures étaient propres. La chambre était petite. Le plâtre blanc sur les murs était brut. Des toiles d'araignées en forme de hamacs s'accrochaient aux angles du plafond. Une chaise se trouvait à proximité de son lit, sa chemise, sa veste, sa cravate pendues au dossier, le pantalon plié sur le siège de paille avec dessus enroulés dans la ceinture, montre, portefeuille, clés, cigarettes, briquet. Il se secoua, regarda par terre et aperçut ses chaussures, les chaussettes glissées à l'intérieur.

Lorsqu'il marcha jusqu'à la fenêtre, le plancher lui parut poussiéreux, mal dépoli. Le châssis de la fenêtre avait perdu presque toute sa peinture, le restant s'écaillant quand il voulut ouvrir la fenêtre. Il dut la marteler à coups de poing pour y réussir. Les gonds étaient rouillés. L'air frais du matin le gifla au visage. L'air sentait le pin ; des *poncheras* vieillissaient sur toutes les pentes des collines. Aux troncs si larges qu'ils se trouvaient serrés les uns contre les autres, et dans la lumière grise leur verdure ne ressortait pas. Ils apparaissaient seulement sombres et touffus. Il porta le regard sur la cour cernée de murs blancs avec de hautes portes en fer. Il était prisonnier. Dans une mansarde.

Des véhicules militaires stationnaient dans la cour. Un transport de troupes bâché, un lance-roquettes autotracté. Tous d'un modèle ancien à l'exception du Blazer avec son trépied sur le toit. En troupe disparate, autour d'une fontaine décorative en stuc blanc, des hommes en treillis vert olive et casquettes militaires se tenaient appuyés debout contre les véhicules ou bien assis sur les pare-chocs, fumant, bavardant à voix basse. Il ne percevait que des chuchotements incompréhensibles. Quelques hommes graissaient leurs pistolets mitrailleurs du type Uzi. Ils ne le laisseraient sûrement pas descendre par la fenêtre en s'aidant de ses draps noués les uns aux autres.

Il se retourna. Un homme à la mine farouche, en pantalon et veste aux couleurs de camouflage sur un maillot kaki, le regardait du seuil de la pièce. Il était âgé, mais il se tenait droit. Regard enfiévré dans des orbites profondes posé sur Dave. L'homme tentait de sourire, et le résultat était lugubre.

— Bonjour, dit-il. Vous pouvez prendre une douche et vous raser en bas.

Il tourna brusquement la tête sur un cou blindé de tendons.

— Ensuite j'aimerais que vous vous joigniez à nous pour le petit déjeuner. L'homme qui monte la garde à l'étage vous accompagnera.

— J'aimerais qu'il me raccompagne chez moi.

Zorn tendit la main.

— Laissez-moi me présenter — Colonel Lothrop Zorn.

Dave ignorait la main tendue.

— Du Corps des Marines des Etats-Unis. A la retraite. Pas tout à fait.

Zorn baissa la main.

— Pas tant que mon pays aura besoin de moi.

— Vous mettez votre pays dans une situation embarrassante en minant un port de Los Inocentes. Votre pays n'a nul besoin de vos services. Votre pays ne veut plus entendre parler de vous. Ce sont les raisons pour lesquelles vous vous retrouvez là.

— Le Congrès est truffé de communistes, dit Zorn. Qu'ils se baptisent Démocrates ou Républicains n'y change rien. Peu m'importe ce que veulent des traîtres. L'ennemi est à nos portes. Ils le savent aussi bien que moi. La différence avec moi, c'est qu'eux veulent ouvrir les portes, et moi je veux défendre les portes. Jusqu'à la dernière goutte du sang américain.

— Ou du sang de Los Inocentes.

— Nous sommes tous des Américains sur ce continent. Le président Monroe l'avait parfaitement compris.

Zorn lui tourna le dos.

— Petit déjeuner à sept heures, dit-il. Ne soyez pas en retard.

Il disparut. Dave gagna le seuil. La vilaine tête de Zorn s'enfonçait dans l'escalier, escorté par un jeune soldat au teint mat, un semi-automatique calibre 45 dans son étui à la hanche. Dave jeta un coup d'œil sur le palier. Un autre soldat au teint mat, armé, lui sourit. Il se tenait devant une salle de bains à la porte ouverte.

— Des serviettes, un rasoir, tout ce qui vous est nécessaire est là, Señor.

Il voulait se présenter en retard. Il prit donc tout son temps pour se doucher, se raser. L'installation sanitaire datait. Une baignoire aux pieds en patte de lion, l'émail grisé, veinée, pourvue d'un tuyau de caoutchouc en guise de douche. La pomme était un achat récent. Lavabo gris, ébréché comme la baignoire, avec des robinets rudimentaires mais neufs. Le réservoir des toilettes se trouvait en hauteur, la chasse d'eau était actionnée par une chaîne au bout de laquelle pendait une poignée peinte et repeinte. Du papier huilé aveuglait les vitres de la fenêtre. Sans doute les femmes de peine autrefois qui résidaient à cet étage devaient-elle redouter d'être matées par des promeneurs munis de jumelles.

Des vêtements propres reposaient sur une corbeille, un profond panier effiloché. Treillis militaires délavés par d'innombrables lessives. Ainsi que des sous-vêtements au kaki décoloré.

Il n'avait aucune envie d'enfiler une de ces tenues. Mais il avait beaucoup transpiré et il ne voulait pas porter son linge de corps de la veille. De même pour son costume. Qui pouvait prédire l'emploi du temps que Zorn lui réservait ? Il consulta sa montre : 7 heures 5. Il se vêtit de vêtements propres, rangea dans les poches, en prenant tout son temps, portefeuille et autres objets personnels ; alluma une cigarette et s'avança sur le palier. Le soldat de faction avait l'air contrarié. Il consultait sa montre, lecture digitale à dix dollars, et dit en espagnol :

— Il déteste que les invités soient en retard à l'heure des repas.

— Eh bien, je vais me faire gronder ! fit Dave.

D'un signe de tête le soldat, main posée sur la crosse de son revolver, lui fit comprendre qu'il devait marcher devant, descendre l'escalier. Dave passa devant lui, commença la descente de l'escalier étroit en bois brut. Ça et là des petits anneaux de cuivre indiquaient qu'autrefois il avait été tapissé — pas pour le decorum, pour amortir les pas des femmes de peine allant et venant. Quelque original avait fait bâtir cette monstruosité de style andalou ici au fin fond de nulle part. Le type de demeure que l'on trouve à La Jolla, à Beverly Hills, San Marino. Rien que le transport jusqu'ici de tuiles romaines devait avoir coûté une fortune.

D'un geste le soldat lui fit signe de s'engager dans le couloir où s'alignaient une demi-douzaine de portes. Ouvertes. Une odeur de renfermé s'en échappait. Il aperçut des rangées de lits identiques au sien, tous faits au carré, impeccablement, un coffre sous chacun d'eux. D'autres coffres en métal se trouvaient le long des murs. Il ne remarqua aucune photographie de playmates. Un drapeau américain par-ci par-là, le drapeau de Los Inocentes avec l'Agneau Pascal. Une photographie du Presidente conversant avec le Président des Etats-Unis. Le Président des Etats-Unis avec le sourire, qui saluait de la main, à bord d'un hélicoptère sur la pelouse de la Maison Blanche. Ils atteignaient l'escalier principal aux marches en carreaux peints et rampe en fer forgé. Des rectangles clairs sur les murs de la cage d'escalier indiquaient que de grands tableaux y avaient été autrefois accrochés.

Une pièce au pied de l'escalier et qui avait été certainement une vaste et belle salle de séjour, était transformée pour moitié en armurerie, moitié en gymnase. Râteliers d'armes, équipements d'exercices physiques, nattes grises au sol, un mortier dans la cheminée. Un relent de liniment flottait dans l'air mêlé aux odeurs de moisi des vieilles demeures, de poussière, d'abandon. Le plancher craquait sous les pas. Ils dépassèrent l'escalier. Un long réfectoire sous de hautes poutres taillées, où des soldats autour d'une grande table mangeaient, riaient, fumaient, discutaient. En espagnol. Les couverts cliquetaient contre les gamelles. Un verre se brisa.

Le soldat conduisit Dave le long d'une vaste cuisine embuée où de jeunes hommes en tablier faisaient la plonge dans de profonds bacs-éviers métalliques, où d'autres jeunes gens, tête enrubannée de blanc, pétrissaient de la pâte à pain, sur des billots de boucherie, les bras maculés de farine. Derrière la cuisine, une salle de petit déjeuner pourvue de nombreuses fenêtres. Le limpide soleil matinal des montagnes y rentrait en diagonale, éclairait deux hommes installés devant une table ronde couverte d'une nappe blanche avec dessus assiettes, tasses, soucoupes en porcelaine de Chine. L'un des deux était Zorn. Il tenait sa fourchette de la main droite. L'autre, qui tenait sa fourchette de la main gauche, était le général Cortez-Ortiz.

17.

— Général, fit Dave. Est-ce que votre chien vous manque ?

Zorn l'interrompit :

— Vous êtes en retard. Asseyez-vous.

Zorn s'adressa au soldat :

— Le petit déjeuner de Mr. Brandstetter est dans une assiette au chaud. Allez la chercher. Dans le four.

Le soldat salua et retourna à la cuisine. Dave prit place. Cortez-Ortiz sourit de ses cruelles dents blanches.

— De quel chien parlez-vous, Señor ?

— Un jeune Doberman. Je vous ai vu jouer avec dans un flash télévisé. Dans un patio à Tegucigalpa.

— Ah !

Cortez-Ortiz hocha la tête.

— La chienne de mon généreux hôte, l'ambassadeur du Guatemala. Une bête magnifique.

Il tendit la main au-dessus de la table.

— Voyez ce qu'elle m'a fait quand ils ont cessé de nous filmer.

Une longue cicatrice pâle barrait le dos de sa main.

— Ça a des dents comme des rasoirs, ces chiens-là.

— L'avez-vous abattue ? demanda Dave. Ou bien tuée à coups de pied ?

Zorn intervint vivement.

— Que pensez-vous de mon camp, Brandstetter ? Pas mal, non ? Si l'on sait que je ne reçois aucun subside de Washington. Que des dons privés.

— J'espère que vous me le ferez visiter, fit Dave.

— La chienne, Señor, reprit Cortez-Ortiz, est vivante. Elle se porte à merveille.

— Triste constat de la vie américaine d'aujourd'hui, fit Zorn. Les hommes que nous élisons pour nous diriger ne peuvent le faire à cause des mêmes électeurs qui les ont élus.

Le soldat fut de retour, il posa une assiette devant Dave, souleva le couvercle d'aluminium et se retira.

— Seuls les citoyens, les particuliers sont libres d'agir selon leurs convictions.

— S'ils ont assez d'argent pour cela.

Oeufs brouillés baveux et à odeur forte. Bacon tout juste saisi. Pain grillé mou, mais il avait faim. Il étala de la marmelade sur une tranche de pain et la dévora avec avidité, ainsi que le reste. «Le condamné à mort mange de bon appétit», se disait-il.

— J'ai entendu dire que vos partisans n'ont plus le cœur à l'ouvrage. Ils se disent que c'est au Président de faire ce pour quoi ils l'ont élu.

— Nettoyer notre arrière-cour de la présence soviétique, fit Zorn. Qu'entendez-vous par assez d'argent ? Vous-même vous êtes riche. Très riche.

Dave le regarda.

— Vous ne m'avez probablement pas amené ici pour me mendier de l'argent !

Ça ne lui était jamais venu à l'esprit. Mais après tout Zorn était suffisamment fou pour que cette idée lui fût venue.

— Je crains que cette collecte de charité ne soit pas de mon goût, Colonel.

— Je ne veux pas de votre argent.

Dave but son café.

— Ma présence n'a donc plus de raison d'être.

Il mangea avec application, sans attendre de réponse, n'en recevant aucune. Il acheva son repas, s'essuya la bouche, posa sa serviette à côté de son assiette, alluma une cigarette, ramassa paquet et briquet et dit à Zorn :

— Je veux rentrer chez moi.

— Je vous comprends parfaitement, fit Cortez-Ortiz.

Il tirait sur un long et mince cigare brun et soupira :

— L'exil est affreux. Ma femme, mes filles me manquent. Des enfants adorables, Señor. Il est dommage que vous ne puissiez pas les rencontrer.

— Vous croyez que j'aime être coincé ici ? fit Zorn. J'ai un travail à accomplir dans le monde entier. Un travail que personne n'a assez de couilles pour accomplir. Il faut attendre, c'est tout. Nous n'avons pas le choix.

— Et s'ils ne se montrent pas ?

Zorn eut pour Dave un regard glacial.

— De qui parlez-vous ?

— Des rebelles de Los Inocentes. Ceux à qui vous faites croire que vous avez enlevé Cortez-Ortiz. Ceux qui veulent le juger pour les morts qu'il a ordonnées. Trois ou quatre cents paysans, Indiens, vieilles femmes, opposants politiques, enfants en bas âge.

— Mensonges, Señor, fit Cortez-Ortiz. Propagande communiste. Le mensonge fait partie de leur méthode, de leur philosophie d'athées où la fin justifie les moyens. Comment un archevêque a-t-il pu donner son aval à tant d'impiétés ? C'est incroyable.

— Il devait donc être exécuté, n'est-ce pas ?

— Notre peuple est profondément religieux, fit Cortez-Ortiz. Il n'a pu tolérer qu'un tel blasphème reste impuni.

— Vouloir donner à manger aux pauvres.

Cortez-Ortiz éclata de rire.

— Vous êtes un sentimental, Señor. Notre Seigneur a dit : «les pauvres seront toujours à nos côtés». N'oubliez pas cela.

Zorn regardait Dave d'un air furieux toujours.

— Qu'y a-t-il ? lui demanda Dave. Vous saviez que je savais. C'est pour cela que vous m'avez amené ici. Afin que je ne puisse pas nuire à vos petites distractions qui ont pour nom Pan-tu-es-mort !

Zorn renifla.

— Citez-moi un autre jeu qui vaille la peine pour un homme d'être vécu ?

— Ça ne valait pas la vie de Rafael.

— Il n'a pas joué le jeu. Il a déserté.

— Vous ne l'avez pas exécuté pour désertion, fit Dave. Il allait dévoiler vos plans. Vous auriez dû l'arrêter plus tôt, l'amener ici. Ainsi il ne vous était plus nécessaire de le tuer, et pas davantage Adam Streeter.

— Rafael est mort dans une rixe de famille, dit Zorn. Streeter a été assassiné par ce faussaire d'Underhill. Pour cent mille dollars en liquide. Que voulez-vous de plus, Brandstetter ? Qu'est-ce que vous en pensez ? Cent mille dollars, n'est-ce pas un mobile suffisant à vos yeux ? C'est assez aux yeux de la police.

— Un demi-million me paraîtrait plus convaincant.

Le visage aigu, émacié de Zorn n'avait d'ordinaire que peu de couleur. Ce peu venait de l'abandonner.

— Qu'est-ce que ça veut dire ?

Dave était sur le point de répondre. Des coups de feu éclataient dans la forêt. Des sons brefs comme des galets que l'on entrechoque. Zorn rejeta sa chaise, fonça vers la fenêtre, s'empara d'une paire de jumelles posées sur la table et les régla. Dave dit :

— J'avais tort ? Ils sont bien là ?

— Ils ne viendront pas. Pas en plein jour.

Zorn poursuivit son observation à la jumelle. Son haleine embuait la vitre.

— J'ai une recrue à l'entraînement dans la nature. Un exercice de survie. Tout homme, durant une semaine, est livré à son sort pour qu'il fasse ses preuves. Une arme, sa tenue de combat en tout et pour tout.

— Et traqué sans relâche ? fit Dave.

— Sans relâche. Pas de sommeil. Pas de rations alimentaires. Il doit voler sa nourriture. Ne pas allumer de feu. Toujours sur le qui-vive.

— Ces montagnes sont vastes, reprit Dave. De grosses distances à parcourir. Des randonneurs égarés y meurent lorsque les équipes de secours tardent à les retrouver. A dire vrai, ce n'est pas la seule explication.

Des coups de feu éclatèrent à nouveau. Zorn, de sa manche, essuya la buée sur la vitre. Des balles à charges explosives claquaient, claquaient. Il reprit sa surveillance à la jumelle.

— Ils doivent garder la hampe du drapeau toujours en vue. On peut à tout instant leur envoyer un signal afin qu'ils rentrent au pas de course.

— S'ils sont blessés.

— On leur a enseigné les premiers secours. Déchirer une chemise et, avec un bâton, faire un garrot. Ou bien se servir de la ceinture. J'ai fait placer des pièges — des attrape-nigauds dans les buissons près des sources, le long des sentiers, des baies sauvages piégées. Un petit souvenir à rapporter. Une charge de poudre. Ça brûle. Personne ne rentre indemne.

— Ce qui rend la partie intéressante, fit Dave.

Zorn grogna, posa les jumelles sur la tablette devant la fenêtre.

— Avec votre demi-million de dollars, où vouliez-vous en venir ?

A pas lourdement bottés, il se dirigea vers la table . Non pour s'y asseoir. Pour se saisir du dossier de la chaise et jeter sur Dave un regard courroucé.

— Non, ne répondez pas. Je sais ce que vous sous-entendiez. Comment avez-vous découvert ça ?

Cortez-Ortiz s'éclaircit la voix.

— Messieurs, si vous voulez bien m'excuser.

Il écrasa son cigare dans une soucoupe, se leva d'un mouvement souple. Ses ravisseurs le traitaient convenablement. Il portait un uniforme blanc avec des galons et au plastron orné de décorations. Portant plus beau que sur les images télévisées. Il salua Zorn, salua Dave — avec pour chacun un léger sourire.

— Nous nous verrons plus tard.

Il quitta la pièce en passant par les cuisines. Dave s'adressa à Zorn.

— Quand vos hommes sont venus à Venice déposer le billet d'avion chez Underhill, ils ont négligé les cent mille dollars qui se trouvaient là. Négligence indispensable pour le succès du coup monté. Ça m'a alerté. J'ai été enquêteur d'assurances toute ma vie. On y apprend toutes les défaillances humaines. Presque toutes liées à l'argent. Ça puait trop le maquillage, cette grande honnêteté. Il s'agissait en fait de miser cent mille pour récolter bien davantage !

Zorn se rendit à la cuisine, et en revint avec une cafetière. Sans un mot, il remplit la tasse de Dave, puis la sienne, posa la cafetière et s'assit. Il souffla sur son café, porta la tasse à ses lèvres sèches.

— Je n'ai jamais envoyé d'hommes chez Underhill à Venice. Mais poursuivez..., dit-il.

— Je dispose d'un témoin.

Dave goûta son café, alluma une cigarette et eut une pensée pour Cecil — pour son absence — les absents ont-ils toujours tort ?

— Et un témoin qui a vu vos hommes escalader le toit des résidences pour atterrir sur le balcon de Streeter, et tuer Streeter.

— Jamais de la vie !

— Vos hommes ont emporté toutes les archives de Streeter. Plus aucune trace de son enquête sur vos projets.

— Vous êtes en train de creuser votre tombe !

— Je vous laisserai ce soin, répliqua Dave.

— J'avais l'habitude de fumer trois, quatre paquets de cigarettes par jour, fit Zorn. A présent j'ai le cancer du poumon. Qui va me tuer. C'est pourquoi j'attends ici ces fils de chiens, ces communistes. Je n'ai pas eu le temps de régler leur sort. Ce pays...

— Court un grave danger, enchaîna Dave. Vous me l'avez déjà expliqué.

Zorn grogna, leva une main squelettique.
— Offrez-moi une cigarette, fit-il.
— Le Département de la Santé avertit que...
— Encore un désastre pour ce pays, le coupa Zorn.
Il prit une cigarette du paquet que Dave tendait, la colla entre ses lèvres et l'alluma en aspirant longuement à la flamme du briquet de Dave. Il toussa. Sèchement. Penché en avant, poing sur la poitrine. Dave n'avait jamais entendu pareille quinte. L'homme se ressaisit, reprit sa posture, assis très droit, essuya ses larmes, et poursuivit :
— L'Etat est comme une vieille femme, à s'occuper des affaires de tout le monde, à essayer de veiller sur tous. Ceinture de sécurité. Limitation de vitesse à 50 miles à l'heure.
Il se leva et sortit. Lorsqu'il réapparut, il était porteur d'une bouteille de whisky, sans marque. Il en dévissa le bouchon en plastique noir et arrosa son café. D'un sourcil levé il interrogea Dave. Dave restait incertain. Rendu perplexe par cette accalmie. Sans doute un verre partagé aiderait-il à la faire durer ! Il acquiesça d'un signe de tête, regarda le whisky versé dans la tasse.
— Boire ou conduire, il faut choisir, s'exclama Zorn.
Il se rassit, laissa la bouteille à portée de la main.
— Si on ne boit pas, comment diable vous stimuler les nerfs, surtout au volant ? Tenez votre chien en laisse ! Engagez des handicapés dans votre entreprise ! Ces fichus handicapés nous sautent à la gorge. On ne peut plus construire des escaliers, que des plans inclinés pour fauteuils roulants. Et la télé ? Vous regardez la télé ? Toutes les semaines un nouveau téléfilm sur un estropié ! Ou victime d'une maladie dont on n'avait jamais entendu parler. Vous savez ce que j'ai fait à mon téléviseur ?
— Tiré dessus, répondit Dave.
Zorn se mit à rire de bon cœur.
— Pile dans le mille.
Il s'essoufflait, penché en avant, exhalant la fumée par le nez.
— Reprenez l'histoire du demi-million, fit-il.

— Quand vos hommes ont récupéré les papiers de Streeter, reprit Dave après avoir goûté à son café coupé de whisky, ils ont oublié de prendre l'annuel de l'actualité. Un de ces bouquins de référence édités par le *New York Times* qui traînait sur le bureau. Dedans il y avait souligné un article vous concernant. Et un ajout — une coupure de presse : l'offre du Presidente, une récompense d'un demi-million de dollars pour la capture de terroristes. Les deux morceaux pouvaient coller ensemble.

— J'ai cassé ma télé en Caroline, fit Zorn. Il y a deux ans de ça. Ils avaient programmé un film de John Wayne, et il l'ont remplacé par un quadraplégique qui apprend à jouer au volley-ball avec sa tête. Ça intéresse qui ? C'est son problème à lui, parce que pour les autres ! J'ai visé avec soin et pan ! Vous ne savez pas ce que c'est qu'une explosion si vous n'avez pas entendu exploser un téléviseur.

— A l'occasion, je comblerai ce manque. Un jour de cafard.

— N'hésitez pas, insista Zorn.

Il hochait la tête, exhalait sa fumée par le nez puis but son café-whisky d'un air absorbé.

— Ces fils de pute m'ont chassé de Caroline. En gueulant que j'avais laissé crever une recrue. Merde ! Il m'a demandé l'autorisation de se briser la nuque ? Et après ça le Congrès vote un texte de loi qui dit que l'on ne doit pas entraîner des étrangers au maniement des armes. Ça me visait directement. Eh oui ! Ils me quittent pas des yeux. Comme les communistes. Ils savent qui est contre eux.

— Quand les insurgés arriveront...

Dave acheva sa tasse, se saisit de la bouteille de whisky et se servit une bonne demi-tasse.

— Comment allez-vous vous y prendre ? Ils doivent être livrés vivants.

— Ils vont tenter un coup de main. Je les laisse venir et je les enferme dans la nasse.

— Ils ne seront pas armés ?

— La frontière est longue, la côte est longue. On peut faire entrer qui on veut dans ce pays. Dix à vingt de ces gars sont déjà dans les parages.

Il hocha la tête d'un air entendu, et versa du whisky dans sa tasse.

— Personne ne peut rester longtemps invisible par ici. Et quand ils bougent le petit doigt, toute mon équipe est au courant. Un exercice de défense, un déploiement dans la forêt. Une partie de mes gars sont déjà à pied d'œuvre. Quand les autres s'imagineront avoir remporté la partie, on leur tombera dessus.

Zorn reprit une cigarette. Dave s'abstint de tout commentaire. Il lui offrit du feu, et Zorn se remit à tousser, à se convulser sur place en se martelant la poitrine. La crise se calma. Zorn essuya les larmes sur ses joues creuses, la salive aux commissures de ses lèvres, but du whisky et d'une voix âpre, il chuchota :

— Villanueva est planqué dans un ranch de Pauma Valley. C'est lui le *leader*, vous ne l'ignorez pas. Rodriguo Villanueva. J'aurais pu faire main basse sur lui. Une discrète opération commando de nuit. Mais je veux tous les avoir, avec leurs armes à la main. Tout leur attirail. Les journaux parlaient de 500 000 dollars. Mais ce sera beaucoup plus. Ils paieront un million de dollars une opération pareille.

— Personne ne sera blessé ? s'enquit Dave.

— Aucun blessé si je mène l'opération. Je vais les envelopper dans du coton, et les expédier à Washington en avion. En première classe. Quel spectacle ! Personne dans ce pays ne parlera d'autre chose. Ça fera prendre conscience à tous ici de la valeur de notre lutte. Tous comprendront alors que j'avais eu raison de faire miner le port. Ceux qui prennent langue avec les communistes seront considérés comme des traîtres qu'ils sont. Castro et les Soviétiques abandonneront l'Amérique Centrale la queue basse.

— Comment avez-vous enlevé le général ?

— Je compte des amis dans l'armée du Honduras.

— Comme vous comptez des amis dans le bureau du sherif du Comté.

Zorn ne releva pas. Il poursuivait :

— Ils croient en moi là-bas. Ils m'ont passé un hélicoptère, tout ce dont j'avais besoin. Officieusement bien sûr.

— Bien sûr.

Dave prit sa tasse, la porta à ses lèvres.

— Qu'est-ce qui vous a permis de savoir que Streeter était sur votre piste ? Pas Rafael. Vous surveilliez Streeter bien avant ça. Vous saviez tout sur lui.

— A Los Inocentes, les Chuchos ont intercepté un jeune journaliste envoyé par Streeter auprès des rebelles pour savoir où se trouvait le général. Je ne sais pas pourquoi Streeter s'était figuré que les rebelles savaient ça.

— Rue Glendenning, fit Dave. Son père accusait Streeter de la mort de Rue et il a essayé de le venger. Mais vous êtes au courant de tout ceci. De la lettre de menaces qu'il a écrite. Il voudrait la récupérer. Donnez-la moi, je la lui rendrai.

— Je ne sais rien de ces paperasses.

Zorn versa du whisky dans sa tasse.

— Quoi qu'il en soit, j'avais Streeter à l'œil après ça. Il me haïssait. C'était réciproque. Un fils de pute !

Zorn hochait la tête tristement, buvait.

— Ecrivaillons pourris. Assis au sec dans leur bureau à taper à longueur de journée, à démolir des hommes qui veulent rendre les choses meilleures. De vrais hommes.

— Streeter était toujours en première ligne.

— Et il n'y comprenait jamais rien. Prenez Los Inocentes. Tuer, c'est une façon de vivre là-bas. Une tradition.

Il écrasa la cigarette dans la graisse au fond de son assiette.

— Ça s'est déja produit au cours de ce siècle. Rappelez-vous, 1932 ! Les gens ont la mémoire courte. Des massacres. Des morts par milliers, hommes, femmes, enfants. C'est dans le sang indien, Brandstetter. Les prêtres du

Serpent à plumes avant l'arrivée des Espagnols, avaient pour coutume de sacrifier des centaines de victimes par jour. Ils leur arrachaient le cœur, à vif, avec des lames de jade.

— Dommage que vous ayez manqué cette période.

Zorn renifla.

— Une façon comme une autre de maîtriser la démographie. Trop de bouches à nourrir. Pauvre pays. Pas de pluie. Tout comme aujourd'hui. Regardez les chiffres. Sept enfants par couple. Et rien à manger. Ils ne le savent pas eux-mêmes, mais c'est pour cette raison qu'ils continuent de s'entretuer.

— Et quelle est votre excuse ?

— Les Soviétiques et les Cubains leur mentent en leur proposant des jours meilleurs. Quand vous avez le ventre vide, vous êtes prêt à croire en n'importe qui. Ils vont les laisser entrer. Le Nicaragua a ouvert la voie. Et bientôt ce pays sera à genoux. Il faut y mettre un terme. Je suis là pour ça.

— Avec un pauvre million de dollars ! Vous rêvez !

— Je n'ai rien à voir avec cette bande à Washington. Des mots, pas d'actions.

Il but son fond de whisky, fit tinter la tasse contre la soucoupe et se leva en titubant.

— Venez, je vais vous faire voir. Vous allez voir tout ce qu'on peut faire avec un peu d'argent quand on le veut vraiment.

— Vous allez me laisser voir Porfirio également, demanda Dave.

Zorn s'éloignait.

— Son spectacle ne vous dira rien, dit-il.

18.

Dave se réveilla en ne sachant ni quoi ni qu'est-ce. Puis la mémoire lui revint : Zorn avait beaucoup bu, tous deux attablés dans la salle du petit déjeuner, à jouer bêtement à une espèce de poker dément, partie après partie où les régles paraissaient changer à chaque nouvelle donne. Zorn se mourait d'un cancer et tuait la douleur à coups de whisky. Dave, nullement à l'agonie, avait pourtant rivalisé avec le colonel dans un défi alcoolisé. Pourquoi ça ? Il se réveillait toujours ainsi... après de tels excès. Au plafond pendait une douille électrique dépourvue d'ampoule. Il se leva, chercha à tâtons sa montre, son briquet, il lut sur le cadran : 3 heures 10. Nuit noire. Froide également. Il rangea montre et briquet, prit sa veste tenue de camouflage sur la chaise et l'enfila. Un moteur se mettait à tourner dans la cour. Subitement à grand bruit. Il s'empressa d'enfiler le pantalon de treillis, alla à la fenêtre ouverte. Des hommes dans la cour se bousculaient, l'arme à la bretelle. Un deuxième moteur se mit à tourner, un troisième. Pas de lumière. Les seules lueurs étaient les petites combustions rougeoyantes des cigarettes. Il perçut un grincement métallique, se dit qu'il provenait des gonds du large portail de la cour. L'ombre noire imprécise du transport de troupe se déplaçait avec un crissement d'embrayage. Il y avait un arc en stuc blanc au-dessus du portail. Il brillait de façon irréelle dans la nuit et permettait à Dave de distinguer le transport de troupe qui se coulait dessous. Suivi d'une jeep, surchargée d'hommes. Les noirs canons des fusils luisaient. Une autre jeep apparut, équipée d'un lance-roquette. Une troisième, tractant un mortier. Eclats de pare-chocs. Raclements de bottes. Zorn parlait et toussait. Des portières claquaient et le «Blazer» apparut à son tour. Facile à reconnaître. Il étincelait. Dave s'assit sur son lit pour enfiler ses chaussettes, lacer ses bottes de combat. Sur le palier inférieur, des hommes se mirent à cavaler. Les charpentes de la bâtisse étaient bouffées par la vermine, les termites, et l'agitation de tous ces hommes la faisait trembler. Dave répartit dans ses poches portefeuille, clé, monnaie, cigarettes, briquet, boucla sa montre-bracelet, se coiffa d'une casquette kaki. Il déposa ses affaires personnelles sur le lit, plaça sa chaise près de la porte. Puis il frappa à la porte, appela.

— Garde ! Il faut que j'aille à la salle de bains !

Pas de réponse. Il martela la porte à coups de poing.

— Garde ! Il faut que j'aille à la salle de bains. Tout de suite !

Il entendait le pas botté des hommes dans la cour. Que des bottes, au pas de course. Aucun autre bruit. Pas un mot. C'était étrange.

— Garde ! Je suis malade. Il faut que j'aille à la salle de bains.

Des bottes gravirent l'escalier, ébranlèrent l'étroit palier. Une clé s'engagea dans la serrure. La porte s'ouvrit. Aucune lumière ne se fit. Zorn avait coupé le générateur qui produisait un médiocre éclairage, ou bien avait commandé le black-out. Dave distingua la vareuse du soldat qui progressait en hésitant dans la chambre. Dave abattit la chaise, aussi fort qu'il le put, sur le crâne du gars qui poussa un gémissement avant de s'écrouler comme une masse. Dave jeta la chaise, s'agenouilla, et débarrassa le soldat de son automatique glissé dans l'étui. Son cœur battait fort, il avait du mal à reprendre son souffle. Il jeta un coup d'œil sur le palier. Désert. Il ferma la porte derrière lui, fourra la clé dans sa poche.

Dos au mur, il se coula vers l'escalier. Il fouillait l'obscurité du regard, prêtait l'oreille. Les seuls bruits qui lui parvenaient faiblement du dehors étaient le raclement des bottes. La troupe de Zorn se dispersait dans la pinède pour s'y dissimuler. Bien vite, ces bruits s'estompèrent, puis cessèrent. Là, tout près, l'armée symbole de Zorn, silencieuse comme la mort, guettait l'approche des insurgés. Dave engagea une balle dans le canon. Le bruit de la culasse résonna dans l'escalier. Arme au poing, il commença sa descente. Ses pas faisaient grincements, claquements, crissements. Souvent il s'immobilisait, mais personne ne surgissait sur le palier du deuxième étage. Il se dirigea vers les deux chambres donnant sur l'arrière de la bâtisse. Serein, puisqu'il connaissait les intentions de Zorn. Pas de problème.

La première chambre était celle de Zorn. Il s'arrêta devant la deuxième, frappa à la porte.

— Général Cortez-Ortiz ?

Pas de réponse. Il tourna la poignée, voulut ouvrir la porte. Elle était verrouillée. La serrure de sa propre chambre au premier était des plus rudimentaires. Toutes les serrures l'étaient-elles ? Il sortit la clé de sa poche. Dans l'obscurité, du bout des doigts, il chercha le trou dans la plaque au métal rouillé. Il y introduisait la clé, la tournait. Il ouvrait la porte.

— Général, vous êtes là ?

Il ne voulait pas connaître le sort qu'avait connu le soldat dans sa chambre. Il tira son briquet, l'actionna, éleva la flamme.

Cortez-Ortiz était allongé sur un lit au fond de la chambre. Vêtu des mêmes surplus militaires que ceux fournis à Dave. Bâillonné serré d'un mouchoir blanc. Mains liées par des ceintures de toile nouées à la barre d'acier de la tête de lit. Les chevilles à celle du pied de lit. Dave glissa son arme sous sa ceinture, s'approcha du lit, délia les poignets du général, défit le bâillon, libéra les chevilles. A la lueur du briquet, Cortez-Ortiz ne semblait pas au mieux. Il gémissait tout en s'efforçant de s'asseoir. Il posa les pieds sur le sol, s'assit au bord du lit, tête penchée en avant, coudes sur les genoux, tête dans les mains.

— Il m'a laissé là pour qu'on m'y tue ! dit-il.

— Je suppose que c'était son intention.

Dave referma son briquet. Les fenêtres faisaient une clarté d'étoiles.

— Si les insurgés vous tuaient, cela rendait leur capture encore plus inouïe. Et représentait plus d'argent. C'est l'argent le nerf de la guerre. Zorn n'est pas un patriote. Ce n'est pas un illuminé. Ce n'est qu'un être cupide doué d'un formidable sens de la duplicité. Vous serviez de caution politique à son braquage. Vous lui permettiez de doubler la mise. De 500 000 à un million.

— Pas moi !

Cortez-Ortiz se redressa, inspira profondément, se leva.

— Pas moi, mais mon cadavre criblé de balles.

Il ramassa son uniforme froissé sur le plancher.

— Merci, Señor, d'être venu à mon secours.

Il enfila son pantalon.

— Il faut sortir d'ici, il n'y a pas de temps à perdre.

Il se rassit sur le lit afin de mettre chaussettes et chaussures.

— Quel est votre plan de campagne ?

— Vous étiez officier supérieur autrefois, répondit Dave.

— Vous savez tout de moi ?

Cortez-Ortiz nouait les lacets de ses chaussures blanches. Il fixait Dave d'un regard éteint dans la pâleur de son visage, mais il paraissait enjoué comme un enfant de se voir aussi célèbre.

— Pourquoi vous être intéressé à moi, Señor ?

— J'ai pensé que nous aurions à nous rencontrer un jour. Vous y connaissez-vous en explosifs ? Comment les amorcer ?

— Je ne suis pas un expert.

Cortez-Ortiz récupéra sa chemise sur le plancher, s'en vêtit.

— Mais j'en connais les rudiments.

— Parfait. Enfilez votre veste et allons-y.

La cave n'était ni faite ni à faire. Les entrepreneurs en Californie n'entendent rien aux caves. Il y avait là une grosse et antique chaudière momifiée sous ses bandelettes d'amiante noircie. De gros tuyaux s'en échappaient en tout sens, rampant sous la crasse et les toiles d'araignées. Sans doute avait-elle dû autrefois brûler du charbon. Dans les années trente, elle avait été équipée d'un brûleur à mazout, aujourd'hui rongé de rouille. Hormis des piles de caisses, il n'y avait rien d'autre dans la cave. Munitions pour revolver, fusils, mitraillettes, obus de mortier, grenades à main, dynamite en caisses. Matériel dont les étiquettes étaient rédigées en anglais, français, hébreu et quelques-unes en russe. Dave sourit. Dans l'inventaire l'on trouvait M 16 et Kalashnikovs.

Le black-out avait été ordonné, sans aller jusqu'à couper le générateur. Une ampoule de 40 watts pendait au bout d'un fil effiloché au milieu de grosses canalisations du plafond et dans sa faible lumière d'aquarium, agenouillé sur un sol jonché de saletés, Cortez-Ortiz manipulait tenailles, couteau, pinces, afin de bricoler une hor logerie pour une bombe faite de bâtons de dynamite, avec amorce et détonateur. Ses mains tremblaient alors qu'il s'activait. Le dos de sa chemise trempée de sueur.

— Il y a bien des années que je n'ai plus fait ça, Señor. Les mains perdent leur adresse. Mais je n'ai pas oublié. Je me rappelle... exactement... ce qu'il faut faire.

Il sourit à Dave une seconde.

— Et c'est une joie de le faire.

Il donna un dernier tour de vis, laissa tomber les outils et se releva en se frottant les mains.

— Fini.

Du pied, il repoussa son matériel contre la pile de caisses. Il prit sa veste accrochée à un coin de caisse et l'enfila.

— Dans sept minutes, cette maison cessera de tenir debout.

— Parfait.

Dave se dirigea vers l'escalier de la cave.

— Un type est enfermé là-haut. Je ne veux pas l'y laisser, fit Dave.

— Señor — Cortez-Ortiz le rejoignit — l'heure !

— J'y vais, fit Dave. Il le faut.

Il gravit les marches deux à deux. Fourneaux incontournables, paniers à pain, comptoirs, placards, emballages firent de la cuisine une vraie course d'obstacles. Il se retrouva dans l'escalier aux marches de bois. Il ne put les gravir deux à deux. L'influx l'avait abandonné. Souffle coupé, jambes lourdes, cœur battant à tout rompre. Il n'allait pas pouvoir arriver là-haut d'un trait. Il lui fallait s'arrêter pour reprendre haleine. Cortez-Ortiz, plus jeune de près de dix ans, surgit.

— Ça ne va pas ?

— Plus de force, haleta Dave.

— J'y vais, fit Cortez-Ortiz poursuivant sa montée.

— Dernier étage, au bout du palier, en passant par la salle de bains, lui cria Dave.

Il ravala sa salive. Il avait la gorge sèche. Il s'appuya d'une main sur le mur, reprit sa montée. Mais doucement. Jambes en plomb, il atteignit le dernier palier, et Cortez-Ortiz à peine une tache blafarde revenait vers lui, ses chaussures fantaisie râclant les marches. Il trébucha, faillit tomber.

— Il a enfoncé la porte, dit-il. Il n'est plus là.

— Parfait. Allons-y.

Du côté de la façade commençait une fusillade nourrie.

— *Madre de Dios,* jura Cortez-Ortiz. Ils sont là.

Il jetait des coups d'œil affolés à droite, à gauche.

— Où aller ?

— Ne vous en faites pas, fit Dave. Ça va se calmer dans une minute.

— Il ne nous reste plus guère de temps, Señor, pour sortir d'ici.

— C'est vrai. Allons-y.

Dave se dirigea vers l'escalier principal. Cortez-Ortiz le retint par la veste.

— Pas par là !

— Il n'y a aucun couvert sur l'arrière. On ferait de belles cibles pour Zorn en embuscade sur les pentes.

Il s'avançait, passait devant des portes ouvertes de chambres de fortune.

— C'est la pagaille dehors. On pourra sans doute y passer inaperçus.

Cortez-Ortiz restait planté dans le couloir, tête dans les mains.

— Il n'y a vraiment rien d'autre à faire ?

Dave tourna le visage vers le haut de l'escalier.

— Peut-être se faire souffler par la bombe si on reste là. Venez, Général !

Cortez-Ortiz gémit, mais suivit Dave qui commençait sa descente, les somptueuses chaussures du général claquant sur le carrelage. Il y avait un tir de mortier. Des coups de fusils claquaient. Les mitraillettes crachaient. Des flammes de tir jaillissaient. Dave en fut si abasourdi qu'il se figea. Cortez-Ortiz le bouscula. Dave se retourna, le regarda.

— Vous entendez ce que j'entends ?

Cortez-Ortiz lui jeta un coup d'œil furtif.

— Vous parlez de l'hélicoptère ?

— Quoi d'autre ? fit Dave. Allons-y.

Il reprit sa descente sur deux marches et s'immobilisa soudainement. Dans son dos Cortez-Ortiz retenait son souffle. Un des chuchos de Zorn se tenait sur le pas de la porte, armé d'un Uzi. Dehors, ça brûlait. Pas dans la cour, au-delà du portail. D'où il se trouvait Dave ne pouvait pas savoir ce qui était en proie aux flammes. Sans doute un des camions délabrés de Zorn. Quoi que ce fût, il en jaillissait une forte clarté rouge. Dans cet éblouissement, Dave distingua le visage du jeune type émerveillé.

Il le vit viser, la bouche étirée par l'enchantement. Il pressa la gâchette. Une flamme fusait du canon à chaque rafale. Les balles ricochaient miaulantes sur le carrelage de l'escalier. Combien de temps... Trois secondes. Le tir cessa. Le jeune type vacilla sur le seuil. L'arme lui échappa des mains, tournoya avec fracas sur le sol.

Deux silhouettes en jeans entrèrent au pas de charge. Dave identifia immédiatement la plus grande des deux, la silhouette qui hurlait «Dave !» : Cecil. Sig Sauer en main. L'autre était Bobby Shales. Armé d'un Uzi. Et l'on voyait qu'il était satisfait de son usage.

— Venez Mr. Brandstetter, dit-il.

— Venez Général, fit Dave en se retournant.

Cortez-Ortiz gisait, étalé sur le dos, contre les marches. Cinq impacts sur la poitrine de sa veste blanche. Les yeux ouverts sur le vide. Dave descendit en courant. Il agrippa Shales par le bras, Cecil par le bras.

— Faut filer comme des diables, tout va sauter, dit-il.

Le gros hélicoptère couleur terre flottait en larges cercles au-dessus des ruines incendiées du camp de Zorn. Les flammes montaient haut. Dave en éprouvait la chaleur à travers les hublots bombés de l'hélico. A la lueur de l'incendie, Duke Summers en combinaison de vol étudiait des cartes dépliées sur ses genoux. Un officier en uniforme se tenait penché au-dessus de lui. Summers muni d'un casque aboyait ses ordres dans un micro incorporé, écoutait, jurait, aboyait. Dave se dit que l'homme vivait le grand moment de sa vie. Lui-même, Cecil et Shales contemplaient en silence l'action à leurs pieds. Scène infernale. Dante aurait apprécié. La troupe de Zorn entassée dans des camions qui suivaient l'étroite route serpentant entre les grands arbres. Explosions, détonations, balancement des projecteurs sur les pentes de la forêt. Tout cela signifiait que les hommes de Summers encerclaient ce qui restait de l'armée de Zorn. Summers se défit de son casque en grimaçant.

— Je ne t'avais pas dit que tu pouvais faire ce que tu

voulais ? lui hurla Dave par-dessus le hurlement du rotor.

— Je ne pouvais pas laisser Zorn te tuer, répondit Summers.

Dave sourit. Il dit :

— Surtout si un joli garçon vient quémander ton assistance.

Une ombre de sourire glissa sur le visage impassible de Shales. Summers fronça les sourcils et eut pour l'officier et le pilote un coup d'œil glacé.

— Je ne vois pas de quoi tu veux parler.

— Comment as-tu su où j'étais ? demanda Dave à Cecil.

— Pas où tu étais, mais qui te tenait ! Hilda Vosper. Elle t'a vu dans le «Blazer». Je suis arrivé à la maison peu après. Elle rentrait avec son chien et elle m'a vu. Elle m'a tout raconté. Elle était inquiète. Elle m'a dit qu'à l'arrière du Blazer tu n'avais pas l'air endormi, mais blessé. Je me suis dit qu'elle ne devait pas se tromper. Les commandos du colonel t'enlevaient. Alors que faire ? Impossible de joindre Leppard. Je me suis souvenu que tu connaissais Duke Summers, et qu'il résidait à l'Orangeraie. Tout y était bouclé, sauf les cuisines. J'étais l'homme invisible là-dedans, tu penses, un Noir en veste blanche ! J'ai attrapé un seau à glace et je suis parti en quête de Mr. Duke Summers.

— T'es un peu jeune pour faire le serveur à l'Orangeraie.

— C'est aussi ce que s'est dit Bobby.

Cecil éclata de rire en regardant Shales qui esquissait un sourire.

— Mais je me suis gentiment expliqué, non ?

— Nous savions comment trouver l'endroit, fit Shales. Désolé qu'il nous ait fallu tant de temps pour rassembler les hommes et tout organiser.

— Juste ce qu'il fallait comme temps, Dieu merci, fit Dave en adressant à Summers un salut militaire approximatif.

— Ça pourrait me coûter ma carrière, grogna

Summers.

— Tu ne vas pas encore te retrouver à pleurer sur ton lit, fit Dave. Tu as fait faire des économies à Washington. Pour un demi-million de dollars. Ils vont te donner une médaille.

Il se tourna vers Cecil.

— Simple curiosité, lui demanda-t-il. Où étais-tu avant-hier ? Où étais-tu allé ?

— Las Vegas, répondit Cecil. Il fallait bien que quelqu'un s'occupe de Chrissie. Elle ne pouvait pas retourner chez sa mère. Brenda ne lui vaut rien. Ken est tout prêt à la violer. Les Affaires Sociales la placeraient dans une institution spécialisée.

— Tu l'as épousée ! fit Dave stupéfait.

— Exactement, fit Cecil, avec un sourire.

RIVAGES/NOIR

1. Jim Thompson : *Liberté sous condition*
2. Charles Williams : *La Fille des collines*
3. Jonathan Latimer : *Gardénia rouge*
4. Joseph Hansen : *Par qui la mort arrive*
5. J. Van de Wetering : *Comme un rat mort*
6. Tony Hillerman : *Là où dansent les morts*
7. John P. Marquand : *Merci, Mister Moto*
8. John P. Marquand : *Bien joué, Mister Moto*
9. David Goodis : *La Blonde au coin de la rue*
10. Mildred Davis : *Dark Place*
11. Joan Aiken : *Mort un dimanche de pluie*
12. Jim Thompson : *Un nid de crotales*
13. Harry Whittington : *Des feux qui détruisent*
14. Stanley Ellin : *La Corrida des pendus*
15. William Irish : *Manhattan Love Song*
16. Tony Hillerman : *Le Vent sombre*
17. Hugues Pagan : *Les Eaux mortes*
18. John P. Marquand : *Mister Moto est désolé*
19. Donald Westlake : *Drôles de frères*
20. Jonathan Latimer : *Noir comme un souvenir*
21. John D. Mac Donald : *Réponse mortelle*
22. Jim Thompson : *Sang mêlé*
23. William McIlvanney : *Les Papiers de Tony Veitch*
24. William McIlvanney : *Laidlaw*
25. Diana Ramsay : *Approche des ténèbres*
26. Donald Westlake : *Levine*
27. James Ellroy : *Lune sanglante*
28. Harry Whittington : *Le diable a des ailes*
29. John D. Mac Donald : *Un temps pour mourir*
30. J. Van de Wetering : *Sale temps*
31. James Ellroy : *A cause de la nuit*
32. Jim Thompson : *Nuit de fureur*
33. J. Van de Wetering : *L'Autre Fils de Dieu*
34. J. Van de Wetering : *Le Babouin blond*
35. Tony Hillerman : *La Voie du fantôme*
36. W.R. Burnett : *Romelle*
37. David Goodis : *Beauté bleue*
38. Diana Ramsay : *Est-ce un meurtre ?*

39. Jim Thompson : *A deux pas du ciel*
40. James Ellroy : *La Colline aux suicidés*
41. Richard Stark : *La Demoiselle*
42. J. Van de Wetering : *Inspecteur Saito*
43. J. Van de Wetering : *Le Massacre du Maine*
44. Joseph Hansen : *Le petit chien riait*
45. John D. Mac Donald : *Un cadavre dans ses rêves*
46. Peter Corris : *La Plage vide*
47. Jim Thompson : *Rage noire*
48. Bill Pronzini : *Hidden Valley*
49. Joseph Hansen : *Un pied dans la tombe*
50. William Irish : *Valse dans les ténèbres*
51. John D. Mac Donald : *Le Combat pour l'île*
52. Jim Thompson : *La mort viendra, petite*
53. J. Van de Wetering : *Un vautour dans la ville*
54. James Ellroy : *Brown's Requiem*
55. Jim Thompson : *Les Alcooliques*
56. W.R. Burnett : *King Cole*
57. Peter Corris : *Des morts dans l'âme*
58. Jim Thompson : *Les Arnaqueurs*
59. J. Van de Wetering : *Mort d'un colporteur*
60. W.R. Burnett : *Fin de parcours*
61. Tony Hillerman : *Femme qui écoute*
62. Kinky Friedman : *Meurtre à Greenwich Village*
63. Jim Thompson : *Vaurien*
64. Robin Cook : *Cauchemar dans la rue*
65. Peter Corris : *Chair blanche*
66. David Goodis : *Rue Barbare*
67. David Goodis : *Retour à la vie*
68. Barry Gifford : *Port Tropique*
69. J. Van de Wetering : *Le Chat du sergent*
70. Joseph Hansen : *Obédience*
71. Roger Simon : *Le Clown blanc*
72. Robert Edmond Alter : *Attractions meurtres*
73. Charles Williams : *Go Home Stranger*
74. John D. Mac Donald : *L'Héritage de la haine*
75. David Goodis : *Obsession*
76. Joseph Hansen : *Le Noyé d'Arena Blanca*
77. Jim Thompson : *Une combine en or*
78. Bill Pronzini : *La nuit hurle*

79. Joseph Hansen : *Pente douce*
80. Peter Corris : *Le Garçon merveilleux*
81. J. Van de Wetering : *Cash-cash millions*
82. Charles Williams : *Et la mer profonde et bleue*
83. Jim Thompson : *Le Texas par la queue*
84. Jim Nisbet : *Les damnés ne meurent jamais*
85. Howard Fast : *Sylvia*
86. Charles Willeford : *Une fille facile*
87. John P. Marquand : *Rira bien, Mister Moto*
88. Chester Himes : *Qu'on lui jette la première pierre*
89. Dolores Hitchens : *La Victime expiatoire*
90. William McIlvanney : *Big Man*
91. Masako Togawa : *Le Baiser de feu*
92. James Crumley : *Putes*
93. Geoffrey Homes : *Pendez-moi haut et court*
94. Geoffrey Homes : *La Rue de la Femme qui pleure*
95. George Chesbro : *Une affaire de sorciers*
96. Tony Hillerman : *Porteurs-de-peau*
97. James Ellroy : *Clandestin*
98. Tony Hillerman : *La Voie de l'Ennemi*
99. Charles Willeford : *Hérésie*
100. James Ellroy : *Le Dahlia noir*
101. J. de Wetering : *Le Chasseur de papillons*
102. Peter Corris : *Héroïne Annie*
103. Jim Nisbet : *Injection mortelle*
104. Joseph Hansen : *Le Garçon enterré ce matin*
105. Helen McCloy : *La Somnambule*
106. Howard Fast : *L'Ange déchu*
107. Barry Gifford : *Sailor et Lula*
108. Kinky Friedman : *Quand le chat n'est pas là*
109. James Ellroy : *Un tueur sur la route*
110. Tony Hillerman : *Le Voleur de temps*
111. Peter Corris : *Escorte pour une mort douce*
112. James Ellroy : *Le Grand Nulle Part*
113. Tony Hillerman : *La Mouche sur le mur*
114. George V. Higgins : *Les Copains d'Eddie Coyle*
115. Charles Willeford : *Miami Blues*
116. Robin Cook : *J'étais Dora Suarez*
117. Daniel Woodrell : *Sous la lumière cruelle*
118. William Kotzwinkle : *Midnight Examiner*

119. Ted Lewis : *Le Retour de Jack*
120. James Ellroy : *L.A. Confidential*
121. Daniel Woodrell : *Battement d'Aile*
122. Tony Hillerman : *Dieu-qui-parle*
123. Charles Willeford : *Une seconde chance pour les morts*
124. Paco Ignacio Taibo II : *Ombre de l'ombre*
125. Ross Thomas : *Les Faisans des îles*
126. Armitage Trail : *Scarface*
127. Edward Bunker : *Aucune bête aussi féroce*
128. Peter Corris : *Le Fils perdu*
129. Andrew Coburn : *Toutes peines confondues*
130. Marc Villard : *Démons ordinaires*
131. Pieke Biermann : *Potsdamer Platz*
132. James Lee Burke : *Prisonniers du ciel*
133. Hugues Pagan : *La mort dans une voiture solitaire*
134. Tony Hillerman : *Coyote attend*
135. Marc Behm : *La Reine de la nuit*
136. Les Standiford : *Pandémonium*
137. Jim Nisbet : *Le Démon dans ma tête*
138. Russell H. Greenan : *Sombres Crapules*
139. William McIlvanney : *Etranges Loyautés*
140. Barry Gifford : *Perdita Durango*
141. James Ellroy : *White Jazz*
142. Paco Ignacio Taibo II : *La Vie même*
143. Tonino Benacquista : *Les Morsures de l'aube*
144. John Harvey : *Cœurs solitaires*
145. Tony Hillerman : *Le Grand Vol de la banque de Taos*
146. Richard Lortz : *Les Enfants de Dracula*
147. George Chesbro : *L'Ombre d'un homme brisé*
148. Michael Collins : *L'Égorgeur*
149. Bob Leuci : *Captain Butterfly*
150. Marc Villard : *La Vie d'artiste*
151. Kinky Friedman : *Meurtres au Lone Star Café*
152. Ted Lewis : *Sévices*
153. Wessel Ebersohn : *La Nuit divisée*
154. Thomas Disch / John Sladek : *Black Alice*
155. Joseph Hansen : *Un pays de vieux*
156. Russell H. Greenan : *La Vie secrète d'Algemon Pendleton*
157. Timothy Williams : *Le Montreur d'ombres*
158. Jim Thompson : *Ecrits perdus (1929-1967)*

159. James Lee Burke : *Black Cherry Blues*
160. Pieke Biermann : *Violetta*
161. Jim Nisbet : *Le Chien d'Ulysse*
162. Michel Quint : *Billard à l'étage*
163. Marc Behm : *Trouille*
164. Georges C. Chesbro : *Bone*
165. Michel Lebrun : *Autoroute*
166. Robin Cook : *Vices privés, vertus publiques*
167. Jim Thompson : *Le Criminel*
168. Donald Westlake : *Un jumeau singulier*

RIVAGES/MYSTERE

1. Rex Stout : *Le Secret de la bande élastique*
2. William Kotzwinkle : *Fata Morgana*
3. Rex Stout : *La Cassette rouge*
4. John P. Marquand : *A votre tour, Mister Moto*
5. John Dickson Carr : *En dépit du tonnerre*
6. Rex Stout : *Meurtre au vestiaire*
7. Josephine Tey : *Le plus beau des anges*

Achevé d'imprimer le 5 octobre 1993
sur les presses de l'Imprimerie «La Source d'Or»
63200 Marsat
Dépôt légal Octobre 1993
Imprimeur N° 4892

2e édition